汪曾祺先生

湖瀾漵初程春波柏晚城珠光送明月特地

照前燈

沈周

舟指高郵路帆閒魔社湖春波正浩蕩不厭酒船沽

文嘉

雙魚將斗酒扁舟泊湖漵藕花露廟門紅遽露魴女

釋登

曾經霜筋廟菇蒲醉庭酒一浮航陽湖正接盂城口

沈明庭

魔社湖陰宿浮光晶晶生祇疑湖月出卻有夜珠明

殷都

魔社湖頭瞋雞稍酒一杯不知初月上疑是蚌

也真

珠来

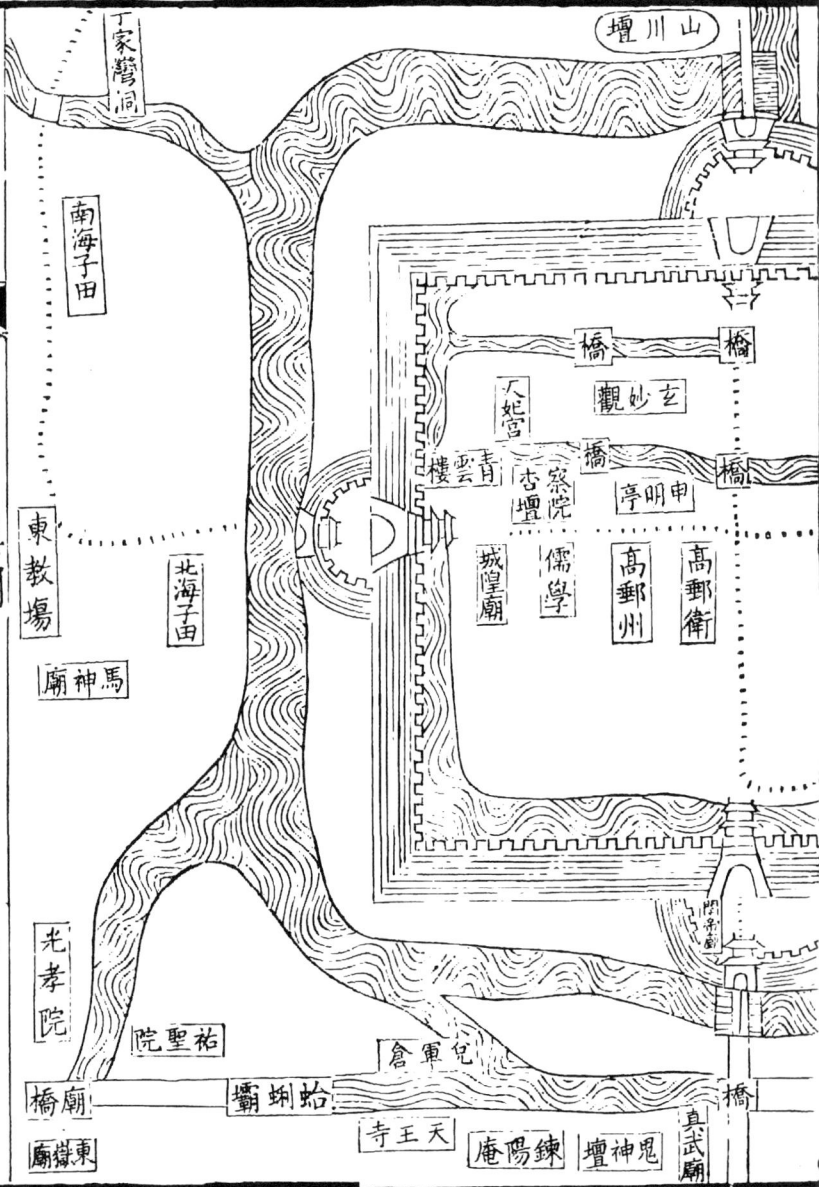

卷之一　輿圖

九

山川壇

丁家鵞洞

南海子田

東教場

北海子田

馬神廟

光孝院

祐聖院

橋廟

東嶽廟

蛤蜊壩

兌軍倉

天王寺

鍊陽庵

鬼神壇

真武廟

橋

橋　橋

玄妙觀

橋　橋

人妃宮

青雲樓　察院　申明亭

志壇

城隍廟　儒學　高郵州　高郵衛

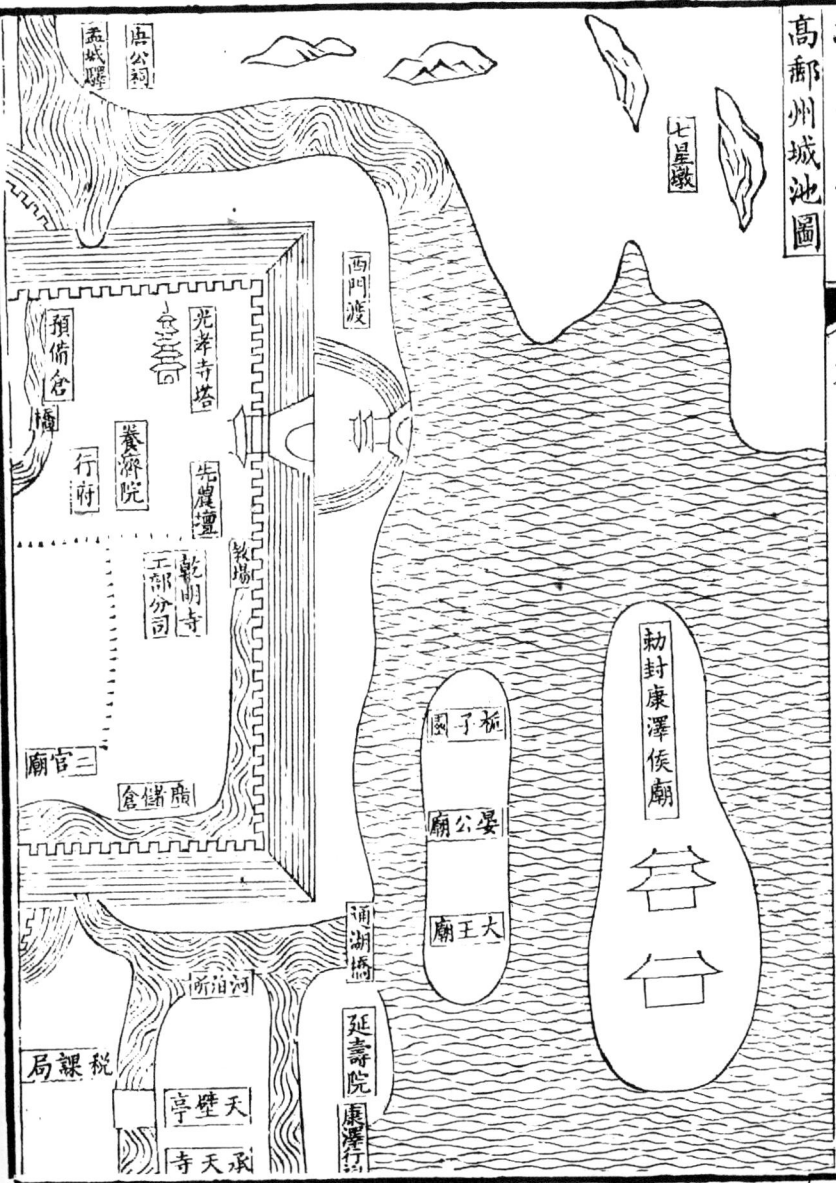

七星墩

孟城驛
惠公祠

西門渡

預備倉橋
光孝寺塔
養濟院
行府
賞虜壇
牧場
乾明寺
工部分司

廟宮三
倉儲廳

涵洞橋
所泊河

稅課局
天壁亭
天武寺
延壽院
康澤行

旅子閣
晏公廟
大王廟

勑封康澤侯廟

高邮州城池图

《重修扬州府志》清嘉庆十五年（1810 年）版

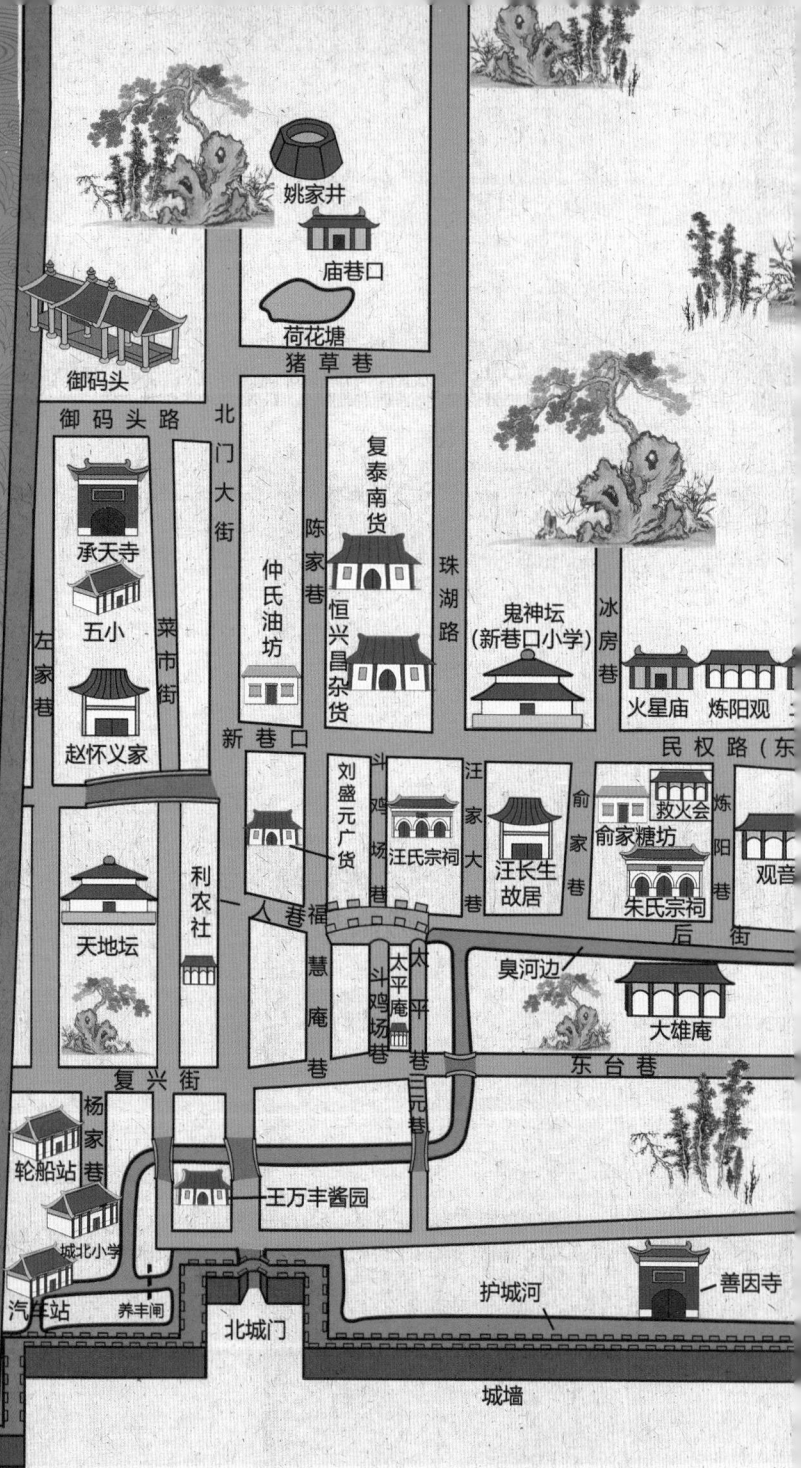

高邮湖

大运河

御码头

御码头路

北门大街

菜市街

左家巷

承天寺

五小

赵怀义家

仲氏油坊

陈家巷

姚家井

庙巷口

荷花塘

猪草巷

复泰南货

珠湖路

恒兴昌杂货

鬼神坛
(新巷口小学)

冰房巷

火星庙　炼阳观

民权路(东

新巷口

刘盛元广货

斗鸡场巷

汪氏宗祠

汪家大巷

汪长生故居

俞家巷

俞家糖坊

救火会

朱氏宗祠

炼阳巷

观音

利农社

天地坛

人巷福慧庵巷

太平庵

太斗鸡场巷

太平巷

三元巷

臭河边

后街

大雄庵

东台巷

复兴街

杨家巷

轮船站

城北小学

汽车站

养丰闸

王万丰酱园

北城门

护城河

善因寺

城墙

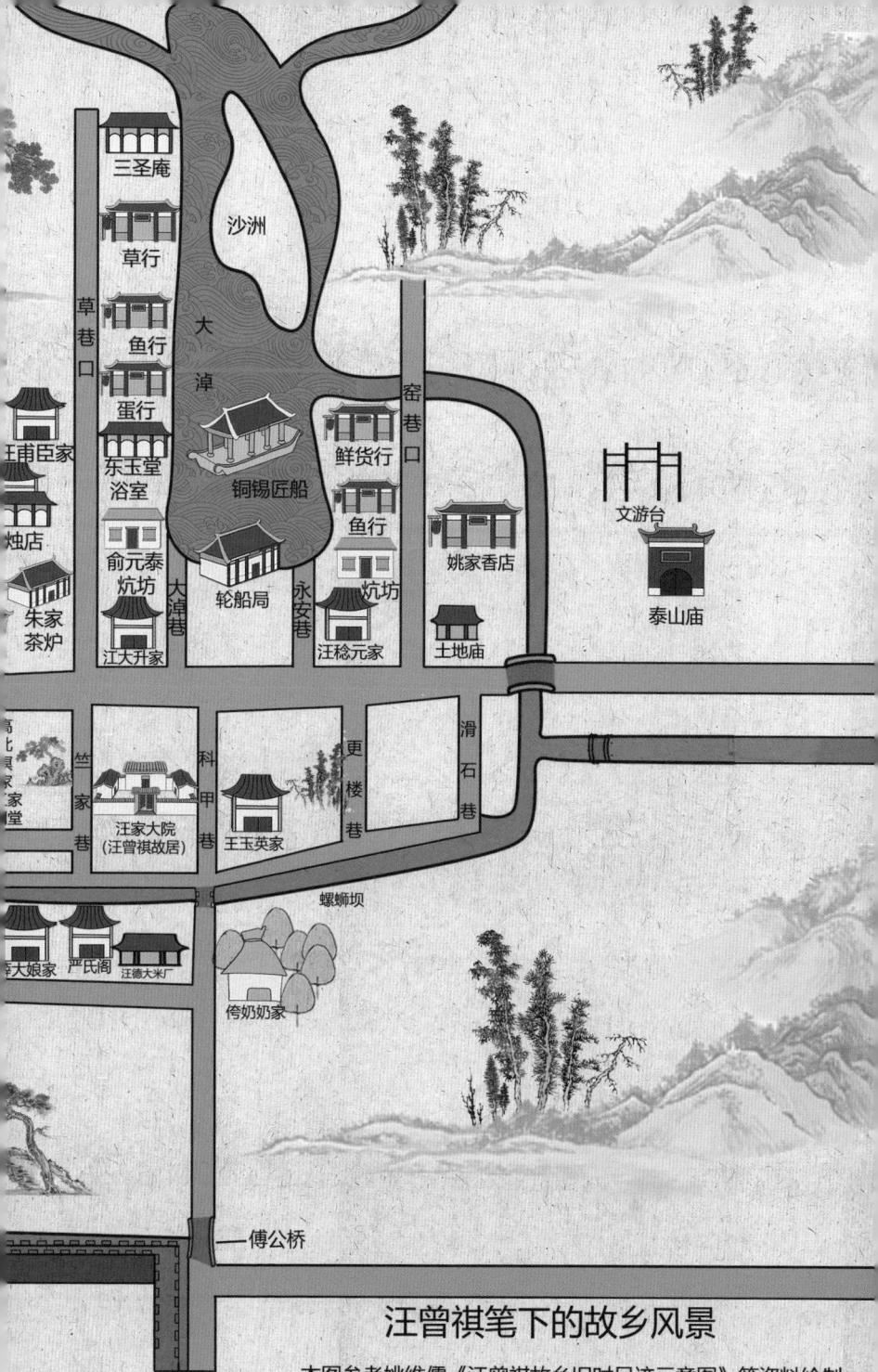

三圣庵

沙洲

草行

大淖

鱼行

草巷口

蛋行

王甫臣家

东玉堂浴室

烛店

铜锡匠船

鲜货行

窑巷口

文游台

朱家茶炉

俞元泰炕坊

大淖巷

鱼行

姚家香店

泰山庙

江大升家

轮船局

永安巷

炕坊

汪稔元家

土地庙

高北灵家家堂

竺家巷

汪家大院
(汪曾祺故居)

科甲巷

王玉英家

更楼巷

滑石巷

螺蛳坝

娘家

严氏阁

汪德大米厂

侉奶奶家

傅公桥

汪曾祺笔下的故乡风景

本图参考姚维儒《汪曾祺故乡旧时足迹示意图》等资料绘制

茅芽蠹然 一朝风月 丙子 曾祺

汪曾祺绘

万榕

传播新知 优美表达

故里杂记

汪曾祺 著

春风文艺出版社
·沈阳·

图书在版编目（CIP）数据

故里杂记 / 汪曾祺著 . — 沈阳 : 春风文艺出版社，
2025. 1. — ISBN 978-7-5313-6894-6

Ⅰ . I247.7

中国国家版本馆 CIP 数据核字第 2024C0Z423 号

春风文艺出版社出版发行

沈阳市和平区十一纬路 25 号　邮编：110003

天津鸿景印刷有限公司印刷

选题策划：王会鹏　　　　　　特约编辑：李　明
责任编辑：韩　喆　　　　　　责任校对：于文慧
封面设计：任展志　　　　　　幅面尺寸：145mm × 210mm
字　　数：240 千字　　　　　印　　张：10.25
版　　次：2025 年 1 月第 1 版　印　　次：2025 年 1 月第 1 次
书　　号：ISBN 978-7-5313-6894-6
定　　价：58.00 元

献给故乡的情歌

目 录

上辑：菰蒲深处

霜落邗沟积水清，寒星无数傍船明。

菰蒲深处疑无地，忽有人家笑语声。

——秦观《秋日》

故人往事 [1]

戴车匠

戴车匠是东街一景。

车匠是一种很古老的行业了。中国什么时候开始有车匠，无可考。想来这是很久远的事了。所谓车匠，就是在木制的车床子上用镟刀车镟小件圆形木器的那种人。从我记事的时候，全城似只有这一个车匠，一家车匠店。

车匠店离草巷口不远，坐南朝北。左邻是侯家银匠店，右邻是杨家香店。侯银匠成天用一根吹管吹火打银簪子、银镯子，或用小

---

① 编者注：汪曾祺先生作为一代文学名家，其行文习惯与用词、标点用法存在与当下规范并不完全一致的地方，本书为尊重历史原貌，不予改动。

本篇原载《新苑》1986 年第一期，其中《戴车匠》为旧作同题重写；初收《汪曾祺自选集》，漓江出版社，1987 年 10 月。

錾子錾银器上的花纹。侯家还出租花轿，花轿就停放在店堂的后面。大红缎子的轿帏，上绣丹凤朝阳和八仙，——中国的八仙是一组很奇怪的仙人，什么场合都有他们的份。结婚和八仙有什么关系呢？谁家姑娘要出阁，就事前到侯银匠家把花轿订下来，这顶花轿不知抬过多少新娘子了。附近几条街巷的人家，大家小户，都用这顶花轿。杨家香店柜前立着一块竖匾，上面不是写的字，却是用金漆堆塑出一幅"鹤鹿同春"的画。弯着脖子吃草的金鹿和蜷一只腿的金鹤留给过往行人很深的印象，因为一天要看见好多次。而且这是一幅画，凡是画，只要画得不太难看，人们还是愿意看一眼的。这在劳碌的生活中也是一种享受。我们那里不知道为什么有这样一种规矩，香店里每天都要打一盆稀稀的浆糊，免费供应街邻。人家要用少量的浆糊，就拿一块小纸，到香店里去"寻"——大量的当然不行，比如糊窗户、打袼褙，那得自己家里拿面粉冲。我小时糊风筝，就常到杨家香店寻浆糊（一个"三尾"的风筝是用不了多少浆糊的）……

戴家车匠店夹在两家之间。门面很小，只有一间。地势却颇高。跨进门槛，得上五层台阶。因此车匠店有点像个小戏台（戴车匠就好像在台上演戏）。店里正面是一堵板壁。板壁上有一副一尺多长，四寸来宽的小小的朱红对子，写的是：

室雅何须大，
花香不在多。

不知这是哪位读书人的手笔。但是看来戴车匠很喜欢这副对子。板壁后面，是住家。前面，是作坊。作坊靠西墙，放着两张车床。这所谓车床和现代的铁制车床是完全不同的。就像一张狭长的小床，木制的，有一个四框，当中有一个车轴，轴上安镟刀，轴下有皮条，皮条钉在踏板上，双脚上下踏动踏板，皮条牵动车轴，镟刀来回转动，车匠坐在坐板上，两手执定小块木料，就镟刀上车镟成器，这就是中国的古式的车床，——其原理倒是和铁制车床是一样的。这东西用语言是说不清楚的。《天工开物》之类的书上也许有车床的图，我没有查过。

靠里的车床是一张大的，那还是戴车匠的父亲留下的。老一辈人打东西不怕费料，总是超过需要的粗壮。这张老车床用了两代人，坐板已经磨得很光润，所有的榫头都还是牢牢实实的，没有一点活动。戴车匠嫌它过于笨重，就自己另打了一张新的。除了做特别沉重的东西，一般都使外边较小的这一张。

戴车匠起得很早。在别家店铺才卸下铺板的时候，戴车匠已经吃了早饭，选好了材料，看看图样，坐到车床的坐板上了。一个人走进他的工作，是叫人感动的。他这就和这张床子成了一体，一刻不停地做起活来了。看到戴车匠坐在床子上，让人想起古人说的："百工居于肆，以成其器。"中国的工匠，都是很勤快的。好吃懒做的工匠，大概没有，——很少。

车匠做的活都是圆的。常言说："砍的没有镟的圆。"较粗的活是量米的升子，烧饼槌子。——我们那里擀烧饼不用擀杖，用一种特制的烧饼槌子，一段圆木头，车光了，状如一个小碌碡，当中掏出圆洞，插进一个木杆。较细的活是布掸子的把，——末端车成一个滴溜圆的小球或甘露形状；擀烧卖皮用的细擀杖，——我们那里擀烧卖皮用两根小擀杖同时擀，擀杖长五寸，粗如指，极光滑，两根擀杖须分量相等。最细致的活是装围棋子的槟榔木的小圆罐，——罐盖须严丝合缝，木理花纹不错分毫。戴车匠做的最多的是大小不等的滑车。这是三桅大帆船上用的。布帆升降，离不开滑车。做得了的东西，都悬挂在西边墙上，真是琳琅满目，细巧玲珑。

车匠用的木料都是坚实细致的，檀木——白檀，紫檀，红木，黄杨，枣木，梨木，最次的也是榆木的。戴车匠踩动踏板，执料就刀，镟刀轻轻地吟叫着，吐出细细的木花。木花如书带草，如韭菜叶，如番瓜瓤，有白的、浅黄的、粉红的、淡紫的，落在地面上，落在戴车匠的脚上，很好看。住在这条街上的孩子多爱上戴车匠家看戴车匠做活，一个一个，小傻子似的，聚精会神，一看看半天。

孩子们愿意上戴车匠家来，还因为他养着一窝洋老鼠——白耗子，装在一个一面有玻璃的长方木箱里，挂在东面的墙上。洋老鼠在里面踩车、推磨、上楼、下楼，整天不闲着，——无事忙。戴车匠这么大的人了，对洋老鼠并无多大兴趣，养来是给他的独儿子玩的。

一到快过清明节了，大街小巷的孩子就都惦记起戴车匠来。

这里的风俗，清明那天吃螺蛳，家家如此，说是清明吃螺蛳，可以明目。买几斤螺蛳，入盐，少放一点五香大料，煮出一大盆，可供孩子吃一天。孩子们除了吃，还可以玩，——用螺蛳弓把螺蛳壳射出去。螺蛳弓是竹制的小弓，有一支小弓箭，附在双股麻线拧成的弓弦上。竹箭从竹片窝成的弓背当中的一个窟窿里穿过去。孩子们用竹箭的尖端把螺蛳掏出来吃了，用螺蛳壳套在竹箭上，一拉弓弦，弓背弯成满月，一撒手，哒的一声，螺蛳壳便射了出去。射得相当高，相当远。在平地上，射上屋顶是没有问题的。——竹箭被弓背挡住，是射不出去的。家家孩子吃螺蛳，放螺蛳弓，因此每年夏天瓦匠捡漏时，总要从瓦楞里扫下好些螺蛳壳来。不知道为什么，这种螺蛳弓都是车匠做，——其实这东西不用上床子镟，只要用破竹的作刀即能做成，应该由竹器店供应才对。清明前半个月，戴车匠就把别的活都停下来，整天地做螺蛳弓。孩子们从戴车匠门前过，就都兴奋起来。到了接近清明，戴车匠家就都是孩子。螺蛳弓分大、中、小三号，弹力有差，射程远近不同，价钱也不一样。孩子们眼睛发亮，挑选着，比较着，挨挨挤挤，叽叽喳喳，好不热闹。到清明那天，听吧，到处是拉弓放箭的声音："哒——哒！"

戴车匠每年照例要给他的儿子做一张特号的大弓。所有的孩子看了都羡慕。

戴车匠眯缝着眼睛看着他的儿子坐在门槛上吃螺蛳，把螺蛳壳用力地射到对面一家倒闭了的钱庄的屋顶上，若有所思。

他在想什么呢？

他的儿子已经八岁了。他该不会是想：这孩子将来干什么，是让他也学车匠，还是另外学一门手艺？世事变化很快，他隐隐约约觉得，车匠这一行恐怕不能永远延续下去。

一九八一年，我回乡了一次（我去乡已四十余年）。东街已经完全变样，戴家车匠店已经没有痕迹了。——侯家银匠店，杨家香店，也都没有了。

也许这是最后一个车匠了。

收字纸的老人

中国人对于字有一种特殊的崇拜心理，认为字是神圣的。有字的纸是不能随便抛掷的。亵渎了字纸，会遭到天谴。因此，家家都有一个字纸篓。这是一个小口、宽肩的扁篓子，竹篾为胎，外糊白纸，正面竖贴着一条二寸来宽的红纸，写着四个正楷的黑字："敬惜字纸。"字纸篓都挂在一个尊贵的地方，一般都在堂屋里家神菩萨的神案的一侧。隔十天半月，字纸篓快满了，就由收字纸的收去。这个收字纸的姓白，大人小孩都叫他老白。他上岁数了，身体却很好。满腮的白胡子楂，衬得他的脸色异常红润。眼不花，耳不聋。走起路来，腿脚还很轻快。他背着一个大竹筐，推门走进相熟的人家，到堂屋里把字纸倒在竹筐里，转身就走，并不惊动主人。有时遇见主人正在堂屋里，也说说话，问问老太爷的病好些了没有，小少爷快该上学了吧……

他把这些字纸背到文昌阁去，烧掉。

文昌阁的地点很偏僻，在东郊，一条小河的旁边，一座比较大的灰黑色的四合院。叫作阁，其实并没有什么阁。正面三间朝北的平房，砖墙瓦顶，北墙上挂了一幅大立轴，上书"文昌帝君之神位"，纸色已经发黑。香案上有一副锡制的香炉烛台。除此之外，一无所有，显得空荡荡的。这文昌帝君不知算是什么神，只知道他原先也是人，读书人，曾经连续做过十七世士大夫，不知道怎么又变成了"帝君"。他是司文运的。更具体地说，是掌握读书人的功名的。谁该有什么功名，都由他决定。因此，读书人对他很崇敬。过去，每逢初一、十五，总有一些秀才或候补秀才到阁里来磕头。要是得了较高的功名，中了举，中了进士，就更得到文昌阁来拈香上供，感谢帝君恩德。科举时期，文昌阁在一县的士人心目中是占据很主要的位置的，后来，就冷落下来了。

正房两侧，各有两间厢房。西厢房是老白住的。他是看文昌阁的，也可以说是一个庙祝。东厢房存着一副《文昌帝君阴骘文》的书板。当中是一个颇大的院子，种着两棵柿子树。夏天一地浓阴，秋天满株黄柿。柿树之前，有一座一人多高的砖砌的方亭子，亭子的四壁各有一个脸盆大的圆洞。这便是烧化字纸的化纸炉。化纸炉设在文昌阁，顺理成章。老白收了字纸，便投在化纸炉里，点火焚烧。化纸炉四面通风，不大一会，就烧尽了。

老白孤身一人，日子好过。早先有人拈香上供，他可以得到赏钱。有时有人家拿几刀纸让老白代印《阴骘文》（印了送人，是一种积德的善举），也会送老白一点工钱。老白印了多次《阴骘文》，几乎能背下来了（他是识字的），开头是："帝君曰：吾一十七世为士大夫，身未尝虐民酷吏……"后来，也没有人来印《阴骘文》了，这副板子就闲在那里，落满了灰尘。不过老白还是饿不着的。他挨家收字纸，逢年过节，大家小户都会送他一点钱。端午节，有人家送他几个粽子；八月节，几个月饼；年下，给他二升米，一方咸肉。老白粗茶淡饭，怡然自得。化纸之后，关门独坐。门外长流水，日长如小年。

他有时也会想想县里的几个举人、进士到阁里来上供谢神的盛况。往事历历，如在目前。有一天夜里，他做了一个梦，李三老爷点了翰林，要到文昌阁拈香。旗锣伞扇，摆了二里长。他听见有人叫他："老白！老白！李三老爷来进香了，轿子已经到了螺蛳坝，你还不起来把正门开了！"老白一骨碌坐起来，愣怔了半天，才想起来三老爷已经死了好几年了。这李三老爷虽说点了翰林，人缘很不好，一县人背后都叫他李三麻子。

老白收了字纸，有时要抹平了看看（他怕万一有人家把房地契当字纸扔了，这种事曾经发生过）。近几年他收了一些字纸，却一个字都不认得。字横行如蚯蚓，还有些三角、圆圈、四方块。那是中学生的英文和几何的习题。他摇摇头，把这些练习本和别的字纸一同填进化纸炉烧了。孔夫子和欧几里得、纳斯菲尔于是同归于尽。

老白活到九十七岁，无疾而终。

花瓶

这张汉是对门万顺酱园连家的一个亲戚兼食客，全名是张汉轩，大家都叫他张汉，大概觉得已经沦为食客，就不必"轩"了。此人有七十岁了，长得活脱像一个伏尔泰，一张尖脸，一个尖尖的鼻子。他年轻时在外地做过幕，走过很多地方，见多识广，什么都知道，是个百事通。比如说抽烟，他就告诉你烟有五种：水、旱、鼻、雅、潮。"雅"

是鸦片。"潮"是潮烟，这地方谁也没见过。说喝酒，他就能说出山东黄、状元红、莲花白……说喝茶，他就告诉你狮峰龙井、苏州的碧螺春，云南的"烤茶"是怎样在一个罐里烤的，福建的功夫茶的茶杯比酒盅还小，就是吃了一只炖肘子，也只能喝三杯，这茶太酽了。他熟读《子不语》《夜雨秋灯录》，能讲许多鬼狐故事。他还知道云南怎样放蛊，湘西怎样赶尸。他还亲眼见到过旱魃、僵尸、狐狸精，有时间，有地点，有鼻子有眼。三教九流，医卜星相，他全知道。他读过《麻衣神相》《柳庄神相》，会算"奇门遁甲""六壬课""灵棋经"。他总要快要到九点钟时才出现（白天不知道他干什么），他一来，大家精神为之一振，这一晚上就全听他一个人白话。

（旧作《异秉》）

张汉在保全堂药店讲过许多故事。有些故事平平淡淡，意思不大（尽管他说得神乎其神）。有些过于不经，使人难信。有一些却能使人留下强烈印象，日后还会时常想起。

下面就是他讲过的一个故事。

死生由命，富贵在天。不但是人，就是猫狗，也都有它的命。就是一件器物，什么时候毁坏，在它造出来的那一天，就已经注定了。江西景德镇，有一个瓷器工人，专能制造各种精美瓷器。他造的瓷器，都很名贵。他同时又是个会算命的人。每回造出一件得意的瓷器，他就给这件瓷器算一个命。有一回，他造了一只花瓶。出窑之后，他都呆了：这是一件窑变，颜色极美，釉彩好像在不停地流动，光华夺目，变幻不定。这是他入窑之前完全没有想到的。他给这只花瓶也算了一个命。花瓶脱手之后，他就一直设法追踪这只宝器的下落。

过了若干年，这件花瓶数易其主，落到一家人家。当然是大户人家，而且是爱好古玩的收藏家。小户人家是收不起这样价值连城的花瓶的。

这位瓷器工人，访到了这家，等到了日子，敲门求见。主人出来，知是远道来客，问道："何事？"——"久闻府上收了一只窑变花瓶，我特意来看看。——我是造这只花瓶的工人。"主人见这人的行动有点离奇，但既是造花瓶的人，不便拒绝，便迎进客厅待茶。

瓷器工人抬眼一看，花瓶摆在条案上，别来无恙。

主人好客，虽是富家，却不倨傲。他向瓷器工人讨教了一些有关烧窑挂釉的学问，并拿出几件宋元瓷器，请工人鉴赏。宾主二人，谈得很投机。

忽然听到当啷一声，条案上的花瓶破了！主人大惊失色，跑过去捧起花瓶，跌着脚连声叫道："可惜！可惜！——好端端的，怎么会破了呢？"

瓷器工人不慌不忙，走了过去，接过花瓶，对主人说："不必惋惜。"他从瓶里摸出一根方头铁钉，并让主人向花瓶胎里看一看。只见瓶腹内用蓝釉烧着一行字：

　　　　某年月日时鼠斗落钉毁此瓶

这是一个迷信故事。这个故事当然是编出来的。不过编得很有情致。这比许多荒唐恐怖的迷信故事更能打动人，并且使人获得美感。一件瓷器的毁损，也都是前定的，这种宿命观念不可谓不深刻。这故事是谁编的？为什么要编出这样的故事？迷信当然不能提倡，但是宿命观念是久远而且牢固的，它将会在相当长的时间内，在中国人的思想里潜伏。人类只要还不能完全掌握自己的命运，迷信总还会存在。许多迷信故事应当收集起来，这对我们了解这个民族长期形成的心理素质是有帮助的。从某一方面说，这也是一宗文化遗产。

如意楼和得意楼

扬州人早上皮包水（上茶馆），晚上水包皮（上澡堂子）。扬八属（扬州所属八县）莫不如此，我们那个小县城就有不少茶楼。竺家巷是一条不很长、也不宽的巷子，巷口就有两家茶馆。一家叫如意楼，一家叫得意楼。两家茶馆斜对门。如意楼坐西朝东，得意楼坐东朝西。两家离得很近。下雨天，从这家到那家，三步就能跳过去。两家的楼上的茶客可以凭窗说话，不用大声，便能听得清清楚楚。如要隔楼敬烟，把烟盒轻轻一丢，对面便能接住。如意楼的老板姓胡，人称胡老板或胡老二。得意楼的老板姓吴，人称吴老板或吴老二。

上茶馆并不是专为喝茶。茶当然是要喝的，但主要是去吃点心。

所以"上茶馆"又称"吃早茶"。"明天我请你吃早茶。"——"我的东，我的东!"——"我先说的，我先说的!"茶馆又是人们交际应酬的场所。摆酒请客，过于隆重。吃早茶则较为简便，所费不多。朋友小聚，店铺与行客洽谈生意，大都是上茶馆。间或也有为了房地纠纷到茶馆来"说事"的。有人居中调停，两下拉拢；有人仗义执言，明辨是非，有点类似江南的"吃讲茶"。上茶馆是我们那一带人生活里的重要项目，一个月里总要上几次茶馆。有人甚至是每天上茶馆的，熟识的茶馆里有他的常座和单独给他预备的茶壶。

扬州一带的点心是很讲究的，世称"川菜扬点"。我们那个县里茶馆的点心不如扬州富春那样的齐全，但是品目也不少。计有：

包子。这是主要的。包子是肉馅的（不像北方的包子往往掺了白菜或韭菜）。到了秋天，螃蟹下来的时候，则在包子嘴上加一撮蟹肉，谓之"加蟹"。我们那里的包子是不收口的。捏了褶子，留一个小圆洞，可以看到里面的馅。"加蟹"包子每一个的口上都可以看到一块通红的蟹黄，油汪汪的，逗引人们的食欲。野鸭肥壮时，有几家大茶馆卖野鸭馅的包子，一般茶馆没有。如意楼和得意楼都未卖过。

蒸饺。皮极薄，皮里一包汤汁。吃蒸饺须先咬破一小口，将汤汁吸去。吸时要小心，否则烫嘴。蒸饺也是肉馅，也可以加笋，——加切成米粒大的冬笋细末，则须于正价之外，另加笋钱。

烧卖。烧卖通常是糯米肉末为馅。别有一种"清糖菜"烧卖，乃以青菜煮至稀烂，菜叶菜梗，都已溶化，略无渣滓，少加一点盐，加大量的白糖、猪油，搅成糊状，用为馅。这种烧卖蒸熟后皮子是透明的，从外面可以看到里面碧绿的馅，故又谓之翡翠烧卖。

千层油糕。

糖油蝴蝶花卷。

蜂糖糕。

开花馒头。

在点心没有上桌之前，先喝茶，吃干丝，我们那里茶馆里吃点心都是现要，现包，现蒸，现吃。笼是小笼，一笼蒸十六只。不像北方用大笼蒸出一屉，拾在盘子里。因此要了点心，得等一会。喝茶、吃干丝的时候，也是聊天的时候，干丝是扬州镇江一带特有的东西。压得很紧的方块豆腐干，用快刀劈成薄片，再切为细丝，即为干丝。干丝有两种。一种是烫干丝，干丝在开水里烫后，加上好秋油、小磨麻油、金钩虾米、姜丝、青蒜末。上桌一拌，香气四溢。一种是煮干丝，乃以鸡汤煮成，加虾米、火腿。煮干丝较俗，不如烫干丝清爽。吃干丝必须喝浓茶。吃一筷干丝，呷一口茶，这样才能各有余味，相得益彰。有爱喝酒的，也能就干丝喝酒。早晨喝酒易醉。常言说："莫饮卯时酒，昏昏直至酉。"但是我们那里爱喝"卯酒"的人不少。这样喝茶、吃干丝、吃点心，一顿早茶要吃两个来小时。我们那里的人，过去的生活真是够悠闲的。——一九八一年我回乡一次，吃早茶的风气还有，但大家吃起来都是匆匆忙忙的了。恐怕原来的生活节奏也是需要变一变。

如意楼的生意很好。一大清早，小徒弟就把铺板卸了，把两口炉灶生起来，——一口烧开水，一口蒸包子，巷口就弥漫了带硫黄味道的煤烟。一个师傅剁馅。茶馆里剁馅都是在一个高齐人胸的粗大的木墩上剁。师傅站在一个方木块上，两手各执一把厚背的大刀，抡起胳膊，乒乒乓乓地剁。一个师傅就一张方桌边切干丝。另外三个师傅揉面。"打到的媳妇，揉到的面"，包子皮有没有咬劲，全在揉。他们都很紧张，很专注，很卖力气。一天就这样开始了。

如意楼的胡二老板有三十五六了。他是个矮胖子，生得五短，但是很精神。双眼皮，大眼睛，满面红光，一头乌黑的短头发。他是个很勤勉的人。每天早起，店门才开，他即到店。各处巡视，尝尝肉馅咸淡，切开揉好的面，看看蜂窝眼的大小。我们那里包包子的面不能发得太大，不像北方的包子，过于暄腾，得发得只起小孔，谓之"小酵面"。这样才筋道，而且不会把汤汁渗进包子皮。然后，切下一小块面，在烧红的火叉上烙一烙，闻闻面香，看兑碱兑得合适不合适。其实师傅们调馅兑碱都已很有经验，准保咸淡适中，酸碱合度，不会有差。但是胡老二还是每天要视验一下，方才放心。然后，就坐下来和师傅们一同擀皮子，刮馅儿，包包子、烧卖、蒸饺……（他是学过这行手艺的，是城里最大的茶馆小蓬莱出身）茶馆的案子都是比较矮的，他一坐下，就好像短了半截。如意楼做点心的有三个人，连胡老二自己，四个。胡二老板坐在靠外的一张矮板凳上，为的是有熟客来时，好欠起屁股来打个招呼："您来啦！您请楼上坐！"客人点点头，就一步一步登上了楼梯。

胡老二在东街不算是财主，他自己总是很谦虚地说他的买卖本小利微，经不起风雨。他和开布店的、开药店的、开酱园的、开南货店的、开棉席店的……自然不能相比。他既是财东，又是耍手艺的。他穿短衣时多，很少穿长衫，摇着扇子从街上走的时候。但是大家都知道他手里很足实，这些年正走旺字。屋里有金银，外面有戥秤。他一天卖了多少笼包子，下多少本，看多少利，本街的人是算得出来的。"如意楼"这块招牌不大，但是很亮堂。招牌下面缀着一个红布条，迎风飘摆。

相形之下，对面的得意楼就显得颇为黯淡。如意楼高朋满座，得意楼茶客不多。上得意楼的多是上城完粮的小乡绅、住在五湖居客栈的外地人，本街的茶客少。有些是上了如意楼楼上一看，没有空座，才改主意上对面的。其实两家卖的东西差不多，但是大家都爱上如意楼，不爱上得意楼。这真是没有办法的事。

得意楼的老板吴老二有四十多了，是个细高挑儿，疏眉细眼。他自己不会做点心的手艺，整天只是坐在账桌边写账，——其实茶馆是没有多少账好写的。见有人来，必起身为礼："楼上请！"然后扬声吆喝："上来×位！"这是招呼楼上跑堂的。他倒是穿长衫的。账桌上放着一包哈德门香烟，不时点火抽一根，蹩着眉头想心事。

得意楼年年亏本，混不下去了。吴老二只好改弦更张，另辟蹊径。他把原来做包点的师傅辞了，请了一个厨子，茶馆改酒馆。旧店新开，不换招牌，还叫作得意楼。开张三天，半卖半送。鸡鸭鱼肉，煎炒烹炸，面饭两便，气象一新。同街店铺送了大红对子，道喜兼来尝新的络绎不绝，颇为热闹。过了不到二十天，就又冷落下来了。门前的桌案上摆了几盘煎熟了的鱼，看样子都不怎么新鲜。灶上的铁钩上挂了两只鸡，颜色灰白。纱橱里的猪肝、腰子，全都瘟塌塌地摊在盘子里。吴老二脱去了长衫，穿了短袄，系了一条白布围裙，从老板降格成了跑堂的了。他肩上搭了一条抹布，围裙的腰里别了一把筷子。——这不知是一种什么规矩，酒馆的跑堂的要把筷子别在腰里。这种规矩，别处似少见。他脚上有脚垫，又是"跺趾"——脚趾头擦着，走路不利索。他就这样一拐一拧地招呼座客。面色黄白，两眼无神，好像害了一种什么不易治疗的慢性病。

得意楼酒馆看来又要开不下去。一街的人都预言，用不了多久，就会关张的。

吴老二蹙着眉头想："我怎么就这么不走运呢?"

他不知道，他的买卖开不好，原因就是他的精神萎靡。他老是这么拖拖沓沓、没精打采，吃茶吃饭的顾客，一看见他的呆滞的目光，就倒了胃口了。

一个人要兴旺发达，得有那么一点精气神。

一九八五年七月上旬作

小学同学 ①

金国相

我时常想起金国相。他很可怜。不知道怎么传出来的，说金国相有尾巴。于是在第二节课下课后，常常有一群同学追他，要脱下他的裤子。金国相拼命逃，大家拼命追。操场、校园、厕所……金国相跑得很快，从来没有被追上摁倒过。这样追了十分钟，直到第三节课铃响。学校的老师看见，也不管。我没有追过金国相。为什么要欺负人呢？那么多人欺负一个人！

金国相到底有没有尾巴？可能是有的。不然他为什么拼命逃？可能是他尾骨长出一节，不会是当真长了一根毛乎乎的尾巴。

① 本篇原载《北京文学》1989 年第一期，又载《联合文学》第五卷第三期，1989 年 1 月出版；初收《汪曾祺全集》第二卷，北京师范大学出版社，1998 年 8 月。

金国相的样子有点蠢。头很大，眼睛也很大。两只很圆的眼睛，老是像瞪着。说话声音很粗。

他家很穷。父亲早死了，家里只有一个祖母，靠糊"骨子"（做鞋底用的袼褙）为生。把碎布浸湿，打一盆面糊，在门板上把碎布一层一层地拼起来，糊得实实的，成一个二尺宽、五六尺长的长方块，晒干后，揭下。只要是晴天，都看见老奶奶坐在一个小板凳上糊骨子。金国相家一般是不关门的，因为门板要用来糊骨子，因此从街上一眼可以看到他家的堂屋。堂屋里什么都没有，一张破桌子，几条板凳。

金国相家左邻是一个很小的石灰店，右邻是一个很小的炮仗店。这几家门面都不敞亮，不过金国相家特别的暗淡。

金国相家的对面是一个私塾。也有人家愿意把孩子送到私塾念书，不上小学。私塾里有十几个学生。我们是读小学的，而且将来还会读中学、大学，对私塾看不起，放学后常常大摇大摆地走进去看看。教私塾的老先生也无可奈何。这位老先生样子很"古"。奇怪的是板壁上却挂了一张老夫妻俩的合影，而且是放大的。老先生用粗拙的字体在照片边廓题了一首诗，有两句我一直不忘：

诸君莫怨奁田少，

吃饭穿衣全靠它。

我当时就觉得这首诗很可笑。"奁田"的多少是老先生自己的事，与"诸君"有什么关系呢？

金国相为什么不就在对门读私塾，为什么要去读小学呢？

邱麻子

邱麻子当然是有个学名的，但是从一年级起，大家都叫他邱麻子。他又黑又麻。他上学上得晚，比我们要大好几岁，人也高出好多。每学期排座位，他总是最后一排，靠墙坐着。大家都不愿跟他一块玩，他也跟这些比他小好几岁的伢子玩不到一起去，他没有"好朋友"。我们那时每人都有一两个特别要好的同学。男生跟男生玩，女生跟女生玩。如果是亲戚或是邻居，男生和女生也可以一起玩。早上互相叫着一起到学校，晚上一同回家。邱麻子总是一个人来，一个人走。

三年级的时候，有一天上算术课，来的不是算术老师，是教务主任顾先生。顾先生阴沉着脸，拿了一把很大的戒尺。级长喊了"一——二——三"之后，顾先生怒喝了一声："邱××！到前面来！"邱麻子走到讲桌前站住。"伸出左手！"顾先生什么都不说，抡起戒尺就打。打得非常重。打得邱麻子嘴角牵动，一咧一咧的。一直打了半节课。同学们鸦雀无声。只见邱麻子的手掌肿得像发面馒头。邱麻子不哭，不叫喊，只是咧嘴。这不是处罚，简直是用刑。

后来知道是因为邱麻子"摸"了女生。

过了好些年，我才知道这叫"猥亵"。

邱麻子当然不知道这是"猥亵"。

连教导主任顾先生也不知道"猥亵"这个词。

邱麻子只是因为早熟，因为过早萌发的性意识，并且因为他的黑和麻，本能地做出这种事，没有谁能教唆过他。

邱麻子被学校开除了。

邱麻子家开了一座铁匠店。他父亲就是打铁的。邱麻子被开除后，学打铁。

他父亲掌小锤，他抡大锤。我们放了学，常常去看打铁。他父亲把一块铁放进炉里，邱麻子拉风箱。呼——哒，呼——哒……铁块烧红了，他父亲用钳子夹出来，搁在砧子上。他父亲用小锤一点，"叮"，他就使大锤砸在父亲点的地方，"当"。叮——当，叮——当。铁块颜色发紫了，他父亲把铁块放在炉里再烧。烧红了，夹出来，叮——当，叮——当，到了一件铁活快成形时，就不再需要大锤，只要由他父亲用小锤正面反面轻敲几下，"叮、叮、叮、叮"。"叮叮叮叮……"这是用小锤空击在铁砧上，表示这件铁活已经完成。

叮——当，叮——当，叮——当。

少年棺材匠

徐守廉家是开棺材店的。是北门外唯一的棺材店。

走过棺材店，总有一种很特殊的感觉。别的店铺都与"生"有关，所卖的东西是日用所需，棺材店却是和"死"联系在一起的。多数店铺在店堂里都设有椅凳茶几，熟人走过，可以进去歇歇脚，喝一杯茶，闲谈一阵，没有人会到棺材店去串门。别的店铺里很热闹。酱园从早到晚，买油的，买酱的，打酒的，买萝卜干、酱莴苣的，川流不息。布店从早上九点钟到下午五六点钟，总有人靠着柜台挑布（没有人大清早去买布的；灯下买布，看不正颜色了）。米店中饭前、晚饭前有两次高潮。药店的"先生"照方抓药，顾客坐在椅子上等，因为中药有很多味，一味一味地用戥子戥，包，要费一点时间。绒线店里买丝线的、绦子的、二号针的、品青煮蓝的……络绎不绝。棺材店没法子热闹。北门外一天死不了一个人。一天死几个，更是少有。就是那年闹霍乱，死的人也不太多。棺材店过年是不贴春联的。如果贴，写什么字呢？"生意兴隆通四海，财源茂盛达三江"？

我和徐守廉很要好。他很聪明，功课很好，我常到他家的棺材店去玩。

棺材店没有柜台，当然更没有货橱货架，只有一张账桌，徐守廉的父亲坐在桌后的椅子里，用一副骨牌"打通关"。棺材店是不需要多少"先生"的，顾客很少，货品单一。有来看材的（这些"材"就靠西墙一具一具地摞着），徐守廉的父亲就放下骨牌接待。棺材是没有什么可挑选的，样子都是一样。价钱也是固定的。上等的、中等的、下等的薄皮材，自几十元、十几元至几块钱不等。也没有人去买棺材讨价还价。看定一种，交了钱，雇人抬了就走。买棺材不兴赊账，所以账目也就简单。

我去"玩"，是去看棺材匠做棺材。棺材也要做得像个棺材的样子，不能做成一个长方的盒子。棺材板很厚。两边的板要一头大，一头小，要略略有点弧度，两边有相抱的意思；棺材盖尤其重要，棺材盖正面要略略隆起，棺材盖的里面要是一个"膛"，稍拱起。

做棺材的工具是一个长把、弯头、阔刃的家伙，叫作"锛"。棺材的各部分，是靠"锛"锛出来的（棺材板平放在地下）。老师傅锛起来非常准确。嚓！——嚓，嚓，嚓——锛到底，削掉不必要的部分，略修几下，这块板就完全合尺寸。锛时是不弹墨线的，全凭眼力，凭手底下的功夫。一般木匠是不会做棺材的，这是另一门手艺。

棺材店里随时都喷发出新锛的杉木的香气。

徐守廉小学毕业没有升学，就在他家的棺材店里学做棺材的手艺。

我读完初中，徐守廉也差不多出师了。

我考上了高中，路过徐家棺材店，徐守廉正在熟练地锛板子。我叫他：

"徐守廉！"

"汪曾祺！来！"

我心里想："你为什么要当棺材匠呢？"话到嘴边，没有说出来。我觉得当棺材匠不好。为什么不好呢？我也说不出来。

蒌蒿薹子

小说《大淖记事》："春初水暖，沙洲上冒出很多紫红色的芦芽和灰绿色的蒌蒿，很快就是一片翠绿了。"我在书页下方加了一条注："蒌蒿是生于水边的野草，粗如笔管，有节，生狭长的小叶，初生二寸来高，叫作'蒌蒿薹子'，加肉炒食极清香。……"蒌蒿的蒌字，我小时不知怎么写，后来偶然看了一本什么书，才知道的。这个字音"吕"。我小学有一个同班同学，姓吕，我们就给他起了一个外号，叫"荸荠薹子"（荸荠薹子家开了一爿糖坊，小学毕业后未升学，我们看见他坐在糖坊里当小老板，觉得很滑稽）。

——《故乡的食物》

真对不起，我把我的这位同学的名字忘了，现在只能称他为荸荠薹子。我们小时候给人取外号，常常没有什么意义，"荸荠薹子"，只是因为他姓吕，和他的形貌没有关系。"糖坊"是制麦芽糖的。有一口很大的锅，直径差不多有一丈。隔几天就煮一锅大麦芽，整条街上都闻到熬麦芽的气味。麦芽怎么变成了糖，这过程我始终没弄清楚，只知道要费很长时间。制出来的糖就是北京叫作关东糖的那种糖。有的做成直径尺半许的一个圆饼，肩挑的小贩趸去。或用钱买，或用鸭毛破布来换，都可以。用一个刨刀形的铁片搠入糖边，用小铁锤一敲，叮的一声就敲下一块。云南叫这种糖"叮叮糖"。荸荠薹子家不卖这种糖，门市只卖做成小烧饼状的糖饼。有时还要把麦芽糖拉出小孔，切成二寸长的一段一段，孔里灌了豆面，外面滚了芝麻的"灌香糖"。吃糖饼的人很少，这东西很硬，咬一口，不小心能把门牙扳下来。灌香糖买的人也不多。因此照料门市，只要一个人就够了。原来看店堂的是他的父亲，荸荠薹子小学毕了业，就由他接替了。每年只有近腊月二十边上，糖坊才红火热闹几天。家家都要买糖饼祭灶，叫作"灶糖"，不少人家一买买一摞，由大至小，摞成宝塔。全城只有这一家糖坊，买灶饼糖的人挤不动。四乡八镇还有来批趸的。糖坊一年，就靠这几天的生意赚钱。这几天，蒌蒿薹子显得很忙碌，很兴奋。他的已经"退居二线"的父亲也一起出动。过了这几天，糖坊又归于清淡。蒌蒿薹子可以在店堂里"坐"着，或抄了两手在大糖锅前踱来踱去。

蒌蒿薹子是我们的同学里最没有野心、最没有幻想、最安分知足的。虚岁二十，就结了婚。隔一年，得了一个儿子。而且，那么早就发胖了。

王居

我所以记得王居，一是我觉得王居这个名字很好玩，——有什么好玩呢？说不出个道理；二是，他有个毛病，上体育的时候，齐步走，一顺边，——左手左脚一齐出，右手右脚一齐出。

王居家是开豆腐店的，豆腐店是不大的买卖。北门外共有三家豆腐店。一家马家豆腐店，一家顾家豆腐店，都穷，房屋残破，用具发黑。顾家豆腐店因为顾老头有一个很风流的女儿而为人所知（关于她，是可以写一篇小说的）。只有王居家的"王记豆腐店"却显得气象兴旺。磨浆的磨子、卖浆的锅、吊浆的布兜，都干干净净。盛豆腐的木格刷洗得露出木丝。什么东西都好像是新置的。王居的父亲精精神神，母亲也是随时都是光梳头，净洗脸，衣履整齐。王家做出来的豆腐比别家的白、细，百叶薄如高丽纸，豆腐皮无一张破损。"王记"豆腐方干齐整紧细，有韧性，切"干丝"最好，北城几家茶馆，五柳园、小蓬莱、胡小楼，常年到"王记"买豆腐干。因此街邻们议论：小买卖发大财。

一个豆腐店，"发"也发不到哪里去。但是王居小学毕业后读了初中。我们同了九年学。王居上了初中，还是改不了他那老毛病，齐步走，一顺边。

王居初中毕业后，是否升学读了高中，我就不清楚了。

道士二题 [1]

马道士

　　马道士是一个有点特别的道士，和一般道士不一样。他随时穿着道装。我们那里当道士只是一种职业，除了到人家诵经，才穿了法衣——高方巾、绣了八卦的"鹤氅"，平常都只是穿了和平常人一样的衣衫，走在街上和生意买卖人没有什么两样。马道士的道装也有点特别，不是很宽大、很长，——我们那里说人衣服宽长不合体，常说"像个道袍"，而是短才过胫。斜领，白布袜，青布鞋。尤其特别的是他头上的那顶道冠。这顶道冠是个上面略宽，下面略窄，前面稍高，后面稍矮的一个马蹄状的圆筒，黑缎子的。冠顶留

---

① 本篇原载《长城》1994年第五期；初收《汪曾祺全集》第六卷，北京师范大学出版社，1998年8月。

出一个圆洞，露出梳得溜光的发髻。这种道冠不知道叫什么冠。全城只有马道士一个人戴这种冠，我在别处也没有见过。

马道士头发很黑，胡子也很黑，双目炯炯，说话声音洪亮，中等身材，但很结实。

他不参加一般道士的活动，不到人家念经，不接引亡魂过升仙桥，不"散花"（道士做法事，到晚上，各执琉璃荷花灯一盏，迂回穿插，跑出舞蹈队形，谓之"散花"），更不搞画符捉妖。他是个独来独往的道士。

他无家无室（一般道士是娶妻生子的），一个人住在炼阳观。炼阳观是个相当大的道观，前面的大殿里也有太上老君、值日功曹的塑像，也有人来求签、掷珓①……马道士概不过问，他一个人住在最后面的吕祖楼里。

吕祖楼是一座孤零零的很小的楼，没有围墙，楼北即是"阴城"，是一片无主的荒坟，住在这里真是"与鬼为邻"。

马道士坐在楼上读道书，读医书，很少下楼。

他靠什么生活呢？他懂医道，有时有人找他看病，送他一点钱。——他开的方子都是一般的药，并没有什么仙丹之类。

他开了一小片地，种了一畦萝卜，一畦青菜，够他吃的了。

有时他也出观上街，买几升米，买一点油盐酱醋。

吕祖楼四周有二三十棵梅花，都是红梅，不知是原来就有，还

---

① 编者注：也叫掷筊，乃是人与神灵沟通请示的方式，杯筊的材料是木头或竹头，经过工匠削制成新月的形状，共有两片，并有表里两面外突内平的成对器具，杯筊的凸出面为"阴"，平坦面称为"阳"，若一阴一阳叫"圣杯"。

是马道士手种的。春天，梅花开得极好，但是没有什么人来看花，很多人甚至不知道炼阳观吕祖楼下有梅花。我们那里梅花甚少，顶多有人家在庭院里种一两棵，像这样二三十棵长了一圈的地方，没有。

马道士在梅花丛中的小楼上读道书，读医书。

我从小就觉得马道士属于道教里的一个什么特殊的支派，和混饭吃的俗道士不同。他是从哪里来的呢？

前几年我回家乡一趟，想看看炼阳观，早就没有了。吕祖楼、梅花，当然也没有了。马道士早就"羽化"了。

五坛 ①

五坛是个道观，离我家很近。由傅公桥往东，走十来分钟就到。观枕澄子河，门外是一条一步可以跨过的水渠，水很清。沿渠种了一排桤柳。渠以南是一片农田，稻子麦子都长得很好，碧绿碧绿。五坛的正名是"五五社"，坛的大门匾上刻着这三个字，可是大家都叫它"五坛"。有人问路："五五社在哪里？"倒是没什么人知道。

为什么叫个"五坛""五五社"？不知道。道教对数目有一种神秘观念，对五尤其是这样。也许这和"太极、无极"有一点什么关系，不知道。我小时候不知道，现在也还是不知道。真是"道可道，非常道"！

① 本篇原载《长城》1994年第五期；初收《汪曾祺全集》第六卷，北京师范大学出版社，1998年8月。

五坛的门总是关着的。但是门里并未下闩，轻轻一推，就可以进去。

门里耳房里住着一个道童，管看门、扫地、焚香。除他以外，没有一个人，静悄悄的。天井两头种了四棵相当高大的树。东边是两棵玉兰，西边是两棵桂花。玉兰盛开，洁白耀眼。桂花盛开，香飘坛外。左侧有一个放生池，养着乌龟。正面的三清殿上塑着太上老君的金身，比常人还稍矮一点。前面是念经的长案，案上整整齐齐地排了一刊经卷。经案下是一列拜垫，盖着大红毡子。炉里烧的是檀香，香气清雅。

五坛的道士不是普通的道士，他们入坛，在道，只是一种信仰，并不以此为职业。他们都是有家有业，有身份的人，如叶恒昌，是恒记桐油栈的老板。桐油栈是要有雄厚的资金的。如高西园，是中学的历史教员。人们称呼他们时也只是"叶老板""高老师"，不称其在教中的道名。

他们定期到坛里诵经（远远地可以听到诵经的乐曲和钟磬声）。一般只是在坛里，除非有人诚敬恭请，不到人家做法事。他们念的经也和一般道士不一样，听说念的是《南华经》——《庄子》，这很奇怪。

五坛常常扶乩，我没有见过扶乩，据说是由两个人各扶着一个木制的丁字形的架子，下面是一个沙盘，降神后，丁字架的下垂部分即在沙盘上画出字来。扶乩由来已久，明清后尤其盛行。张岱的《陶庵梦忆》即有记载。纪晓岚《阅微草堂笔记》录了很多乩语、乩诗。纪晓岚是个严肃的人，所录当不是造谣。这究竟是怎么回事呢？

我以为这值得研究研究，不能用"迷信"二字一笔抹杀。

每年正月十五后一二日（扶乩一般在正月十五举行），五坛即将"乩语"木板刻印，分送各家店铺，大约四指宽，六七寸长。这些"乩语"倒没有神秘色彩，只是用通俗的韵文预卜今年是否风调雨顺，宜麦宜豆，人畜是否平安，有无水旱灾情。是否灵验，人们也在信与不信之间。

关于五坛，有这么一个故事。

蓝廷芳是个医生，是"外路人"。他得知五坛的道士道行高尚，法力很深，到五坛顶礼跪拜，请五坛道长到他家里为他父亲的亡魂超度。那天的正座是叶恒昌。

到"召请"（把亡魂摄到法坛，谓之"召请"），经案上的烛火忽然变成蓝色，而且烛焰倾向一边，经案前的桌帏无风自起。同案诵经的道士都惊恐色变。叶恒昌使眼色令诸人勿动。

法事之后，叶恒昌问蓝廷芳："令尊是怎么死的？"

蓝廷芳问叶恒昌看见了什么。

叶恒昌说："只见一个人，身着罪衣，一路打滚，滚出桌帏。"

蓝廷芳只得说实话：他父亲犯了罪，在充军路上，被解差乱棍打死。

蓝廷芳和叶恒昌我都认识。蓝廷芳住在竺家巷口，就在我家后门的斜对面。叶恒昌的恒记桐油栈在新巷口，我上小学时上学、放学都要从桐油栈门口走过，常看见叶恒昌端坐在柜台里面。叶恒昌是个大个子，看起来好像很有道行。但是我没有问过叶恒昌和蓝廷芳有没有这么回事。一来，我当时还是个孩子，二来这种事也不便问人家。

　　但是我很早就认为这只是一个故事。

　　而且这故事叫我很不舒服。为什么使我不舒服，我也说不清。

　　我常到五坛前面的渠里去捉乌龟。下了几天大雨，五坛放生池的水涨平岸，乌龟就会爬出来，爬到渠里快快活活地游泳。

　　《庄子》被人当作"经"念，而且有腔有调，而且敲钟击磬，这实在有点滑稽。

　　　　　　　　　　　　　　　　　　　　　一九九五年春节

仁慧 ①

　　仁慧是观音庵的当家尼姑。观音庵是一座不大的庵。尼姑庵都是小小的。当初建庵的时候，我的祖母曾经捐助过一笔钱，这个庵有点像我们家的家庵。我还是这个庵的寄名徒弟。我小时候是个"惯宝宝"，我的母亲盼我能长命百岁，在几个和尚庙、道士观、尼姑庵里寄了名。这些庙里、观里、庵里的方丈、老道、住持就成了我的干爹。我的观音庵的干爹我已经记不得她的法名，我的祖母叫她二师父，我也跟着叫她二师父。尼姑则叫她"二老爷"。尼姑是女的，怎么能当人家"干爹"的？为什么尼姑之间又互相称呼为"老爷"？我都觉得很奇怪。好像女人出了家，性别就变了。

　　二师父是个面色微黄的胖胖的中年尼姑，是个很忠厚的人，一天只是潜心念佛，对庵里的事不大过问。在她当家的这几年，弄得

① 　本篇原载《小说家》1993年第六期；初收《矮纸集》，长江文艺出版社，1996年3月。

庵里佛事稀少，香火冷落，房屋漏雨，院子里长满了荒草，一片败落景象。庵里的尼姑背后管她叫"二无用"。

二无用也知道自己无用，就退居下来，由仁慧来当家。

仁慧是个能干人。

二师父大门不出，仁慧对施主家走动很勤。谁家老太太生日，她要去拜寿。谁家小少爷满月，她去送长命锁。每到年下，她就会带一个小尼姑，提了食盒，用小瓷坛装了四色咸菜给我的祖母送去。别的施主家想来也是如此。观音庵的咸菜非常好吃，是风过了再腌的，吃起来不是苦咸苦咸的，带点甜味。祖母收了咸菜，道一声："叫你费心。"随即取十块钱放在食盒里。仁慧再三推辞，祖母说："就算这一年的灯油钱。"仁慧到年底，用咸菜总能换了百十块钱。

她请瓦匠来检了漏，请木匠修理了窗槅。窗槅上尘土堆积的槅扇纸全都撕下来，换了新的。而且把庵里的全部亮槅都打开，说："干吗弄得这样暗无天日！"院子里的杂草全锄了，养了四大缸荷花。正殿前种了两棵玉兰。她说："施主到庵堂寺庙，图个幽静。荒荒凉凉的，连个坐坐的地方都没有，谁还愿意来烧香拜佛？"

我的祖母隔一阵就要到观音庵看看。她的散生日都是在观音庵过的。每一次都是由我陪她去。

祖母和二师父在她的禅房里说话，仁慧在办斋，我就到处乱钻。我很喜欢到仁慧的房里去玩，翻翻她的经卷，摸摸乌斯藏铜佛，掐掐她的佛珠，取下马尾拂尘挥两下。我很喜欢她的房里的气味。不是檀香，不是花香，我终于肯定，这是仁慧肉体的香味。我问仁慧："你是不是生来就有淡淡的香味？"仁慧用手指点了一下我的额头，说："你坏！"

祖母的散生日总要在观音庵吃一顿素斋。素斋最好吃的是香蕈饺子。香蕈（即冬菇）汤，荠菜、香干末做馅，包成薄皮小饺子，油炸透酥，倾入滚开的香蕈汤，嗤啦有声，以勺舀食，香美无比。

仁慧募化到一笔重款，把正殿修缮油漆了一下，焕然一新，给三世佛重新装了金。在正殿对面盖了一个高敞的过厅。正殿完工，菩萨"开光"之日，请赞助施主都来参与盛典。这一天观音庵气象庄严，香烟缭绕，花木灼灼，佛日增辉。施主们全都盛装而来，长裙曳地。礼赞拜佛之后，在过厅里设了四桌素筵。素鸡、素鸭、素鱼、素火腿……使这些吃长斋的施主们最不能忘的是香蕈饺子。她们吃了之后，把仁慧叫来，问："这是怎么做的？怎么这么鲜？没有放虾籽吗？"仁慧忙答："不能不能，怎能放虾籽呢？就是香蕈！——黄豆芽吊的汤。"

观音庵的素斋于是出了名。

于是就有人来找仁慧商量，请她办几桌素席。仁慧说可以，但要三天前预订，因为竹荪、玉兰片、猴头，都要事先发好。来赴斋的有女施主，也有男性的居士。也可以用酒，但限于木瓜酒、稀莶酒这样的淡酒，不预备烧酒。

二师父对仁慧这样的做法很不以为然，说："这叫作什么？观音庵是清净佛地，现在成了一个素菜馆！"但是合庵尼僧都支持她。赴斋的人多，收入的香钱就多，大家都能沾惠。佛前"乐助"的钱柜里的香钱，一个月一结，仁慧都是按比例分给大家的。至少，办斋的日子她们也能吃点有滋味的东西，不是每天白水煮豆腐。

尤其使二师父不能容忍的，是仁慧学会了放焰口。放焰口本是和尚的事，从来没有尼姑放焰口的。仁慧想：一天老是敲木鱼念那几本经有什么意思？为什么尼姑就不能放焰口？哪本戒律里有过这样的规定？她要学！善因寺常做水陆道场，她去看了几次，大体能够记住。她去请教了善因寺的方丈铁桥。这铁桥是个风流和尚，听说一个尼姑想学放焰口，很惊奇，就一字一句地教了她。她对经卷、唱腔、仪注都了然在心了，就找了本庵几个聪明尼姑和别的庵里的也不大守本分的年轻尼姑，学起放焰口来。起初只是在本庵演习，在正殿上摆开桌子凳子唱诵。咳，还真像那么回事。尼姑放焰口，这是新鲜事。于是招来一些善男信女、浮浪子弟参观。你别说，这十几个尼姑的声音真是又甜又脆，比起和尚的癞猫嗓子要好听得多。仁慧正座，穿金蓝大红袈裟，戴八瓣莲花毗卢帽，两边两条杏黄飘带，美极了！于是渐渐有人家请仁慧等一班尼姑去放焰口，不再有人议论。

观音庵气象兴旺，生机蓬勃。

解放。

土改。

土改工作队没收了观音庵的田产，征用了观音庵的房屋。

观音庵的尼姑大部分还了俗，有的嫁了人。

有的尼姑劝仁慧还俗。

"还俗？嫁人？"

仁慧摇头。

她离开了本地，云游四方，行踪不定。西湖住几天，邓尉住几天，峨眉住几天，九华山住几天。

有许多关于仁慧的谣言。说无锡惠山一个捏泥人的，偷偷捏了一个仁慧的像，放在玻璃橱里，一尺来高，是裸体的。说仁慧有情人，生过私孩子……

有些谣言仁慧也听到了，一笑置之。

仁慧后来在镇江北固山开了一家菜根香素菜馆，卖素菜、素面、素包子，生意很好。菜根香的名菜是香蕈饺子。

菜根香站稳了脚，仁慧把它交给别人经管，她又去云游四方。西湖住几天，邓尉住几天，峨眉住几天，九华山住几天。

仁慧六十开外了，望之如四十许人。

一九九三年七月二十一日

最响的炮仗 ①

孟家炮仗店的孟老板，孟和，走出巷口。

唉，孟老板这一趟走出巷口跟哪一趟都不大同。

一切都还是差不多。一出他家的门，向北，一爿油烛店，砖头路。左边一堵人家的院墙，墙上两条南瓜藤，南瓜藤早枯透了。右边一堵墙，突出了肚子，上面一张红纸条：出卖重伤风。这自然是个公厕，一个老厕所。老厕所原有的味儿，孟老板在这里撒过几十年的尿。砖头路，一个破洋瓷脸盆半埋在垃圾堆中。一个小旅馆，黑洞洞的，黑洞洞的梁上还挂一个旧灯笼，灯笼上画了几个蝙蝠，五福迎门。路上到处是草屑，有人挑过草。两行水滴，有人挑过水。一个布招，孟老板多年习惯地从那个布招下低头而过。再过去，一个小小理发店，墙壁上是公安局冬防布告："照得年关岁暮，宵小

---

① 本篇原载 1946 年 12 月 28 日天津《益世报》；又载 1947 年 1 月 5 日上海《益世报》，文字略有改动。

匪盗堪猖，……"白纸黑字，字是筋骨饱满的颜体，旁边还贴有个城隍大会建会疏启，黄裱纸。凡多招贴处皆为巷口，这里正是个人来人往的巷口。

孟老板看了一眼"照得……"，一跳便至"中华民国"了。他搔搔头，似乎想弄清楚现在究竟是民国几年。巷口一亮。亮出那面老蓝布招子，上了年纪的蓝布招上三个大白字：古月楼。这才听见古月楼茶房老五一声"加蟹一笼——"啊，老五的嗓子，由尖锐到嘶哑，三十年了，一切那么熟悉。所以古月楼三个字终日也不见得有几个客人仰面一看，而大家却和孟老板一样，知道那是古月楼，一个茶楼。那是老五的嗓子，喊了近三十年。

太阳落在古月楼楼板上。一片阳光之中，尘埃野鸟浮动。

孟老板从前是这里的老主顾，几乎每天必到。来喝喝茶，吃吃点心，跟几个熟人见见面，拱拱手，由天气时事谈下去。谈谈生意上事情，地方上事情。如何承办冬防，开济贫粥厂；河工，水龙，施药，摆渡船，通阴沟，挑公厕里的粪，无所不谈。照例凡有须孟老板出力处他没有不站出来的，有须出钱处，也从不肯后人。凡事有个面子，人是为人活下来的，对自己呢，面子得顾。

孟老板在这条巷子有一个名字，在这个小城中，也有一块牌子。（北京的大树，南京沈万山，人的名儿，树的影儿。）

孟老板走到巷口，停了一停。他本应现在即坐到古月楼上等起来，但是他拐弯了。

这一趟走出巷口跟哪一趟可都不同。他要跟一个人接头关于嫁他的女儿的事去。

孟老板拐了弯，便看见自己家的那个炮仗店，孟老板从他的炮仗店门前而过。关着门，像是静静的，过年似的。这是孟老板要嫁女儿的缘故。

　　从前，孟家炮仗店门前总拥着一堆孩子，男孩子，女孩子，歪着脖子，吮着指头，看两个老师傅做炮仗。老师傅在三副木架子（多不平常的东西啊）之中的两个上车炮仗筒子。郭橐，一个；郭橐，一个。一簇小而明亮的眼睛随老师傅的手而动。炮仗店的地面特别的干，空气也特别的干。白木架子，干干净净。有的地方发亮，手摸得发亮。老师傅还向人说过，一辈子没有用过这么趁手的架子。这是天下最好的架子。天下有多大，多宽？老师傅自不明白，也不怎么想明白。

　　这个城实在小，放一个炮仗全城都可听见！一到快吃午饭时候，这一带的人必听到"砰——訇！"照例十来声，都知道孟家试炮仗，试双响。双响在空中一声，落地一声，又名天地响。试炮仗有一定的地方，一片荒地，广阔无边，从巷口不拐弯，一直向北，一直下去就是了。你每天可以看到孟老板在一棵柳树旁边，有时带着他的孩子，把炮仗一个一个试放。这是这个小城市每天的招呼。保安队天一亮就练号，承天寺到晚上必撞钟，中午孟家放炮仗。这几种声音，在春天，在冬天，在远处近处，在风中雨中，继续存在，消失，而共同保留在一切人的印象中，记忆中。人都慢慢长大了。

　　全城不止三家炮仗店，而孟家三代以来比任何一家的炮仗都响。四乡八镇，甚至邻近县城，娶媳妇，嫁女儿，讲究人家，都讲究用孟家炮仗，好像才算是放炮仗。

香期，庙会，盂兰焰口，地藏王生日，清明，冬至，过年，孟家架上没有"连日货"。满堂红万点桃花一千八百响落在雪地上真是一种气象。这得先订。老师傅一个下半年总要打夜作，一面喝酒，一面工作到天明。还有著名的孟家烟火，全城没得第二家。

　　烟火是秘传，孟老板自己配药穿信子，老师傅都帮不了忙。一堂烟火抵一季鞭炮。一堂，或三套或五套不等。年丰岁月，迎灵出会，人神共乐，晚上少不了放烟火。放烟火在那片荒地上。荒地上两个高架子。不知道的人猜不出那是缢死囚用还是干什么别的用的。就在烟火上，孟老板损了一只眼睛。

　　某年，城中大赛会，烟火共计有五堂之多，孟家所做，有外县一家所做。十年恰逢金满斗，不能白白放过！好，有得看了。烟火教这阖城的人有一个今天的晚上：老妈子洗碗洗得特别快，姑娘在灯前插一朵鬓边花。妈多给了孩子几个铜子儿，生意经纪坐在坟前吃一碗豆腐脑儿。杀猪的已穿上新羽绫马褂，花兜肚里装满了银钱，再不浑身油臭，泥水匠的手干干净净，卖鲜货的手里一串山里红。"来了？""来了。刚来？""三姨，三姨——""狗子你别乱跑呀！"各人占好地方，十番"锣鼓飞动"放了！"炮打泗州城""芦蜂追秃子"……遂看得人欢声雷动，尽力喝吼，如醉如狂，踏得野地里草都平了。——最后，两套"天下太平"牵上去，等着看高下了。孟家烟火放紫光绿光，黄色橘色，喷兰花珠子，落飞蛾雪花，具草木虫鱼百状情形。"好。""好，是好！"而忽然，熄了。怎么回事？熄了？熄了。熄了！接火引信子嗤嗤有声，可是发不出火来。等！不着。等，不着！起先大众中还只叽叽喳喳，后来，大家那个叫呀，闹呀，吆喝呀，拍手吹哨呀。孟和那时年纪还小，咽得下这个吗？"拿梯子来！"攀上颤巍巍三十二档竹梯，看看到底是怎么回事。整了整信子，再看，正在他觑近时，一个"天鹅蛋"打出来，正中左眼，一脚摔了下来。左眼从此废去了，成为一个独眼龙。

大家看烟火。大家都认得孟老板这个人了！"这么一个人，这么一个人"，心里不由不感叹。一个小学生第二天作文"若孟君者，真乃一勇敢之人也"，先生给加了一个双圈。孟老板一只眼睛虽已废去，孟家烟火也从此站住了。五百里方圆，凡有死丧庆吊红白喜事，用烟火必找孟家。孟家炮仗店有个字号，但知道得不多，只晓得孟家炮仗店。一到过年，孟家炮仗店排挞门上贴上万年红春联，联上抹熟桐油，亮得个发欢，刘石庵体，八个大字：

生财大道，
处世中和。

门边柱子上的那一条是全城最长的，从"自造"到"发客"计三十余字。孟老板手上一个汉玉扳指。孟老板旱烟袋上一个玻璃翠葫芦嘴子。孟老板每天在这个巷子里走好多回，从家里到店里，从店里到家里。"孟老板"这个称呼跟孟老板本人是一个。天下有若干姓孟的老板，然而天下只有这么一个孟老板。个子不高，方方正正的脸，走路慢慢地，说话慢慢地，坏了一只眼睛也并无人介意，小孩子看到那个脸上的笑仍是一个极好的笑。在这个巷子里熟悉亲切的笑。

孟老板差不多每天要到古月楼坐坐。喝喝茶，吃吃点心，跟几个熟人见见面，谈谈。古月楼中有他一个长订座儿。吃茶时老五还是个小孩子，来古月楼做学徒还由孟老板做的保。老五当年有个瘌痢头，如今一头黑发，人走了运。

但是孟老板这一趟走出巷口跟哪一趟都不同。孟家炮仗店的门关上了。孟老板要把女儿嫁出去。

北伐成功，破除了迷信，神像推倒，庙产充公，和尚尼姑还俗，鞭炮业自然大受影响。虽然"打倒列强，打倒列强"唱了一阵之后，委员们又都自称信士弟子，忙着给肉身菩萨披红上匾，可是地方连年水旱兵灾，百姓越来越苦，有兴致放鞭炮的究竟少了，烟火更是谈不上。二十年河堤决口，生意更淡。接着是硝黄缺售，成本高，货源少，一年卖不出几挂千子红。后来，保安队贴出大布告，不许民间燃放爆竹，风声鹤唳，容易引起误会云云！

渐渐地，孟老板简直不容易在古月楼茶客中见到了。

店开不下去，家里耗了个空，背得一身的债。

这一带的人多久已不听见试炮声音。

孟老板还在这条巷子里走出走进，所欠的债务多半是一个姓宋的做的中保。姓宋的专是一个说是打合、牵线接头、陪人家借字、吃白食、拿干钱的角色！

今天，现在孟老板就是要碰这个姓宋的去，谈谈嫁女儿的事情。早先约好，在古月楼见面，再谈一趟，就定聘了。

古月楼呀，孟老板像是从来没有上这个地方去过，完全是个陌生。孟老板出了巷口而拐弯了。他要上哪里去呢？是的，上哪儿去呢？他好像是在转了一会儿，也不问一问他自己。他只是信步而行，过了东街。数十年如一日，铺在这里的东街。烧饼店的烧饼，石灰店里的石灰，染坊师傅的蓝指甲，测字先生的缺嘴紫砂茶壶，……每一块砖头在左边一块的右边、右边一块的左边，孟老板从这里过去。这些东西要全撤去，孟老板仍是一个孟老板，他现在也没有一句话要向世人说。

一个糕饼店小伙计懒声懒气地唱，听声音，他脸黄：

"我好比……"

这个声音孟老板必然也听到，却越走越远，混杂到人之中去了。

约莫两个多钟头之后，孟老板下了楼来，脸上蜡渣黄，他身边是那个姓宋的，两人走到屋檐口，站了一站。姓宋的帽子取下来，搔了搔头，想说什么，想想，又不说了，仍旧把帽子戴上。"回见。""回见。"

孟老板看姓宋的走到巷口，立在那里欣赏公安局布告。他其实也没看进去。这布告贴了一星期，一共十二句，早都知道说的什么。他是老看定那一行"照得年关岁暮"。他也看见最后"民国二十六"，"年"字上面一颗朱印，肥肥壮壮的假瘗鹤铭体。孟老板忽然发现这家伙的头真小！

一种说不出的厌恶，他想摸上去一口把他的耳朵咬下来。孟老板一生不骂人，现在一句话停在他嘴边：

"我×你十八代祖宗！"

他一肚子愤怒，他要狂叫，痛哭，要喊，要把头撞在墙上，要拔掉自己头发，要跳起脚来呼天抢地。

但这只是一霎眼之间的事，马上平息下去。他感到腿上有点冷，一个寒噤。年老了，快五十了。

这时什么地方突的来了一声："孟老板！"孟老板遽然问："什么事？"这才看出是挑水的老王。这人愣头愣脑，一对水桶摆呀摆的，扁担上挂了一条牛鞭子、一绺青蒜——自然是"没有事"。眼看着这人愣着眼睛过去后，自言自语："没有事，没有事，有什么事呢？"这教孟老板想起回家了。

孟老板把女儿嫁给保安队一个班长。姓宋的做媒，明天过门。

"唉，老孟，老孟，你真狠心，实在是把女儿卖了。"

孟家的房子真黑。女儿的妈陪着女儿做点衣裳，用从"聘礼"中抽出来的钱，制两件衬衣，一件花布棉袍子。剪刀声中不时夹杂着母亲一声干咳。女儿不说话。孟老板也不说话。

他这两天脾气非常的好，好得特别。两个小的孩子，也分外的乖，安安静静的，爸爸给他们还剪了剪指甲。

一个孩子找两个铜钱，剪纸做了个毽子，踢了两下，又靠着妈坐下来。一切都似乎给什么冻着了，天气可还不太冷。

过了三天，日子到了。妈还买了两支"牙寸"烛点上，黑黑的堂屋里烛火闪闪地跳跃。换上新式初上头的女儿来跟爸爸辞行："爸爸，我走了。"

爸爸看看女儿，圆圆的脸，新花布棉袍，眉毛新经收拾弯弯的："走吧，好好的。到人家去要……你妈呢？"孟老板娘原躲在门后拉衣袖拭眼泪，忙走出来："大妹你放心去喔，要听话喔！"

大家都像再也无话可说，那么静了一会儿，一同听到街上卖油豆腐的声音。

孟老板女儿的出门是坐洋车去的，遮了把伞送出大门，大门边站了两个看热闹的邻居。两个邻居老太太谈起这件事，叹一口气："也罢了！"女儿一走，孟老板即出门去，一直向北。

这两天他找到一点废材料，一个人，做了三个特大双响，问他干什么，他一声不说。现在他带了这三个大炮仗出去，一直走到荒地。

他一直走到荒地。荒地辽阔无边，一棵秃树，两个木架子，衰草斜阳，北风哀动。孟老板把三个双响一个一个点上，随即拼命把炮仗向天上扔。真是一个最响的炮仗，多少日子以来没有过的新鲜声音，这一带人全都听到了。没有一个人知道是怎么回事。

你们贵处有没有这样的风俗：不兴向炮仗店借火抽烟？这是犯忌讳的事。你去借，店里人跟你笑笑："我们这里没有火。"你奇怪，他手上拿的正是一根水烟媒子。

　　　　　　三十五年十一月十九日初稿，二十日重写一过

合锦^①

　　魏小坡原是一个钱谷师爷。"师爷"是衙门里对幕友的尊称，分为两类：一类是参谋司法行政的，称为"刑名师爷"；一类是主办钱粮、税收、会计的，称为"钱谷师爷"。"刑名师爷"亦称"黑笔师爷"，"钱谷师爷"亦称"红笔师爷"，他们有点近乎后来的参谋、秘书班子。虽无官职，但出谋划策，能左右主管官长的思路举措。师爷是读书人考取功名以外的另一条生活途径，有他们自己的一套价值观念。求财取利的法门，也是要从师学习的。师爷自成网络，互通声气，翻云覆雨，是中国的吏治史上的一种特殊人物。师爷大都是绍兴人，鲁迅文章中曾经提到过。京剧《四进士》中道台顾读的师爷曾经挟带赃款不辞而别，把顾读害得不浅。清室既亡，这种人没有了，代之而起的是秘书、干事。但是地方官有些事，如何逢

---

① 本篇原载《收获》1996年第四期；初收《汪曾祺全集》第二卷，北京师范大学出版社，1998年8月。

迎辖治、推诿延宕……还得把老师爷请去，在"等因奉此"的公文稿上斟酌一番，趋避得体，动一两句话，甚至改一两个字。果然是"一鞭一条痕，一捆一掌血"，老辣之至。事前事后，当官的自然不会叫他们白干，总得有一点"意思"。

魏小坡已经三代在这个县城当师爷。民国以后就洗手不干了，在这里落户定居。除了说话中还有一两句绍兴字眼，如"娘东戳杀"，吃菜口重，爱吃咸鱼和霉干菜，此外已经和本地人没有什么两样。他在钱家伙买了四十亩好田（他是钱谷师爷，对田地的高低四至、水源渠堰自然非常熟悉），靠收租过日子。虽不算缙绅之家，比起"挑箩把担"的，在生活上却优裕得多。

他的这座房屋的格局却有些特别，或者也可以说是不成格局。大门朝西，进门就是一台锅灶。有锅三口：头锅、二锅、三锅。正当中是一个矮饭桌，是一家人吃饭的桌子。魏小坡家人口不多，只有四口人，不知道为什么在这样的矮桌上吃饭。南边是两间卧室，住着魏小坡的两个老婆，大奶奶和二奶奶，两个老婆是亲姊妹。姊妹二人同嫁一个丈夫，在这县城里并非绝无仅有。大奶奶进门三年，没有生养，于是和双亲二老和妹妹本人商量，把妹妹也嫁过来。这样不但妹妹可望生下一男半女，同时姊妹也好相处，不会像娶个小搅得家宅不安。不想妹妹进门三年仍是空怀，姐姐却怀上了，生了一个儿子！

大奶奶为人宽厚。佃户送租子来，总要留饭，大海碗盛得很满，压得很实。没有什么好菜，白菜萝卜烧豆腐总是有的。

锅灶间养着一只狮子玳瑁猫，一只黄狗。大奶奶每天都要给猫用小鱼拌饭，让黄狗嚼得到骨头。

出锅灶间，往后，是一个不大的花园。魏小坡爱花，连翘、紫荆、碧桃、紫白丁香……都开得很热闹。魏小坡一早临写一遍《九成宫醴泉铭》，就趿着鞋侍弄他的那些花。八月，他用莲子（不是用藕）种了一缸小荷花，从越塘捞了二三十尾小鱼秧养在荷花缸里，看看它们悠然来去，真是万虑俱消，如同置身濠濮之间。冬天，蜡梅怒放，天竺透红。

说魏家房屋格局特别是小花园南边有一小侧门，出侧门，地势忽然高起，高地上有几间房，须走上五六级"坡台子"（台阶）才到，好像这是另外一家似的——这是为了儿子结婚用的。

魏小坡的儿子名叫魏潮珠（这县西边有一口大湖，叫甓射湖，据说湖中有神珠，珠出时极明亮，岸上树木皆有影，故湖亦名珠湖）。魏大奶奶盼着早一点抱孙子，魏潮珠早就定了亲，就要办喜事。儿媳妇名卜小玲，是乾陞和糕饼店的女儿，两家相距只二三十步路。

我陪我的祖母到魏家去（我们两家是斜对门）。魏家的人听说汪家老太太要来，全都起身恭候。祖母进门道了喜，要去看看魏小坡种的花。"唔，花种得好！花好月圆，兴旺发达！"她还要到后面看看。后面的房屋正中是客厅，东边是新房，西边一间是魏潮珠的书房，全都裱糊得四白落地，簇崭新。我对新房里的陈设，书房里的古玩全都不感兴趣，只有客厅正面的画却觉得很新鲜。画的是很苍劲的梅花。特别处是分开来挂，是四扇屏；相挨着并挂，却是一个大横幅。这样的画我没有见过。回去问父亲，父亲说："这叫'合锦'，这样的画品格低俗，和一个钱谷师爷倒也相配。他这堂画用的是真西洋红，所以很鲜艳。"

卜小玲嫁过来，很快就怀了孕。

魏大奶奶却病了，吃不下东西，只能进水，不能进食，这是"噎嗝"。"风痨气臌噎嗝，阎王请的客"，这是不治之症，请医服药，只能拖一天算一天。

一天，大奶奶把二奶奶请过来，交出一串钥匙，对妹妹说："妹妹，我不行了，这个家你就管起吧。"二奶奶说："姐姐，你放心养病。你这病能好！"可是一转眼，在姐姐不留神的时候，她就把钥匙掖了起来。

没有多少日子，魏大奶奶"驾返瑶池"了，二奶奶当了家。

二奶奶持家和大奶奶大不相同，她非常啬刻。煮饭量米，一减再减，菜总是煮小白菜、炒豆腐渣。女用人做菜，她总是嫌油下得太多。"少倒一点！少倒一点！这样下油法，万贯家财也架不住！"咸菜煮小鱼、药芹（水芹菜），这是荤菜。她的一个特点是不相信人，对人总是怀疑、嘀咕、提防，觉得有人偷了她什么。一个女用人专洗大件的被子、帐子，通阴沟、倒马桶，力气很大。"她怎么力气这样大呢？"于是断定女用人偷吃了泡锅巴。丢了一点什么不值的几个钱东西：一块布头、一团烂毛线，她断定是出了家贼，"家贼难防狗不咬！"有一次丢失了一个金戒指，这可不得了，搅得天翻地覆。从里到外搜了用人身子，翻遍了被褥，结果是她自己藏在梳头桌的小抽屉里了！卜小玲坐月子，娘家送来两只老母鸡炖汤，汤放在儿媳妇"迎桌"的砂锅里。二奶奶用小调羹舀了一勺，聚精会神地尝了尝。卜小玲看看婆婆的神态，知道她在琢磨吴妈是不是偷喝了鸡汤又往汤里兑了开水。卜小玲很生气，说："吴妈是我小时候的奶妈，我是喝了她的奶长大的，她不会偷喝我的鸡汤，婆婆你就放心吧！你连吴妈也怀疑，叫我感情上很不舒服！""我这是为你！知人知面不知心，难说！难说！"卜小玲气得面朝里，不理婆婆："什么人哩！"二奶奶这样多疑，弄得所有的人都不舒服。原来有说有笑、和和气气的一家人，弄得清锅冷灶，寡淡无聊。谁都怕不定什么时候触动二奶奶的一根什么筋，二奶奶的脸上唰的一下就挂下了一层六月严霜。猫也瘦了，狗也瘦了，人也瘦了，花也瘦了。二奶奶从来不为自己的多疑觉得惭愧、觉得对不起人，她觉得理所应该。魏小坡说二奶奶不通人情，她说："过日子必须刻薄成家！"魏小坡听见，大怒，拍桌子大骂："下一句是什么?"[1]

魏家用过几次用人，有一回一个月里竟换了十次用人。荐头店[2]要帮人的，听说是魏家，都说："不去！"

后客厅的梅花"合锦"第三条的绫边受潮脱落了，魏小坡几次说拿到裱画店去修补一下，二奶奶不理会。这个屏条于是老是松松地卷着，放在条几的一角。

---

① 这是朱柏庐《治家格言》中的话，"刻薄成家"下一句是"理无久享"。
② 专为介绍女佣的店铺叫"荐头店"或"荐头行"。

莱生小爷 [1]

莱生小爷家有一只鹦鹉。

莱生小爷是我们本家叔叔。我们那里对和父亲同一辈的弟兄很少称呼"伯伯""叔叔"的，大都按他们的年龄次序称呼"大爷""二爷""三爷"……年龄小的则称之为"小爷"。汪莱生比我父亲小好几岁，我们就叫他"小爷"。有时连他的名字一起叫，叫"莱生小爷"，当面也这样叫。他和我父亲不是嫡堂兄弟，但也不远，两房是常走动的。

莱生小爷家比较偏僻，大门开在方井巷东口。对面是一片菜园。挨着莱生小爷家，往西，只有几户人家；再西，出巷口是"阴城"。"阴城"即一片乱葬岗子，层层叠叠埋着许多无主孤坟，草长得很高。

① 本篇原载《山花》1996年第一期；初收《汪曾祺全集》第二卷，北京师范大学出版社，1998年8月。

我的祖母——我们一族人都称她"太太"，有时要出门走走，常到方井巷外看看野景，吩咐种菜园的人家送点菜到家里。菜园现拔的菜叫"起水鲜"，比市上买的好吃。下霜之后的乌青菜（有些地方叫塌苦菜或塌棵菜）尤其鲜美，带甜味。太太到阴城看了野景，总要到莱生小爷家坐坐，歇歇脚，喝一杯小婶送上来的热茶，说些闲话，问问今年的收成，问问楚中——莱生小爷的大舅子，小婶的大哥的病好些了没有。

太太到方井巷，都叫我陪着她去。

太太和小婶说着话，我就逗鹦鹉玩。

鹦鹉很大，绿毛，红嘴，用一条银链子拴在一个铁架子上。它不停地蹿来蹿去，翻上翻下，呷呷地叫。丢给它几颗松子、榛子，它就嘎巴嘎巴咬开了吃里面的仁。这东西的嘴真硬，跟钳子似的。我们县里只有这么一只鹦鹉，绿毛、红嘴，真好玩，莱生小爷不知是从哪里买来的。

莱生小爷整天没有什么事。他在本家中家境是比较好的，从他家里摆设用具、每天的饭菜就看得出来。——我们的本家有一些是比较穷困的，有的竟是家无隔宿之粮。他田地上的事，看青、收租，自有"田禾先生"管着。他不出大门，不跟人来往，与人不通庆吊。亲戚家有娶亲、做寿的，他一概不到，由小婶用大红信套封一份"敬仪"送去。他只是喂鹦鹉一点食，就钻进后面的书房里。他喜欢下围棋，没有人来和他对弈，他就一个人摆棋谱，一摆一上午。他养了十来盆蒲草。一盆种在一个小小的钧窑浅盆里，其余的都排在天井里的石条上。他不养别的花，每天上午用一个小喷壶给蒲草浇一遍水，然后就在藤椅上一靠，睡着了，一直到孩子喊他去吃饭。

他食量很大，而且爱吃肥腻的东西。冰糖肘子、红烧九转肥肠、"青鱼托肺"——烧青鱼内脏。家里红烧大黄鱼，鱼膘照例归他，——这东西黏黏糊糊的，黏得鳔嘴，别人也不吃。

他一天就是这样，吃了睡，睡了吃，无忧无虑，快活神仙。直到他的小姨子肖玲玲来了，才在他的生活里激起了一阵轩然大波。

肖玲玲是小婶的妹妹，她在上海两江女子体育师范读书，放暑假，回家乡来住住。肖玲玲这二年出落得好看了。脸盘、身材都发生了变化。在上海读了两年书，说话、举止都带了点上海味儿。比如她称呼从前的女同学都叫"密斯×"，穿的衣服都是抱身儿的。这个小城里的人都说她很"摩登"。她常到大姐家来，姊妹俩感情很好，有说不完的话。玲玲擅长跳舞、北欧土风舞、恰尔斯顿舞（这些舞在体育师范都是要学的）。她读过的中学请她去教，她也很乐意："one two three four，一、二、三、四，二、二、三、四……"

玲玲来了，莱生小爷就目不转睛地看着她，听她说话，一脸傻气。

他忽然向小婶提出一个要求，要娶玲玲做二房。小婶以为她听岔了音，就说："你说什么？""我要娶玲玲，让她做小，当我的姨太太！""你这说的是什么话！快别再说了，叫人家听见了笑话。我们是亲姊妹，有姊妹俩同嫁一个男人的吗？有这种事吗？""有！古时候就有，娥、娥、娥……"小爷说话有点结巴，"娥"了半天也没有"娥"出来，小婶觉得又好气，又好笑。

打这儿起，就热闹了。莱生小爷成天和小婶纠缠，成天地闹。

"我要玲玲，我要玲玲！"

"我要玲玲嫁我！"

"我要玲玲做小！"

"娶不到玲玲，我就不活了，我上吊！"

小婶叫他闹得不得安生，就说："要不你去找我大哥肖楚中说说去，问问玲玲本人。"

"我不去，你替我去！"

小婶叫他闹得没有办法，就回娘家找大哥肖楚中。

肖家没有多少产业，靠肖楚中在中学教英文，按月有点收入。他有胃病，有时上课胃疼，就用铅笔顶住胃部。但是亲友婚嫁，礼数不缺。

小婶跟大哥说：

"莱生要娶玲玲做小。"

肖楚中听明白了，气得浑身发抖。

"放屁！有姊妹二人嫁一个男人的吗？"

"他说有，娥皇女英就是这样。"

"放屁！娥皇女英是什么时代的事？现在是什么时代？难道能回到唐尧虞舜的时代吗？这是对玲玲的侮辱，也是对我肖家的侮辱！亏你还说得出口，替这个混蛋来做这种说客！"

"我是叫他闹得没有办法，他说他娶不到玲玲就要上吊。"

"他爱死不死！你叫他吓怕了，你太懦弱！——这事你千万别跟玲玲提起！"

"那怎么办呢？"

"不理他！——我有办法，他再闹，我告到二太爷那里去（二太爷是我的祖父，算是族长），把他捆起来送到祠堂里打一顿，他就老实了！这是废物一个，好吃懒做的寄生虫，真是异想天开，莫名其妙！"

小婶把大哥的话一五一十传给了汪莱生。真要是送到祠堂里打一顿，他也有点害怕。这以后他就不再胡搅蛮缠了，但有时还会小声嘟囔："我要玲玲，我要娶玲玲……"

他吃得还是那么多，还是爱吃肥腻。

有一天，吃完饭，莱生回他的书房，走在石头台阶上，一脚踩空，摔了一跤。小婶听见咕咚一声，赶过来一看，他起不来了。小婶自己，两个孩子，还叫了挑水的老王，一起把他搭到床上去。他块头很大，真重！在床上躺下后，已经中风失语。

小婶请来刘老先生（这是有名的中医）。刘先生看看莱生的舌苔、眼睛，号了号脉，开了一个方子。前面医案上写道：

"贪安逸，食厚味，乃致病之源。拟投以重剂，活血化瘀。"

小婶看看药方，有犀角、麝香，知道这都是大凉通窍的药，而且知道这服药一定很贵。

刘老先生喝着小婶给他倒的茶，说："他的病不十分要紧，吃了这药，一个月以后可能下地。能走动了，叫他出去走走。人不能太闲，太闲了，好人也会闲出病来的。"

一个月后，莱生小爷能坐起来，能下地走走了，人瘦了一大圈。他能说话了，但是话很少。他又添了一宗毛病，成天把玻璃柜橱的门打开又关上，打开又关上，嘴里不停地发出拉胡琴定弦的声音：

"gà gi，gi gà，gà gi，gi gà……"

然后把柜橱的铜环摇动得山响：

"哗啦哗啦哗啦……"

很难说他得了神经病，但可说是成了半个傻子。

"gà gi，gi gà，gà gi，gi gà……"

"哗啦哗啦哗啦。"

我离乡日久，不知道莱生小爷后来怎么样了。按年龄推算，他大概早已故去。我有时还会想起他来，想起他的鹦鹉、他的十来盆蒲草。

锁匠之死①

　　我们城里总是铳人，"铳"就是枪毙，不说枪毙，说铳。你如果不说铳而说枪毙，城里人就觉得你：要不是外边来的，"外路码子"；要不，假如知道你的底细，知道你的祖宗三代，你的"骨头渣子"，你是本乡人而（他们以为）故意不说本乡话，撇"官腔"，哈呀，了不起！你这两个字触犯了他们，他们一定对你侧之以目，嗤之以鼻，努之以嘴，歧视你，恨你，对你有一种敌意。小城里的人都敏感得出奇，多疑善忌，脆弱的自尊心一来就碰伤了。他们随时听得出你声音里有些什么意思，随时觉得你笑他，看不起他，为了跟你对抗，他们在他们的城垣上增了更多的石头，把他们的固执堆积得更高。如你往大街上一看，随便问一句："什么事情？——是不是又枪毙人？"人丛之中一定有一个十分严厉的声音

---

①　本篇原载 1948 年 7 月 18 日《平明日报》。

直撞撞地发出来："铳人！"你没法奈何，你觉得他像是寻事找碴儿罢，他又可以说这是好意跟你答话。你皱一皱眉毛，他那儿心里可笑开了，准保事后他一定跟人添油加醋地讲一气，把你形容得狼狈不堪。……好罢，就说是铳人。我们城里是个铳人铳得最多的地方，这简直是它的最大的特色。要是把这个特色取去，我想不出有什么可以代替它的。每年要是没有那么些人枪毙，我们的城是什么样子呢？我怕我要不认得它了。我的那些尊贵的同乡们的一部分情感当然要没有搁处了。于是我们的城加给我一层阴暗。说"最多"不无有点问题，但无论如何比别的地方要"重要"，影响要大。如果说我的印象不大准确，我告诉你，我的初级中学在县城东门城脚，东门外即是杀场。出东门有一木桥，桥下的水呼呼的，流得很悲惨，本来叫作东门桥，但一般都称之为"掉魂桥"，言死囚过此桥上魂即掉去也。我们在上课，忽然远远听见许多人奔跑的声音，听见那种凄厉的单调的号声，一会儿汹汹涌涌地过去了。我们的心就沉下来，沉沉地撞击，紧紧地压得难受。枪响了，听得清楚是几个人，一人挨了几枪。冲起一阵喝彩的声音，再又是一阵杂沓的脚步，当中夹着一串整齐的、一队保卫团的兵，跑步，吹的号是凯旋号。有时适在下课时候，同学多随着去看。年纪都还小，很多在枪声一响的那一霎回过头来的，我则从未亲自去看过。不过有时进出东门，殷红的白，发了一点黑，破烂的尸首总会映到你眼睛里来。东门外有一个非常好的乘凉、看书、吹口琴、放风筝的地方，有一棵极大的桑树，结了一树大紫桑葚，在摘下来要放进嘴的时候一想到枪一拨响的景象就会老大不自在，眼睛里涌出了恐怖。有一次，我刚从外面回到学校，要进校门，校门进不去了，全是人，堵得死死的，后面有人还拿了凳子爬上来看，就要来了——又铳人。没有办法，只好站在前头——既然非看不可，我就好好地看一看。一共五个，我一个一个看过去，全是土匪，向来枪毙的都是土匪。有一个，我认得！那是南门的一个锁匠。

这个锁匠有一个很好的百灵，我每次经过他门前时都要看一看。我记得他那个铺子的整个的样子，我记得他的样子。他有老婆，有一个孩子。他家后头有个小院子，有一棵树，树长过屋脊，在外头就看得见。……现在，这是他，他就要去枪毙了。他坐在一个柳条篮子里，被两个扛夫抬着，这样子很滑稽，滑稽得教人痛苦。是他！他没有变样子。不，这不是他。他怎么会，怎么会。是这个样子呢。你猜我当时想的什么？我想做皇帝。我想《九更天》，闻太师——我想我一点也不能救他。我白着脸站在那里。等门口人滚滚地插进跟在后面的队伍里去，松了，露出了大门，我走进去。我一个人坐在空空的学校里的空空的教室里，半天半天。一直到听见有人在隔壁弹风琴。我是个孩子！但是别笑我，那个锁匠是个了不得的人，了不得的锁匠。他的铺子，我傍晚经过时特为看了一看，果然，知道是，关上了。当然一定是关了多少日子了，我早就知道，早就听说，早就看见的。然而，以前好像这是不可靠的，不真实、不明明白白的。现在，完了，赫然地摆在我面前。排门上两道封条，十字交叉，白纸黑字，县政府封，月日，一颗大朱印。有一根柱子有点歪。

他的罪名是跟匪有来往，通匪。跟匪有来往不一定就是通匪，但在我们地方上人看起来没有什么两样，至少愿意他没有两样。他的情形也比较特别一点……主要是因为他住的地方。他住在简直是城中心，往南往北都没有几步即是闹市和富宅。这简直不得了，给他们的威胁太大了，不等于是匪都住在家里来了？随时就有危险。嘿！他们容不得这么一个大胆的人，而且那么一个聪明人，那么有心眼、机伶。而且，他倒真稳呐，一点都看不出来。看他那样子，哪里像个通匪的人、像个匪呢？（直接指之为匪了。）还怪和气的，怪规规矩矩，说话、待人，哪一样不好好的？天天还都见面呢！——那个王八蛋！谁料得到他里头是这么样的奸险！他们气愤了，他们觉得他顶可恨的是他们被他蒙住了，他们像个三岁孩子似的被人欺负了，他们冤！于是从前对他的好感漫无节制地增高起来，他们简直把他说成了神，什么不可能的，平常决不有人相信的事情大家全都相信了，临时现抓，越编越多，越编越长，越编越有声有色，委委曲曲，原原本本，一大套变成理由和证据——杀他！因为，他们不为什么也希望他被杀，希望有人被杀，他们要创造出这么一个人。这回花样翻新，异于往常，有趣。

他是个锁匠。姓王，一般称之为王锁匠，或锁匠小王。从前，他是个挑锁匠担子的。但锁匠担子常常也称为铜匠担子，锁匠也是一种铜匠，而且与真正的铜匠有一部分的工作是相同的，简直大部分是相同的。所以王锁匠未始不可以称为王铜匠。比如北平市口角有一个矮子铜匠，职业性质与王锁匠全无二致，而人不称之为矮子锁匠，而称之为矮子铜匠。王锁匠的"锁"字有一点标榜的意思，因为他配锁配得特别好。你见过那种锁匠担子吗？长方的两个木箱子，底微阔大，渐上渐小，四边都是梯形。一边一个，挑着时"咔——咔，咔——咔"的响声，箱子上头有个架子，横挂一长串钥匙之类，互相擦击，发出声音，极有节奏。这种担子跟修洋灯洋伞的、补锅的、锡匠的担子都如同兄弟，有一种渊源，一种亲切的关系，都是小时候常常会让我把急切的脚步放缓，让我嗒焉如有所失，毫无目的地跟着他看着他半天。"补锅——"叮嗒嗒叮，叮嗒嗒叮，叮嗒嗒叮嗒嗒叮嗒嗒叮，……有一种特殊的响器，很多的精铁长片串在一起，撒开来一齐花喇喇放出去，又趁手一带收回来，折成一叠，这有个名字的，叫作什么什么子——哎呀，我怎么会又想不起来呢，我都闹不清究竟该往谁的手上搁了。不过有的锁匠担子常常是固定地顿在一处，等人来就教。木箱的一头各有许多小抽屉，我多想把那些小抽屉一个一个地抽出来看看啊。这些小库房里简直是包罗万象，用之不竭，并不乱搁的，每一格都是一定有东西。那每一个锁匠担子都是完全一样的，这一个锁匠跟那个锁匠若是换一副担子用一两天绝对没有问题，没有什么不方便。不，一两天是可以的，多了不成，器物各有不同的性格，用惯了自己的，用别人的不顺手、不如意。——都是这样，所有的这种担子都有一定的秩序。甚至皮匠担子。我从前以为皮匠担子总是砧子木板乱搁的，才不，刀是刀的地方，锤是锤的地方，麻线、黄蜡、猪鬃都占一定角落，甚至篮子上竹架子上夹的上底的牛皮马皮，大大小小，都挨着差不多的层次！顶要紧的是一把大锉——大，锉身有二尺多长，四四方方。一头一个木柄，抓在手上。一头是锉头，木制，圆的，顶头饱出，做球状，套在一个固定在木箱上的铁环里。锁匠坐在一个马扎子上，吭哧吭哧拉那锁，锉钥匙。锁匠，锉别的东西。磨锉金属的声音本来是不大好听的声音，但如果是那个锁匠，我不讨厌，我听惯了，而且可以毫不勉强地说，我喜欢。是的，那是沉着痛快、锲而不舍、坚决而瓷实的声音，一锉下去，拉回来往下再一推，铜屑子灿烂地撒下来，那边，那个东西上一道槽子，生新的一条一条痕迹。锉高一点，低一点，偏一点，侧一点。手里控着的东西转着方向，嘎吱嘎吱，嘎吱嘎吱，成了。这是最诚实的，最好的广告。"喂，拿过来试一试。"一把死了的锁，咯噔，开了。再试试，锁起来，郭达，开了；郭达，开了，好！因此有多少人少做许多着急的梦了。一年丢了钥匙的倒也不少噢？这些钥匙都到哪里去了呢？锁匠有许多旧钥匙是哪里来的呢？只见人拿了锁来配钥匙，拿了钥匙来配锁的不多罢？锁匠开得的锁多，不一定要钥匙，有一根铁丝弯来弯去的，大多数锁都不费事。据说一个小偷学习他的行业之前必先学做木匠、瓦匠，懂得房屋路径构造，撬椽子挖洞，爬高走险，还得学两年锁匠。而捉到过好多小偷，说都是由锁匠出身的。所以，王锁匠的事犯了以后，有人说，他在没有"大做"之前一定还摸过几家子。偶尔捞一点外水，并不长做，不在地保面前挂号，手脚紧密，不露破绽，没有人知道。有两笔肥的呢，不然，就吭哧吭哧，他就开得起铺子来了？这么多锁匠呢，为什么他们都拉一辈子大锉？——嗐，你，你叫王锁匠给你配过钥匙没有？哈！你运气！你知道你担了多大的风险啊，他是什么锁到他手里就听他的话的啊，见过一把锁就忘不了的啊，弹簧弹子、德国钢锁都开得开的啊！啧！你他妈的婊子不害×，——走局。你丢过东西？——没有？——可惜。

王锁匠后来开了个铺子。一个正式的铜匠铺子。这就是说他有三根铜苗子坐镇在橱架上。铜匠店总得有这个东西，也有一种义务，到附近邻居，这一坊一保有火灾，得把这几根铜苗子借出来，扛出去，帮同救火。铜苗子看见过没有？跟个大望远镜似的，构造原理与小孩子玩的水唧子同。这东西的威力当然不如水龙大，但有时小火，专对一个近身方向也甚有用。而且，轻，方便，灵活，火头转到哪里马上就迎得上去。铜匠店不知是不是因为整天叮叮咚咚吵扰了街坊，故做了这个东西，防其不测，作为补报？城里熟习掌故的不但说得出各坊老龙的性格，且亦能历历说出一家一家铜匠店的水苗子的历史，说得出他们的样子，说得出某次某天他们所尽的力、建的功。跟那些龙一样，有些苗子都渐渐有了神性，供放在家里轻易不触动，甚至也烧香叩头，隔一个相当时候须"请"出来校验校验。王锁匠家一根特长的苗子，一两次之后即显出不凡。更值得感谢的是，他亲自出没火场施救时的勇敢和机敏。对面那一家豆腐店，母女两个，不是他，不是那根苗子，早完了。……从此王锁匠的工作不单是锉，而是打了。一块紫铜板，噔噔噔噔，能够打成一把水吊子，简直是不可想象的事！一个铁砧子，铜板放在上头，一锤子，一锤子，一锤子下去，红粉粉的铜上一个光溜溜的紫麻子。噔，一锤；噔，一锤。不是死命地砍，巧巧地，一着到立刻就反弹了回来，耍耍停停。手下铜板渐渐转移到每两点之间，距离一定，麻子都是整整齐齐的。转着转着圆了，转着转着窝过来，有意思！打水吊子，打铜盆，打水镟子，酒镟子，打脚炉，打五更鸡，莲子井。水吊子一把一把吊在屋梁上，水镟底朝外倚在架子上，又光又圆。他也做福禄寿喜字，立鹤芝鹿烛台。也磨松鼠葡萄双鲤鱼赛银帐钩，做油灯盏。做铜笔帽，做墨盒。我的墨盒，笔帽都是他家买的。笔帽是玉山号笔店买的，但是他家做的。他也还做锁，大大小小，各种各样的锁。还配钥匙，到他那里配钥匙的人多。他生意很好。可是新开的店也并不光鲜，老房子，比一般大铜匠铺子小，说正式也并不大正式，还是一样"小本营生"，只有两个小徒弟，另外就是他自己，店也没有什么陈设，暗暗的，墙上砖块的印子在薄薄一层石灰水后里骨露出来，木头上并未髹漆①，碎砖地，招牌是纸写的，正面墙上有一个红福字。廊檐台阶有一两块砖头常常是缺的，我们一次一次从他的廊檐下走，一次一次脚下的路线为这个缺口一绊。一遇到这种缺口我们就想踩他两脚，再踩下两块来的，可是王锁匠家的廊檐台阶总是缺那么两块。他那个百灵笼子在头子，鸭嘴铜钩，百灵在台子上珠子似的唱。一只好百灵。王锁匠一大早起来添食换水，铺沙，到东门外学田上溜一转。

门关着，有缝，往里看，黑黢黢的。台阶上还是缺那么两块，好像比平常高，可是狭了，得歪着一点肩膀走。门槛是个两截的。一点声音都没有，一个蜘蛛在上头结网，风吹得网鼓鼓的。

我们城里后来来了好些机器——抽水机、榨油机、碾米机，来了好些"老桂"。不知道为什么管理机器的工头叫老桂，老桂也管

---

① 编者注：以漆涂物。

修理机器。王锁匠斜对是一家米店，本来用骡子拉，后来改了，用机器。兴中公司三十二匹马力，很好。本来叫碾坊，改了名字叫了米厂了。老石碾子也在，不用了。起了一间房子，洋灰地。皮带盘，钢轴，车床，老虎钳，电磨石，螺丝铣，钢锯子……王锁匠有兴趣极了。没有事他就溜到后头去看。老桂跟他混得很熟。老桂一个人，机器买了的时候由公司介绍跟了机器一起来的，没有一个朋友。他那一口话就没有人完全懂。他无聊极了，脾气大，动不动大发，要跟老板辞生意了。王锁匠听呀听的，他的话懂得八九成了。他试着撇着一点腔跟他攀谈，知道他许多事情，懂得他喜欢什么、讨厌什么。米厂里人多奇怪，嘻！这个机器人跟小王聊得挺好，不晓得说些什么，一聊一半天，指手画脚，点头磕脑！畜生也服一个人管，好了，这以后他要是再发脾气要小王跟他讲讲看。一讲，行！没事。于是只要老桂一毛，赶紧，着人到对过叫小王。百试百验。小王把那些钳子、锯子、螺丝、老虎钳渐渐地摸熟了。有时他在架子上拧，转，推，捺，老桂叼根烟卷笑眯眯地在一边看，"呱呱叫！呱呱叫！"店里哪一个人都学得像他那个"呱呱叫"。有时，机器出了毛病，老桂修，小王也挨肩跟他蹲着弄得两手黑油，一鼻子灰。机器开着，他也能拿个油壶添添油，抓一把纱衣这里那里擦擦。甚至他也在耳朵上夹一根铅笔，能够用半尺画简单的图。他有些东西借老桂的家伙做，老桂有些零件还得请他照样子配。托老桂他还订了几件简单工具，在店堂里装了起来。有一天老桂跟老板说想请假。老板慌了，赶紧叫小王来，没有什么事情他不高兴，这一阵子他样样都满意，不是胖了吗？他说他谢谢老板，他说店里上上下下他也知道，都是好人。不过他要请假，人家家里有事情。什么事情？——人家有个太太呀，来你们这儿两年多了，太太一个人睡！他说，回去看看，两个礼拜，就来。决不误你的事，说哪一天来就哪一天来。他的脾气，你们还不都知道？板板六十四，说一句是一句，准保，不会错。"那怎么行，怎么行！机器谁管，机器谁管！这玩意又不是骡子，不通人情，他要是尥起蹶子来你又不能打他。不行，不行！""老王呱呱叫，老王可以管，老王跟我一样的一样的。"试验了一两天，老桂只看，不动手，老王果然弄得妥妥当当。好了，老王管！王锁匠管了两个礼拜，——果然老桂说一是一，一点没有出事。从此，老桂请假的回数就多起来，老板越来越答应得容易。他太太给他一年生一个孩子。

　　王锁匠实际上把他那爿铜匠店已经变成一个小工场。陆陆续续老桂帮他买。他自己也四处去踅摸，日增月累的，简直很像个样子了。他也装了一个小柴油马达，一根钢轴，小皮带，咕噜咕噜，吧嗒吧嗒见天的转。城里城外的老桂常上他那里坐，简直成了他们聚会的中心。他们有生意也多照顾他，要配个什么零件，他的许多老法子、老工具倒还补这个城里机械实件不足。有的地方机器发生故障也来叫他去修。他忙得很，好精神。也有不少人不叫他王锁匠，叫他"老桂"了，"王老桂"。这是一个为很多人谈论的人物了，识与不识，都羡慕他。他那两个铜苗子还放在那里，放在老地方。大大地出了名则是在那一次。保卫团的一个连长的二膛盒子不知哪里坏了，不知怎么有一次在他店里喝茶谈起来，说可惜极了，这根枪还是徐大文的。——徐大文是这一带著匪，作案之多，枪法之准，子孙徒弟之广遍，在他死后近十年还常有人谈起。王锁匠好奇，说："看怎么样？"他也不知道怎么给它拆开来，七锉八锉配好了！那个连长欣喜若狂，无以为谢，当场在他店前放了三枪！且让王锁匠也放三枪玩玩。这六枪！

王锁匠有一阵忽然不见了几天，后来又回来了还是一样，一样做他的事情。问他，说是乡下请他去修抽水帮浦的[①]。后来隔这么三两个月就要出一次门。据说，哪里是下乡修水帮浦去了！乡下有水帮浦的不过是那么几处，也不能挨着个儿啊。坏，也不能尽来找他啊。正正经经的宅老桂有的是，要你……你个半路出家，似通不通的冒牌老桂！他啊是叫土匪摇去的，给他们修枪去了！听说他还会造。既能修，就能制！还会造炮，迫击炮！有那广大本领吗？人倒是真鬼巧。嘻，用到歪路上去了？人不能聪明，聪明人就不安分，再不，难保他不会造反。这种人，什么事情做不出来？天地君亲师，仁义理智信，一样都没有。既有今日，何必当初。当初挑个小铜匠担子，哐啷哐啷，也就不会有今朝了。人啊……真是：愚而安愚。既与土匪有来往，他就是匪，你能说他没有作过案？财迷心窍，心都横过来了，跟个挑子似的，放在桌上，嘴子朝着一边。——说起来，这几个匪也不义气、不值价，怎么就把他攀出来呢？既做了这事，怎么也不避一避？几个保卫团弟兄，走了去一搭就搭住了，没有话说，五花大绑，扎起来就走。

有的人又说，这件事内里有一桩风流案子，豆腐店那个女儿，

---

① 编者注：即抽水泵。

进门寡，嫁过去没有几天，丈夫死了，在家里，哼，好不了。小王跟她有一手，米店老板也跟她有一腿子，一个钱，一个人。这就……

他那个百灵挂在保卫团团部里，只听见叫，看不见。

薛大娘[①]

薛大娘是卖菜的。

她住在螺蛳坝南面，占地相当大，房屋也宽敞，她的房子有点特别，正面、东西两边各有三间低低的瓦房，三处房子各自独立，不相连通。没有围墙，也没有院门，老远就能看见。

正屋朝南，后枕臭河边的河水。河水是死水，但并不臭，当初不知怎么起了这么一个地名。有时雨水多，打通螺蛳坝到越塘之间的淤塞的旧河，就成了活水。正屋当中是"堂屋"，挂着一轴"家神菩萨"的画。这是逢年过节磕头烧香的地方，也是一家人吃饭的地方。正屋一侧是薛大娘的儿子大龙的卧室，另一侧是贮藏室，放着水桶、粪桶、扁担、勺子、菜种、草灰。正屋之南是一片菜园，种了不少菜。因为土好，用水方便——下河坎就能装满一担水，菜长

---

① 本篇原载《山花》1996年第一期；初收《汪曾祺全集》第二卷，北京师范大学出版社，1998年8月。

得很好。每天上午，从路边经过，总可以看到大龙洗菜、浇水、浇粪。他把两桶稀粪水用一个长柄的木勺子扇面似的均匀地洒开。太阳照着粪水，闪着金光，让人感到：这又是新的一天了。菜园的一边种了一畦韭菜，垄了一畦葱，还有几架宽扁豆。韭菜、葱是自家吃的，扁豆则是种了好玩的。紫色的扁豆花一串一串，很好看。种菜给了大龙一种快乐。他二十岁了，腰腿矫健，还没有结婚。

薛大娘的丈夫是个裁缝，人很老实，整天没有几句话。他住东边的三间，带着两个徒弟裁、剪、缝、连、锁边、打纽子。晚上就睡在这里。他在房事上不大行。西医说他"性功能不全"，有个江湖郎中说他"只能生子，不能取乐"。他在这上头也就看得很淡，不大有什么欲望。他很少向薛大娘提出要求，薛大娘也不勉强他。自从生了大龙，两口子就不大同房，实际上是分开过了。但也是和和睦睦的，没有听到过他们吵架。

薛大娘自住在西边三间里。

她卖菜。

每天一早，大龙把青菜起出来，削去泥根，在两边扁圆的菜筐里码好，在臭河边的水里濯洗干净，薛大娘就担了两筐菜，大步流星地上市了。她的菜筐多半歇在保全堂药店的廊檐下。

说不准薛大娘的年龄。按说总该过四十了，她的儿子都二十岁了嘛，但是看不出。她个子高高的，腰腿灵活，眼睛亮灼灼的。引人注意的是她一对奶子，尖尖耸耸的，在蓝布衫后面顶着，还不像一个有二十岁的儿子的人。没有人议论过薛大娘好看还是不好看，但是她眉宇间有点英气，算得是个一丈青。

她的菜肥嫩水足，很快就卖完了；卖完了菜，在保全堂店堂里坐坐，从茶壶焐子里倒一杯热茶，跟药店的"同事"说说话；然后上街买点零碎东西，回家做饭。她和丈夫虽然分开过，但并未分灶，饭还在一处吃。

薛大娘有个"副业"，给青年男女拉关系——拉皮条。附近几条街上有一些"小莲子"——本地把年轻的女用人叫作"小莲子"。她们都是十六七、十七八，都是从农村来的。这些农村姑娘到了这个不大的县城里，就觉得这是花花世界。她们的衣装打扮变了，比如，上衣掐了腰，合身抱体，这在农村里是没有的。她们也学会了搽胭脂、抹粉。连走路的样子都变了，走起来扭扭搭搭的。不少小莲子认了薛大娘当干妈。

街上有一些风流潇洒的年轻人，本地叫作"油儿"。这些"油儿"的眼睛总在小莲子身上转，有时跟在后面，自言自语，说一些调情的疯话："花开花谢年年有，人过青春不再来""易求无价宝，难得有情郎"。小莲子大都脸色矜持，不理他。跟的次数多了，不免从眼角瞟几眼，觉得这人还不讨厌，慢慢地就能说说话了。"油儿"问小莲子是哪个乡的人、多大了、家里还有谁，小莲子都小声回答了他。

"油儿"倒觉得小莲子对他有点意思了，就找到薛大娘，求她把小莲子弄到她家里来会会。薛大娘的三间屋就成了"台基"——本地把提供男女欢会的地方叫作"台基"。小莲子来了，薛大娘说："你们好好谈谈吧。"就把门带上，从外面反锁了。她到熟人家坐半天，有一搭无一搭地聊聊，估计时间差不多了才回来开锁推门。她问小莲子："好吗?"小莲子满脸通红，低了头，小声说："好。"——"好，以后常来。不要叫主家发现，扯个谎，就说在街碰到了舅舅，陪他买了会儿东西。"

欢会一次，"油儿"总要丢下一点钱，给小莲子，也包括给大娘的酬谢。钱一般不递给小莲子手上，由大娘分配。钱多钱少，并无定例，但大体上有个"时价"。臭河边还有一处"台基"，大娘姓苗，苗大娘是要开价的。有一次一个"油儿"找一个小莲子，苗大娘索价二元。她对这两块钱做了合理的分配，对小莲子说："枕头五毛、炕五毛，大娘五毛、你五毛。"

薛大娘拉皮条，有人有议论。薛大娘说："他们一个有情，一个愿意，我只是拉拉纤，这是积德的事，有什么不好?"

薛大娘每天到保全堂来，和保全堂上上下下都很熟。保全堂的东家有一点很特别，他的店里不用本地人，从上到下：管事（经理）、"同事"（本地把店员叫"同事"）、"刀上"（切药的）乃至挑水做饭的，全都是淮安人。这些淮安人一年有一个月假期，轮流回去，做传宗接代的事，其余十一个月吃住都在店里。他们一年要打十一个月的光棍。谁什么时候回家，什么时候假满回店，薛大娘了如指掌。她对他们很同情，有心给他们拉拉纤，找两个干女儿和他们认识，但是办不到。这些"同事"全都是拉家带口，没有余钱可以做一点风流事。

保全堂调进一个新"管事"——老"管事"刘先生因病去世了，是从万全堂调过来的。保全堂、万全堂是一个东家。新"管事"姓吕，街上人都称之为吕先生，上了年纪的则称之为"吕三"——他行三，原是万全堂的"头柜"，因为人很志诚可靠，也精明能干，被东家看中，调过来了。按规矩，当了"管事"，就有"身股"，或称"人股"，算是股东之一，年底可以分红，因此"管事"都很用心尽职。

也是缘分，薛大娘看到吕三，打心里喜欢他。吕三已经是"管事"了，但岁数并不大，才三十多岁。这样年轻就当了管事的，少有。"管事"大都是"板板六十四"的老头，"同事"、学生意的"相公"都对"管事"有点害怕。吕先生可不是这样，和店里的"同仁"、来闲坐喝茶的街邻全都有说有笑，而且他说的话都很有趣。薛大娘爱听他说话，爱跟他说话，见了他就眉开眼笑。薛大娘对吕先生的喜爱毫不遮掩。她心里好像开了一朵花。

吕三也像药店的"同事""刀上"，每年回家一次，平常住在店里。他一个人住在后柜的单间里。后柜里除了现金、账簿，还有一些贵重的药——犀牛角、鹿茸、高丽参、藏红花……

吕先生离开万全堂到保全堂来了，他还是万全堂的老人，有时有事要和万全堂的"管事"老苏先生商量商量，请教请教。从保全堂到万全堂，要经过臭河边，经过薛大娘的家。有时他们就做伴一起走。

有一次，薛大娘到了家门口，对吕三说："你下午上我这儿来一趟。"

吕先生从万全堂办完事回来，到了薛家，薛大娘一把把他拉进了屋里。进了屋，薛大娘就解开上衣，让吕三摸她的奶子。随即把浑身衣服都脱了，对吕三说："来！"

她问吕三："快活吗?"——"快活。"——"那就弄吧,痛痛快快地弄!"薛大娘的儿子已经二十岁,但是她好像第一次真正做了女人。

好事不出门,坏事传千里,薛大娘和吕三的事渐渐被人察觉,议论纷纷。薛大娘的老姊妹劝她不要再"偷"吕三,说:

"你图个什么呢?"

"不图什么。我喜欢他。他一年打十一个月光棍,我让他快活快活,——我也快活,这有什么不对? 有什么不好? 谁爱嚼舌头,让她们嚼去吧!"

薛大娘不爱穿鞋袜,除了下雪天,她都是赤脚穿草鞋,十个脚趾舒舒展展,无拘无束。她的脚总是洗得很干净。这是一双健康的,因而是很美的脚。

薛大娘身心都很健康。她的性格没有被扭曲、被压抑,舒舒展展,无拘无束。这是一个彻底解放的、自由的人。

辜家豆腐店的女儿①

　　豆腐店是一个"店"，怎么会有个女儿？然而螺蛳坝一带的人背后都是这么叫她。或者称作"辜家的女儿""豆腐店的女儿"。背后这样的提她，有一种特殊的意味。姓辜的人家很少，这个县里好像就是两三家。

　　螺蛳坝是"后街"，并没有一个坝，只是一片不小的空场。七月十五，这里做盂兰盆会。八九月，如果这年年成好，就有人发起，在平桥上用杉篙木板搭起台来唱戏。约的是里下河的草台班子，京戏、梆子"两下锅"，既唱《白水滩》这样摔"壳子"的武打戏，也唱《阴阳河》这样踩跷的戏。做盂兰盆会、唱大戏，热闹几天，平常这里总是安安静静的。孩子在这里踢毽子，踢铁球，滚钱，抖空竹（本地叫"抖天嗡子"）。有时跑过来一条瘦狗，匆匆忙忙，不知

---

① 本篇原载《收获》1994年第三期；初收《矮纸集》，长江文艺出版社，1996年3月。

道要赶到哪里去干什么。忽然又停下来，竖起耳朵，好像听见了什么，停了一会，又低了脑袋匆匆忙忙地走了。

螺蛳坝空场的北面有几户人家。有两家是打芦席的。每天看见两个中年的女人破苇子，编席，一顿饭工夫，就织出一大片。芦席是为大德生米厂打的。米厂要用很多芦席。东头一家是个"茶炉子"，即卖开水的，就是上海人所说的"老虎灶"。一个像柜子似的砖砌的炉子，四角有四个很深的铁铸的"汤罐"，满满四罐清水，正中是火眼，烧的是粗糠。粗糠用一个小白铁簸箕倒进火眼，"呼——"火就猛升上来，"汤罐"的水就呱呱地开了。这一带人家用开水——冲茶、烫鸡毛、拆洗被卧，都是上"茶炉子"去灌，很少人家自己烧开水，因为上"茶炉子"灌水很方便，省得费柴费火，烟熏火燎，又用不了多少。"茶炉子"卖水，不是现钱交易，而是一次卖出一堆"茶筹子"——一个一个长方形的小竹片，一面用铁模子烙出"十文""二十文"……灌了开水，给几根茶筹子就行了。"茶炉子"烧的粗糠是成挑的从大德生米厂趸来的。一进"茶炉子"，除了几口很大的水缸，一眼看到的便是靠后墙堆得像山一样的粗糠。

螺蛳坝一带住的都是"升斗小民"，称得起殷实富户的，是大德生米厂。大德生的东家姓王，街上人都称他王老板。大德生原来的底子就厚实，一盘很大的麻石碾子，喂着两头大青骡子，后面仓里的稻子堆齐二梁。后来王老板把骡子卖了，改用机器碾米，生意就更兴旺了。大德生原是一个米店，改用机器后就改称为"米厂"。这算是螺蛳坝唯一的"工厂"，每天这一带都听得到碾米的柴油机的铁烟筒里发出节奏均匀的声音：蓬——蓬——蓬……

王老板身体很好，五十多岁了，走路还飞快，留一撇乌黑的牙刷胡子，双眼有神。

他的大儿子叫王厚辽，在米厂里量米、记账。他有个外号叫"大呆鹅"，看样子也确实有点呆相。

二儿子叫王厚垫，跟一个姓刘的老先生学中医。长得眉清目秀，一表人才。

大德生东墙外住着一个姓薛的裁缝。薛裁缝是个老实人，整天只知道低头做活，穿针引线。他的老婆人称薛大娘。薛大娘跟老头子可不是一样的人，她也"穿针引线"，但引的是另外一种线，说白了，就是拉皮条。

大德生门前有一条小巷，就叫作辜家巷，因为巷子里只有一家人家。辜家的后门就开在巷子里，和大德生斜对门，两步就到了。后面是住家，前面是做豆腐的作坊，前店后家。

辜家很穷。

从螺蛳坝到草巷口，有两家豆腐店。豆腐店是发不了财的，但是干了这一行也只有一直干下去。常言说："黑夜思量千条路，清早起来依旧磨豆腐。"不过草巷口的一家生意不错。一清早卖豆浆，热气腾腾的满满一锅。卖豆腐，四大屉。压百叶，百叶很薄，很白。夏天卖凉粉皮。这凉粉皮是用莴苣汁和的绿豆，颜色是浅绿的，而且有一股莴苣香。生意好，小老板两个月前还接了亲。新媳妇坐在磨子一边，往磨眼里注水，加黄豆，头上插一朵大红剪绒小小的囍。

相比之下，辜家豆腐店就显得灰暗，残旧，一点生气也没有。每天只做两屉豆腐，有时一屉，有时一屉也没有——没本钱，买不起黄豆。辜老板老是病病歪歪的，没有一点精神。

辜老板老婆死得早，没有留下一个儿子，跟前只有一个女儿。

辜家的女儿长得有几分姿色，在螺蛳坝算是一朵花。她长得细皮嫩肉，只是面色微黄，好像是用豆腐水洗了脸似的，身上也有点淡淡的豆腥气。

一天三顿饭，几乎顿顿是炒豆腐渣，不过总得有点油滑滑锅。牵磨的"蚂蚱驴"也得扔给它一捆干草。更费钱的是她爹的病，他每天吃药。王厚堃的师傅开的药又都很贵，这位刘先生爱用肉桂，而且旁注："要桂林产者。"每天辜家女儿把药渣倒在路口，对面打芦席和烧茶炉子的大娘看见辜家的女儿在门前倒药渣，就叹了一口气："难！"

大德生的王老板找到薛大娘，说是辜家的日子很难，他想帮他们家一把。

"怎么个帮法？"

"叫他女儿陪我睡睡。"

"什么？人家是黄花闺女，比你的女儿还小一岁！我不干这种缺德事！"

"你去说说看。"

媒人的嘴两张皮，辣椒能说成大鸭梨，七说八说，辜家女儿心里活动了，说："你叫他晚上来吧。"

没想到大呆鹅也找到薛大娘。

王老板是包月，按月给五块钱。

大呆鹅是现钱交易。每次事完，摸出一块现大洋，还要用两块洋钱叮叮当当敲敲，以示这不是灌了铅的"哑板"。

没有不透风的墙，螺蛳坝巴掌大的一块地方，那么多双眼睛，辜家女儿的事情谁都知道了。烧茶炉子、打芦席的大娘指指戳戳，咬耳朵，点脑袋，转眼珠子，撇嘴唇子。大德生的碾米的师傅、量米的伙计议论："两代人操一张×，这叫什么事！"——"船多不碍港，客多不碍路，一个羊也是放，两个羊也是赶，你管他是几代人！"

辜家的女儿身体也不好，脸上总是黄白黄白的，她把王厚堃请到屋里看病。王厚堃给她号了脉，看了舌苔，开了脉案，大体说是气血两亏、天癸不调……辜家女儿问什么是"天癸不调"，王厚堃说就是月经不正常。随即写了一个方子，无非是当归、枸杞之类。

王厚堃站起身来要走，辜家女儿忽然把门闩住，一把抱住了王厚堃，把舌头吐进他的嘴里，解开上衣，把王厚堃的手按在胸前，让他摸她的奶子，含含糊糊地说："你要要我、要要我，我喜欢你，喜欢你……"

王厚堃没有想到她会这样，只好和她温存了一会，轻轻地推开了她，说：

"不行。"

"不行？"

"我不能欺负你。"

王厚堃给她掩了前襟，扣好纽子，开门走了。

王厚堃悬崖勒马，也因为他就要结婚了，他要保留一个童身。

过了两个月，王厚堃结婚了。花轿从辜家豆腐店门前过，前面吹着唢呐，放着三眼铳。螺蛳坝的人都出来看花轿，辜家的女儿也挤在人丛里看。

花轿过去了，辜家的女儿坐在一张竹椅上，发了半天呆。

忽然她奔到自己的屋里，伏在床上号啕大哭。哭的声音很大，对面烧茶炉子的和打芦席的大娘都听得见，只是听不清她哭的是什么。三位大娘听得心里也很难受，就相对着也哭了起来，哭得稀溜稀溜的。

辜家的女儿哭了一气，洗洗脸，起来泡黄豆，眼睛红红的。

一九九四年二月十五日

水蛇腰 [1]

崔兰是个水蛇腰。腰细，长，软。走起路来扭扭的。很多人爱看她走路。路上行人，尤其是那些男教员。看过来，看过去，眼睛很馋。崔兰并不知道有人看她。她只是自自然然地走。崔兰还小，才读小学五年级。虽然发育得比较快，对于许多事还只有点蒙蒙的感觉，并不大懂。她不知道卖弄风情，逗引男人。

崔兰结婚早，未免过早一点，高小毕业就结婚了。在这所六年级制的小学里，也许她是结婚最早的一个。嫁的是朱家，朱家的少爷。朱家是很阔的人家，开面粉厂。这个地方把面粉叫作"洋面"，这个面粉厂叫"洋面厂"。崔兰嫁的是洋面厂的小老板。崔兰怎么会嫁到朱家去的呢？

崔兰的父亲是洋面厂的账房先生，崔兰常给她父亲到洋面厂去

---

① 本篇原载《中国作家》1995年第四期；初收《矮纸集》，长江文艺出版社，1996年3月。

送饭（崔兰的母亲死得早，家里许多事得她管），朱家的少爷一眼看上了崔兰，托人说媒，非崔兰不要。崔兰的父亲自然没有意见，崔兰只说了两句话："我还小哩。……他们家太阔了！"事情就定了。

结婚三朝，正是阴历七月十五，"迎会"（赛城隍）的日子。这个地方每年七月十五"出会"。近晌午时把城隍老爷的"大驾"从庙里请出来，在主要街道上"巡"一"巡"，到"行宫"里休息，下午再"回銮"。这是一年里最隆重而热闹的日子。大锣大鼓，丝竹齐奏。踩高跷、舞狮子、舞龙、舞"大头和尚"（月明和尚度柳翠）。高跷有"火烧向大人"（向大人即清末征太平天国的名将向荣）。柳枝腔"小上坟"，贾大老爷用一个夜壶喝酒……茶担子、花担子，倾城出动，鞭花訇鸣。各种果品，各种鲜花，填街咽巷，吟叫百端……

朱家的少爷带着新娘子去"看会"，手拉手。从挡军楼（洋面厂的所在）一直走到中市口（全城最繁华处）。新婚夫妻，在大街上，那样亲热，在那么多人面前手搀手地走，很多"老古板"看不惯。

他们的衣装打扮也是这城里没有见过的。朱家少爷穿了一件月白香云纱长衫，上面却罩了一个掐了玫瑰红韭菜叶边的黑缎子小马甲。马甲掐边，还是玫瑰红的，男不男，女不女！

崔兰穿的是一件大红嵌金线乔其纱旗袍，脚下是一双麂皮软底便鞋，很显脚形——崔兰的脚很好看。长丝袜。新烫的头发（特为到上海烫的），鬓边插一朵小小的珍珠偏凤。脸上涂了夏士莲香粉蜜，旁氏口红，描眉画眼，风姿绰约，光彩照人。

朱家少爷和崔兰坐在王万丰（这是中市口一家大酱园）楼上靠栏杆一张小方桌前的藤椅（这是特为给上宾留的特座）上看会，喝茶，嗑瓜子。楼下的往来人议论纷纷，七嘴八舌。有男的，也有女的；有荤的，也有素的。有的人说出了声（小声），有的只是自己在心里想。

——崔兰这双丝袜得多少线？

——反正你我买不起！

——她的旗袍开气未免太高了，又坐在栏杆旁边，从下面看什么都看见了！

——她穿了裤子没有？

——她晚上上床，一定很会扭，扭得很好看。

——你怎会知道？

——想当然耳，想当然耳！

——闭上你们这些男人的臭嘴！

一夜之间，崔兰从一个毛丫头变成了一个少奶奶，不知道为什么，很多人为此很不平。一句话在很多人的嘴里和心里盘桓：

"这可真是糠箩跳米箩了！"

一九九五年四月八日

小孃孃[①]

　　来蟆园谢家是邑中书香门第，诗礼名家，几代都中过进士。谢
家好治园林。乾嘉之世，是谢家鼎盛时期，盖了一座很大的园子。
流觞曲水，太湖石假山，冰花小径两边的书带草，至今犹在。当花
园落成时正值百花盛开，飞来很多蝴蝶，成群成阵，蔚为奇观，即
名之为来蟆园。一时题咏甚多，大都离不开庄周，这也是很自然的。
园中花木，后来海棠丁香，都已枯死，只有几棵很大的桂花，还很
健壮，每到八月，香闻园外。原来有几个花匠，都已相继离散，只
有一个老花匠一直还留了下来。他是个聋子，姓陈，大家都叫他陈
聋子。他白天睡觉，夜晚守更。每天日落，他各处巡视一回（来蟆
园任人游览，但除非与主人商量，不能留宿夜饮），把园门锁上，
偌大一个园子便都交给清风明月，听不到一点声音。

---

① 本篇原载《收获》1996 年第四期；初收《汪曾祺全集》第二卷，北京师范大学出版社，
　　1998 年 8 月。

谢家人丁不旺，几代单传，又都短寿。谢普天是唯一可以继承香火的胤孙。他还有个姑妈谢淑媛，是嫡亲的，比谢普天小三岁。这地方叫姑妈为"孃孃"，谢普天叫谢淑媛为"孃孃"或"小孃"。小孃长得很漂亮。

谢普天相貌英俊，也很聪明。他热爱艺术，曾在上海美专学过画——国画和油画，素描功底扎实，也学过雕塑。不到毕业，就停学回乡，在中学教美术课。因为谢家接连办了好几次丧事，内囊已空，只剩下一个空大架子，他得维持这个空有流觞曲沼、湖石假山的有名的"谢家花园"（本地人只称"来蜨园"为"谢家花园"，很多人也不认识"蜨"字），供应三个人吃饭，包括陈聋子。陈聋子恋旧，不计较工钱，但饭总得让人家吃饱。停学回乡，这在谢普天是一种牺牲。

谢普天和谢淑媛都住在"祖堂屋"。"祖堂屋"是一座很大的五间大厅，正面大案上列供谢家祖先的牌位，别无陈设，显得空荡荡的。谢普天、谢淑媛各住一间卧室，房门对房门。谢普天对小孃照顾得很体贴细致。谢家生计，虽然拮据，但谢普天不让小孃受委屈，在衣着穿戴上不使小孃在同学面前显得寒碜。夏天，香云纱旗袍；冬天，软缎面丝棉袄、西装呢裤、白羊绒围巾。那几年兴一种叫作"童花头"的发式（前面留出长刘海，两边遮住耳朵，后面削薄修平，因为样子像儿童，故名"童花头"），都是谢普天给她修剪，比理发店修剪得还要"登样"。谢普天是学美术的，手很巧，剪个"童花头"还在话下吗？谢淑媛皮肤细嫩，每年都要长冻疮。谢普天给小孃用双氧水轻轻地浸润了冻疮痂巴，轻轻地脱下袜子，轻轻地用双氧水给她擦洗，拭净。"疼吗?"——"不疼。你的手真轻!"

单靠中学的薪水不够用，谢普天想出另一种生财之道——画炭精粉肖像。一个铜制高脚放大镜，镜面有经纬刻度，放在照片上；一张整张的重磅画纸上也用长米达尺绘出经纬度，用铅笔描出轮廓，然后用剪齐胶固的羊毫笔蘸了炭精粉，对照原照，反复擦蹭。谢普天解嘲自笑："这是艺术吗?"但是有的人家喜欢这样的炭精粉画的肖像，因为"很像"! 本地有几个画这样肖像的"画家"，而以谢普天生意最好，因为同是炭精像，谢普天能画出眼神、脸上的肌肉和衣服的质感，那年头时兴银灰色的"宁绸"，叫作"慕本绸"。

为了赶期交"货"，谢普天每天工作到很晚，在煤油灯下聚精会神地一笔一笔擦蹭。小孃坐在旁边做针线，或看小说——无非是《红楼梦》《花月痕》、苏曼殊的《断鸿零雁记》之类的言情小说。到十二点，小孃才回房睡觉，临走说一声："别太晚了!"

一天夜里大雷雨，疾风暴雨，声震屋瓦。小孃神色慌张，推开普天的房门:

"我怕!"

"怕? ——那你在我这儿待会儿。"

"我不回去。"

"……"

"你跟我睡!"

"那使不得!"

"使得! 使得!"

谢淑媛已经脱了衣裳，噗的一声把灯吹熄了。

雨还在下。一个一个蓝色的闪把屋里照亮,一切都照得很清楚。炸雷不断,好像要把天和地劈碎。

他们陷入无法解决的矛盾之中。他们在做爱时觉得很快乐,但是忽然又觉得很痛苦。他们很轻松,又很沉重。他们无法摆脱犯罪感。谢淑媛从小娇惯,做什么都很任性,她不像谢普天整天心烦意乱。她在无法排解时就说:"活该!"但有时又想:死了算了!

每年清明节谢家要上坟。谢家的祖茔在东乡,来蜷园在城西,从谢家花园到祖坟,要经过一条东大街。谢淑媛是很喜欢上坟的。街上店铺很多,可以东张西望。小风吹着,全身舒服。从去年起,她不愿走东大街了。她叫陈聋子挑了放祭品的圆笼自己从东大街先走,她和普天从来蜷园后门出来,绕过大淖、泰山庙,再走河岸上向东。她不愿走东大街,因为走东大街要经过居家灯笼店。

居家姐弟三个,都是疯子。大姐好一点,有点像个正常人,她照料灯笼店,照料一家人吃饭——一日三餐,两粥一饭,糙米饭、青菜汤。疯得最厉害的是兄弟。他什么也不做,一早起来就唱,坐在柜台里,穿了靛蓝染的大襟短裤。不知道他唱的是什么,只听到沙哑沉闷的声音(本地叫这种很不悦耳的声音为"呆声绕气")。他哪有这么多唱的,一天唱到晚!妹妹总坐在柜台的一头糊灯笼,脸上带着一种奇怪的微笑。姐妹二人都和兄弟通奸。疯兄弟每天轮流和她们睡,不跟他睡他就闹。居家灯笼店的事情街上人都知道,谢淑媛也知道。她觉得"硌硬"。

隔墙有耳,谢家的事外间渐有传闻。街谈巷议,觉得岂有此理。有一天大早,谢普天在来蜷园后门不显眼处发现一张没头帖子:

管什么大姑妈小姑妈，

你只管花恋蝶蝶恋花，

满城风雨人闲话，

谁怕！

倒不如海角天涯，

赤条条来去无牵挂，

倒大来潇洒。

谢普天估计得出，这是谁写的，——本县会写散曲的再没有别人，最后两句是一种善意的规劝。

他和小孃孃商量了一下：走！离开这座县城，走得远远的！他的一个上海美专的同学顾山是云南人，他写信去说，想到云南来。顾山回信说欢迎他来，昆明气候好，物价也便宜，他会给他帮助。把一块祖传的大蕉叶白端砚、一箱字画卖给了季匋民，攒了路费，他们就上路了。计划经上海、香港，从海防坐滇越铁路火车到昆明。

谢淑媛没有见过海，没有坐过海船，她很兴奋，很活泼，走上甲板，靠着船舷，说说笑笑，指指点点，显得没有一点心事，说："我这辈子值得了！"

谢普天经顾山介绍，在武成路租了一间画室。他画了不少工笔重彩的山水、人物、花卉，有人欣赏，卖出了一些，但是最受欢迎的还是炭精肖像，供不应求。昆明果然是四季如春，鸡枞、干巴菌、牛肝菌、青头菌都非常好吃，谢淑媛高兴极了。他们游览了很多地方：石林、阳中海、西山、金殿、黑龙潭、大理，一直到玉龙雪山。读万卷书，行万里路，谢普天的画大有进步。他画了一些裸体人像，谢淑媛给他当模特。画完了，谢淑媛仔仔细细看了，说："这是我吗？我这么好看？"谢普天抱着小孃周身吻了个遍："不要让别人看！"——"当然！"

谢淑媛变得沉默起来，一天说不了几句话。谢普天问："你怎么啦？"——"我有啦！"谢普天先是一愣，接着说："也好嘛。"——"还好哩！"

谢淑媛老是做噩梦。梦见母亲打她，打她的全身，打她的脸；梦见她生了一个怪胎，样子很可怕；梦见她从玉龙雪山失足掉了下来，一直掉，半天也不到地……每次都是大叫醒来。

谢淑媛的肚子一天比一天大，已经显形了。她抚摸着膨大的小腹，说："我作的孽！我作的孽！报应！报应！"

谢淑媛死了，死于难产血崩。

谢普天把给小孃画的裸体肖像交给顾山保存，拜托他十年后找个出版社出版。顾山看了，说："真美！"

谢普天把小孃的骨灰装在手制的瓷瓶里带回家乡，再来蜻园选一棵桂花，把骨灰埋在桂花下面的土里，埋得很深，很深。

谢普天和陈聋子（他还活着）告别，飘然而去，不知所终。

兽医 [①]

　　姚有多是本城有名的兽医（本城兽医不多），外号"姚六针"。他给牲口治病主要是扎针，六针见效。他不像一般兽医，要把牲口在杠子上吊起来，而只是让牲口卧着，他用手在牲口肚子上摸摸，用耳朵贴在肠胃部分听听，然后从针包里抽出一尺长的针，噌噌噌，照牲口肚子上连下三针，牲口便会放一连串响屁，拉好些屎；接着再抽出三根针，噌噌噌，又下三针，牲口顿时就浑身大汗；最后，把事先预备好的稻草灰，用笤帚在牲口身上拍一遍，不到一会儿，牲口就能挣扎着站起来，好了！

　　围着看的人都说："真绝！"

　　据姚有多说：前三针是"通"，牲口得病，大都在肠，肠梗阻、肠套结什么的，肠子通了，百病皆除；后三针是"补"。"扎针还能

---

① 　本篇原载《十月》1995 年第四期；初收《矮纸集》，长江文艺出版社，1996 年 3 月。

补?""能，不补则虚，虚则无力。"他有时也用药，用一个木瓢把草药给骡马灌下去，也不煎，也不煮，叫牲口干吞。好家伙，那么一瓢药，够牲口嚼的。吃完，把牲口领起来遛几圈，牲口打几个响鼻，又开始吃青草了。

姚有多每天起来很早，一起来先绕着城墙走一圈，然后到东门里王家亭子的空地上练两套拳。他说牲口一挨针扎，会踢人，兽医必须会武功。能蹿能跳，防身。

姚有多的女人前两年得病死了，没有留下孩子，他一个人过。

谁都知道姚有多不缺钱，但是他的生活很简朴。早上一壶茶，三个肉包子，本地人把这种吃法叫作"一壶三点"；中午大都是在吴大和尚的饺面店里吃一碗面，两个糖酥烧饼；晚饭就更简单了，喝粥。本地很多人家每天都是"两粥一饭"。

他不喝酒，不打牌。白天在没有人来请医的时候，看看熟人；晚上到保全堂药店听一个叫张汉轩的万事通天南地北地闲聊。

一天下午，姚有多在刘春元绒线店的廊檐外，看到一个卖油条的孩子跟一位老者下象棋。老者胡子花白，孩子也就是六七岁。一盘棋下了一半，花白胡子已经招架不住，手忙脚乱，败局已定。旁观的人全都哈哈大笑。

收拾了棋盘棋子，姚有多问孩子："你是小顺子吧?"

"你怎么知道?"

"你还戴着你爹的孝呢!——长得也像。"

"你认识我爹?"

"我们从前是很好的朋友。"

"你是姚二叔。"

"你认识我？"

"谁不认识！"

"你妈还好？"

"还好。"

"小顺子，回去跟你妈说，你也不小了，不能老是卖油条。问她愿不愿让你跟我学兽医。我看你挺聪明。准能学成个好兽医！"

"欸！得罪你啦，二叔！"

顺子前年死了爹，剩下母子二人相依为命。顺子卖油条，他妈给人洗衣裳。

顺子的爹生前租下两间房，这房的特点是门外有一口青麻石井栏的井，这样用起水来非常方便。顺子妈每天大件大件地洗，洗完了晾在井边的竹竿上。顺子妈洗的被褥干净，叠的衣服整齐，来找她拆洗的人很多。

顺子妈干什么都既从容又利落，动作很快，本地人管这样的人叫"刷刮"。

顺子妈长得很脱俗，个子稍高，肩背都瘦瘦薄薄的。她只有几件布衣裳，但是可体合身。发髻一边插一朵绒线小白花，是给亡夫戴的孝。她的鞋面是银灰色的，这双银灰色的鞋，使她有一种说不出的风韵。

顺子妈和街坊处得很好，有求她裁一身衣服的，"替"一双鞋样的，绞个脸的，她无不答应——本地新娘子出嫁前要用两根白线把脸上的汗毛"绞"了，显出额头，叫作"绞脸"。但是她很少到人家串门，因为她是个"半边人"（本地称寡妇为"半边人"），怕人家忌讳。她经常走动、聊天说话的是隔壁的金大娘，开茶炉子卖开水的金大力的老婆，金大娘心善人好只是话多，爱管闲事。

一天晚上，顺子妈把晾干的衣裳已经叠好，金大娘的茶炉子来买水的人也不多了，她就过来找金大娘闲聊——她们是紧邻。

"二嫂子，"金大娘总是叫顺子妈为二嫂子，"我有句话，不知当讲不当讲。讲错了，你别生气。"

"你说。"

"你也该往前走一步了。"

本地把寡妇改嫁叫"往前走一步"。

"我不是没有想过，只是忘不了死鬼。"

"你不能守一辈子！"

"再说，也没有合适的人。我怕进来一个后老子，待顺子不好，那我这心里就如刀剜了！"

"合适的人？有！"

"谁？"

"姚有多。他前些时还想收顺子当徒弟，不会苦了孩子。"

"我想想。"

"想想！过两天给我个回话，摇头不是，点头是！"

姚有多原来也没有往这件事上想过，金大娘一提，他心动了，走过来走过去，总要向井台上看看。他这才发现，顺子妈长得这样素雅，他的心怦怦直跳。

顺子妈在洗衣裳，听到姚有多的脚步声，不免也抬眼看了看。

事情就算定了。

顺子妈除了孝，把发髻边的小白花换成一朵大红剪绒的喜字，脱了银灰色的旧鞋，换了一双绣了秋海棠的新鞋，就像换了一个人。

刘春元绒线店的刘老板，保全堂药店的卢管事算是媒人。

顺子妈亲自办了两桌席谢媒。

把客人送走，洗了碗碟，月亮上来了。隔着房门听听，顺子已经呼呼大睡。

顺子妈轻轻闩上房门，姚有多已经上床。

顺子妈吹了灯，借着月光，背过身来，解开纽扣……

忧郁症 [1]

　　龚星北家的大门总是开着的。从门前过，随时可以看得见龚星北低着头，在天井里收拾他的花。天井靠里有几层石条，石条上摆着约三四十盆花。山茶、月季、含笑、素馨、剑兰。龚星北是望五十的人了，头发还没有白的，梳得一丝不乱。方脸，鼻梁比较高，说话的声气有点瓮。他用花剪修枝，用小铁铲松土，用喷壶浇水。他穿了一身纺绸裤褂，趿着鞋，神态消闲。

　　龚星北在本县算是中上等人家，有几片田产，日子原是过得很宽裕的。龚星北年轻时花天酒地，把家产几乎挥霍殆尽。

　　他敢陪细如意子同桌打牌。

　　细如意子姓王，"细如意子"是他的小名。全城的人都称他为"细如意子"，没有多少人知道他的大名。他兼祧两房，到底有多少

① 本篇原载《小说家》1993年第六期；初收《汪曾祺全集》第二卷，北京师范大学出版社，1998年8月。

亩田，连他自己也不清楚。这是个荒唐透顶的膏粱子弟。他的嫖赌都出了格了。他曾经到上海当过一天皇帝。上海有一家超级的妓院，只要你舍得花钱，可以当一天皇帝：三宫六院。他打麻将都是"大二四"。没人愿意陪他打，他拉人入局，说"我跟你老小猴"，就是不管输赢，六成算他的，四成算是对方的。他有时竟能同时打两桌麻将。他自己打一桌，另一桌请一个人替他打，输赢都是他的。替他打的人只要在关键的时候，把要打的牌向他照了照，他点点头，就算数。他打过几副"名牌"。有一次他一副条子的清一色在手，听嵌三索。他自摸到一张三索，不和，随手把一张幺鸡提出来毫不迟疑地打了出去。在他后面看牌的人一愣。转过一圈，上家打出一张幺鸡。"和！"他算准了上家正在做一副筒子清一色，手里有一张幺鸡不敢打，看细如意子自己打出一张幺鸡，以为追他一张没问题，没想到他和的就是自己打出去的牌。清一色平胡。清一色三番，平胡一番，四番牌。老麻将只是"平"（平和）、"对"（对对和）、"杠"（杠上开花）、"海"（海底捞月）、"抢"（抢杠和）加番，嵌当、自摸都没有番。围看的人问细如意子："你准知道上家手里有一张幺鸡？"细如意子说："当然！打牌，就是胆大赢胆小！"

龚星北娶的是杨六房的大小姐。杨家是名门望族。这位大小姐真是位大小姐，什么事也不管，连房门也不大出，一天坐在屋里看《天雨花》《再生缘》，喝西湖龙井，嗑苏州采芝斋的香草小瓜子。她吃的东西清淡而精致。拌荠菜、马兰头、申春阳的虾籽豆腐乳、东台的醉蛏鼻子、宁波的泥螺、冬笋炒鸡丝、砗蝤烧乌青菜。她对丈夫外面所为，从来不问。

前年她得了噎嗝。"风痨气臌噎嗝，阎王请的客"，这是不治之症。请医吃药，不知花了多少钱，拖了小半年，终于还是溘然长逝了。

龚星北卖了四十亩好田，买了一副上好的棺木，办了丧事。

丧事自有李虎臣帮助料理。

李虎臣是一个好管闲事的热心肠的人。亲戚家有红白喜事，他都要去帮忙。提调一切，有条有理，不须主人家烦心。

他还有个癖好，爱做媒。亲戚家及婚年龄的少男少女，他都很关心，对他们的年貌性格、生辰八字，全都了如指掌。

丧事办得很风光。细如意子送了僧、道、尼三棚经。杨家、龚家的亲戚都戴了孝，随枢出殡，从龚家出来，白花花的一片。路边看的人悄悄议论："龚星北这回是尽其所有了。"

丧偶之后，龚星北收了心，很少出门，每天只是在天井里侍弄石条上的三四十盆花，山茶、月季、含笑、素馨。穿着纺绸裤褂，趿着鞋，意态消闲。

他玩过乐器，琵琶、三弦都能弹，尤其擅长吹笛。他吹的都是古牌子，是一个老笛师传的谱。上了岁数，不常吹，怕伤气。但是偶尔吹一两曲，笛风还是很圆劲。

龚星北有二儿一女。大儿子龚宗寅，在农民银行做事。二儿子龚宗亮，在上海念高中。女儿龚淑媛，正在读初中。

龚宗寅已经订婚，未婚妻裴云锦，是裴石坡的女儿，李虎臣做的媒。龚宗寅和裴云锦也在公共场合、亲戚家办生日做寿时见过，彼此印象很好。裴云锦的漂亮，在全城是出了名的。

裴云锦女子师范毕业后，没有出去做事。她得支撑裴家这个家。

裴石坡可以说是"一介寒儒"。他是教育界的。曾经当过教育局的科长、县督学，做过两任小学校长。县里人提起裴石坡，都很敬重。他为人和气、正直，而且有学问。但是因为不善逢迎，没有后台，几次都被排挤了下来。赋闲在家，已经一年。这一年就靠一点很可怜的积蓄维持着。除了每天两粥一饭，青菜萝卜，裴石坡还要顾及体面，有一些应酬。亲友家有红白喜事，总得封一块钱"贺仪""奠仪"，到人家尽到礼数。裴云锦有两个弟弟，裴云章、裴云文，都在读初中，云章读初三，云文读初二。他们都没有读大学的志愿。云章毕业后准备到南京考政法学校，云文准备到镇江考师范。这两个学校都是不要交费的。但是要给他们预备路费、置办行装，这得一笔钱。裴家的值一点钱的古董字画，都已经变卖得差不多了，上哪儿去弄这笔钱去？大姐云锦天天为这事发愁。裴石坡拿出一件七成新的滩羊皮袍，叫云锦去当了。云锦接过皮袍，眼泪滴了下来。裴石坡说："不要难过。等我找到事，有了钱，再赎回来。反正我现在也不穿它。"

龚家希望裴云锦早点嫁过来。龚星北请李虎臣到裴家去说说。裴石坡通情达理，说一家没有个女人，不是个事，请李虎臣择定个日子。

裴云锦把姑妈接来，好帮着洗洗衣裳，做做饭。

裴云锦换了一身衣裳：水红色的缎子旗袍，白缎子鞋，鞋头绣了几瓣秋海棠。这是几年前就预备下的。云锦几次要卖掉，裴石坡坚决不同意，说："裴石坡再穷，也不能让女儿卖她的嫁衣！"龚宗寅雇了两辆黄包车，龚宗寅、裴云锦各坐一辆，裴云锦嫁到龚家了。

龚家没有大办，只摆了两桌酒席，男宾女宾各一席。

裴云锦拜见了龚家的长辈，斟了酒。裴云锦是个林黛玉型的美人，瓜子脸，尖尖的下巴，眉清目秀，唇红齿白。穿了这一身嫁衣，更显得光彩照人。一个老姑奶奶攥着云锦的手，上上下下端详了半天，连声说："不丑不丑！真标致！真是水葱也似的！宗寅啊，你小子有造化！可得好好待她，别委屈了人家姑娘！姑娘，他若是亏待了你，你来找我，我给你出气！"老姑奶奶在龚家很有权威性，谁都得听她的。她说一句，龚宗寅连忙答应："嗳！嗳！嗳！"逗得一桌子大笑，连裴云锦也忍不住抿嘴笑了。

新婚燕尔，小两口十分恩爱。

进门就当家。三朝回门过后，裴云锦就想摸摸龚家究竟还有多少家底，好考虑怎么当这个家。检点了一下放田契房契的匣子。只有两张田契了，加在一起不到四十亩。有两张房契，一所是身底下住着的，一所是租给同康泰布店的铺面。看看婆婆的首饰箱子，有一对水碧的镯子，一只蓝宝石戒指，一只石榴米红宝石的戒指。这是万万动不得的。四口大皮箱里是婆婆生前穿过的衣裳，倒都是"慕本缎"的。但是"陈丝如烂草"，变不出什么钱来。裴云锦吃了一惊：原来龚家只剩下一个空架子，每月的生活只是靠宗寅的三十五块钱的薪水在维持着。

同康泰交的房钱够买米打油，但是龚家人大手大脚惯了，每餐饭总还要见点荤腥。公公每天还要喝四两酒，得时常给他炒一盘腰花，或一盘鳝鱼。

老大宗寅生活很简朴，老二宗亮可不一样，他在上海读启明中学。启明中学是一所私立中学，收费很贵，入学的都是少爷小姐（这所中学入学可以不经过考试，只要交费就行）。宗亮的穿戴不能过于寒碜，他得穿毛料的制服，单底尖头皮鞋。还要有些交际，请同学吃吃南翔馒头、乔家栅的点心。

小姑子龚淑媛初中没有毕业，就做了事，在电话局当接线生。这个电话局是私人办的。龚淑媛靠了李虎臣的面子才谋到这个工作。薪水很低，一个月才十六块钱。电话局很小，全县城也没有几部电话，工作倒是很清闲。但是龚淑媛心里很不痛快。她的同班同学都到外地读了高中，将来还会上大学的，她却当了个小小的接线生，她很自卑，整天耷拉着脸。她和大嫂的感情也不好：她觉得她落到这一步，好像裴云锦要负责；她怀疑裴云锦"贴娘家"。

"贴娘家"也是有之的。逢年过节，裴家实在过不去的时候，龚宗寅就会拿出十块、八块钱来，叫裴云锦偷偷地塞给姑妈，好让裴石坡家混过一段。裴云锦不肯，龚宗寅说："送去吧，这不是讲面子的时候！"龚家到了实在困难的时候，就只有变卖之一途。裴云锦把一些用不着的旧锡器、旧铜器搜出来，把收旧货的叫进门，作价卖了。她把一副郑板桥的对子，一幅边寿民的芦雁交给李虎臣卖给了季匋民。这样对对付付地过日子，本地话叫作"折皱"。

又要照顾一个穷困的娘家，又要维持一个没落的婆家，两副担子压在肩膀上，裴云锦那么单薄的身子，怎么承受得住？

嫁过来已经三年，裴云锦没有怀孕，她深深觉得对不起龚家。

裴云锦疯了！有人说她疯了，有人说她得了精神病，其实只是严重的忧郁症。她一天不说话，只是搬了一张椅子坐在房门口，木然地看着檐前的日影或雨滴。

龚宗寅下班回来，看见裴云锦没有坐在门口，进屋一看，她在床头栏杆上吊死了。解了下来，已经气绝多时。龚宗寅大喊："我对不起你！对不起你呀！这些年你没有过一天松心的日子呀！"裴石坡闻讯赶来，抚尸痛哭："是我拖累了你，是我这个无用的老子拖累了你！"

裴云锦舌尖微露，面目如生。上吊之前还淡淡抹了一点脂粉。她穿着那身水红色缎子旗袍，脚下是那双绣几瓣秋海棠的白缎子鞋。

龚星北做主，把那只蓝宝石戒指卖了，买了一口棺材。不要再换衣服，就用身上的那身装殓了。这身衣服，她一生只穿过两次。

龚星北把天井里的山茶、月季、含笑、素馨的花头都剪了下来，撒在裴云锦的身上。

年轻暴死，不好在家停灵，第二天就送到龚家祖坟埋葬了。

送葬的有：龚星北、龚宗寅、龚淑媛——龚宗亮没有赶回来；裴石坡、裴云章、裴云文、李虎臣；还有裴云锦的几个在女子师范时的要好的同学。无鼓乐、无鞭炮，冷冷清清，但是哀思绵绵，路旁观者，无不泪下。

送葬回来，龚星北看看天井里剪掉花头的空枝，取下笛子，在笛胆里注了一点水，笛膜上蘸了一点唾沫，贴了一张"水膏药"，试了试笛声，高吹了一首曲子，曲名《庄周梦》。

一九九三年七月十七日

小姨娘 ①

　　小姨娘章叔芳是我的继母的异母妹妹。她比我才大两岁。我们是同学，在同一所初中读书。她比我高一班。她读初三，我读初二。那年她十六岁，我十四。但是在家里我还是叫她小姨娘。

　　章家是乡下财主。他们原来在章家庄住。章家庄是一个很大的庄子。庄里有好几户靠田产致富的财主，章家在庄里是首户。后来外公在城里南门盖了一所房子，就搬到城里来了。章老头脾气很"奘"，除了几家至亲（也都是他那样的乡下财主），跟谁也不来往。他和城里的上代做过官，有功名的世家绅士不通庆吊。他说："我不巴结他们！"地方上有关公益的事情，修桥铺路、施药、开粥厂……他一毛不拔，不出一个钱。因此得了一个外号："章臭屎"。

　　章家的房子很朴实，没有什么亭台楼阁，但是很轩敞豁亮。砖

---

① 本篇原载《小说家》1993年第六期；初收《矮纸集》，长江文艺出版社，1996年3月。

瓦木料都是全新的。外公奉行朱柏庐治家格言："黎明即起，洒扫庭院，要内外整洁。"他虽然不亲自洒扫，但要督促用人。他的大厅上的箩底方砖上连一根草屑也没有，桌椅只是红木的（不是"海梅"、紫檀），但是每天抹拭，定期搽核桃油，光可鉴人。榫头稍有活动，立刻雇工修理。

章家没有花园，却有一座桑园，种的都是湖桑。又不养蚕，种那么多桑树干什么？大厅前面天井里的石条上却摆了十几盆橙子，橙子在我们那不多见。橙子结得很好，下雪天还黄澄澄的挂在枝头，叶子不落，碧绿的。

章家家规很严，我从来没有见过外公笑过。他们家的都不会喝酒。老头子生日、姑奶奶归宁，逢年过节，摆席请客，给客人预备高粱酒，——其实只有我父亲一个人喝，他们自己家的人只喝糯米做的甜酒。席上没有人划拳碰杯，宴后也没有人撒酒疯。家里不许赌钱。过年准许赌五天，但也限于掷骰子赶老羊，不许打麻将，更不许推牌九。在这个家里听不到有人大声说笑，说话声音都很低，整天都是静悄悄的。

章家人都很爱干净，勤理发，勤洗澡，勤换衣裳，什么时候都是精神饱满，容光焕发。章家的人都长得很漂亮。二舅舅、三舅舅都可称为美男子。章老头只是一张圆圆的脸，身体很健壮，外婆也不见得太好看，生的儿女却都那么出众，有点奇怪。

我们初中有两个公认为最好看的女生。一个是胡增淑，一个是章叔芳。胡增淑长得很性感，她走路爱眯着眼，扭腰，袅袅婷婷，真是"烟视媚行"。她深知自己长得好看，从镜子面前经过，反光的玻璃面前，总要放慢脚步，看看自己。章叔芳和胡增淑是两种类型。她长得很挺直，头发剪得短短的，有点像男孩子。眼睛很大，很黑，闪烁有光。她听人说话都是平视。有时眨两下眼睛，表示："哦，是这样！"或"是吗？是这样吗？"她眉宇间有一股英气，甚至流露一点野性，但不细看是看不出来的，她给人的印象还是很文静、很秀雅的。

她不知为什么会爱上了宗毓琳。

宗毓琳和他的弟弟宗毓珂都和我同班。宗家原是这个县的人，宗毓琳的父亲后来到了上海，在法租界巡捕房当了"包打听"——低级的侦探。包打听都在青红帮，否则怎么在上海混？不知道为什么宗家要把两个儿子送回家乡来读初中，可能是为了可以省一点费用。

和章叔芳同班有一个同学叫王霈。王霈的父亲是个吟诗写字的名士，他盖的房子很雅致。进门是一个大花园，有一片竹子。王霈的父亲在竹丛当中盖了一个方厅——四方的厅，像一个有门有窗的大亭子。这本是王诗人宴客听雨的地方。近年诗人老去，雅兴渐减，就把方厅锁了起来，空着。宗家经人介绍，把方厅租了下来，宗家兄弟就住在方厅里。

宗家兄弟也只是初中生，不见得有特别处。他们是在上海长大的，说话有一点上海口音，但还是本地话，因为这位包打听的家里说的还是江北话。他们的言谈举止有点上海的洋气，不像本地学生那样土。衣着倒也是布料的，但是因为是宁波裁缝做的，式样较新。颜色也不只是竹布的、蓝布的，而是糙米色的、铁灰色的。宗毓珂的乒乓球打得很好，是全校的绝对冠军。宗毓琳会写散文小说，模仿谢冰心、朱自清、张资平、郁达夫。这在我们那个初中里倒是从来没有的。我们只会写"作文"。我们的初中有一个《初中壁报》，是学生自治会办的。每期的壁报刊头都是我画的。《壁报》是这个初中的才子的园地，大家都要看的。宗毓琳每期都在《壁报》上发表作品（抄在稿纸上，贴在一块黑板上）。宗毓琳中等身材，相貌并不太出众，有点鬈发，涂了"司丹康"，显得颇为英俊。

小姨娘就为这些爱了他？

小姨娘第一次到宗毓琳住的方厅，是为了去借书——宗毓琳有不少"新文学"的书——是由小舅舅章鹤鸣陪着去的。章鹤鸣和我同班、同岁。

第二次，是去还书。这天她和宗毓琳就发生了关系。章叔芳主动，她两下就脱了浑身衣服。两人都没有任何经验。他们的那点知识都是从《西厢记·佳期》《红楼梦·贾宝玉初试云雨情》得来的。初试云雨，紧张慌乱。宗毓琳不停地发抖，浑身出汗。倒是章叔芳因为比宗毓琳大一岁，懂事较早，使宗毓琳渐渐安定，才能成事。从此以后，章叔芳三天两头就去宗毓琳住的方厅。少男少女，情色相当，哼哼唧唧，美妙非常。他们在屋里欢会的时候，章鹤鸣和宗毓珂就在竹丛中下象棋，给他们望风。他们的事有些同学知道了，因为王霭的同学常到王霭家去玩，怎么会看不出蛛丝马迹？同学们见章鹤鸣和宗毓珂在外面下象棋，就知道章叔芳和宗毓琳在里面"画地图"——他们做了"坏事"，总会在被单上留下斑渍的。

没有不透风的墙。小姨娘的事终于传到外公的耳朵里。王霭的未婚妻童苓湘和章叔芳同班。童苓湘是我的大舅妈的表妹，童苓湘把章叔芳的事和表姐谈了。大舅妈不敢不告诉婆婆，外婆不敢不告诉外公。外公听了，暴跳如雷，他先把小舅舅鹤鸣叫来，着着实实打了二十界方，小舅舅什么都说了。

外公把小姨娘揪着耳朵拉到大厅上，叫她罚跪。

伤风败俗，丢人现眼……！

才十六岁……！

一个"包打听"的儿子……！

章老头抓起一个祖传的霁红大胆瓶，叭嚓一下，摔得粉碎。

全家上下，鸦雀无声。大舅舅的小女儿三三也都吓得趴在大舅妈的怀里不敢动。

小姨娘直挺挺地跪在大厅里，不哭，不流一滴眼泪，眼睛很黑，很大。

跪了一个多小时。

后来是二嫂子——我的二舅妈拉她起来，扶她到她的屋里。

二舅妈是丹阳人。丹阳是介乎江南和江北之间的地方。她是在上海商业专科学校和二舅舅恋爱，结了婚到本县来的。——我的外公对儿子的前途有他的独特的设想，不叫他们上大学，二舅、三舅都是读的商专。二舅妈是一个典型的古典美人，瓜子脸、一双凤眼，肩削而腰细。她因为和二舅舅热恋，不顾一切，离乡背井，嫁到一个苏北小县的地主家庭来，真是要有一点勇气。她嫁过来已经一年多，但是全家都还把她当作新娘子，当作客人，对她很客气。但是她很寂寞。她在本县没有亲戚，没有同学，也没有朋友，而且和章家人语言上也有隔阂，没有什么可以说说话的人。丈夫——我的二舅舅在县银行工作，早出晚归。只有二舅舅回来，她才有说有笑（他们说的是掺杂了上海话、丹阳话和本地话的混合语言）。二舅舅上班，二舅妈就只有看看小说，写写小字——临《灵飞经》。她爱吹箫，但是在这个空气严肃的家庭里——整天静悄悄的，吹箫，似乎不大合适，她带来的一支从小吹惯的玉屏洞箫，就一直挂在壁上。她是寂寞的，但是这种寂寞又似乎是她所喜欢的。有时章叔芳到她屋里来，陪她谈谈。姑嫂二人，推心置腹，无话不谈。她是自由恋爱结婚的，对小姑子的行为是同情的、理解的，虽然也觉得她太年轻，过于任性。

二嫂子为什么敢于把章叔芳拉起来，扶到自己屋里？因为她知道公爹奈何不得，他不能冲到儿媳妇的屋里去。

章老头在外面跳脚大骂：

"你给我滚出去！滚！敢回来，我打断你的腿！"

老头气得搬了一把竹椅在桑园里一个人坐着，晚饭也不吃。

章叔芳拣了几件衣裳，打了个包袱往外走。外婆塞给她一包她攒下的私房钱，二舅妈把手上戴的一对金镯子抹下来给了她。全家送她，她给妈磕了一个头，对全家大小深深地鞠了三个躬，开了大门。门外已经雇好了一辆黄包车等着，她一脚跨上车，头也不回，走了。

第二天，她和宗毓琳就买了船票，回上海。

到上海后给二嫂子来过一封信，以后就再没有消息。

初中的女同学都说章叔芳很大胆，很倔强，很浪漫主义。

过了两年，章老头生病死了，——亲戚们议论，说是叫章叔芳气死的，二哥写信叫她回来看看，说妈很想她。

她回来了，抱着一个孩子。

她对着父亲的灵柩磕了三个头。没哭。

她在娘家住了三个月，住的还是她以前住的房，睡的是她以前睡的床。

我再看见她时她抱了个一岁多的孩子在大厅里打麻将。章老头死后，章家开始打麻将了。二哥、大嫂子，还有一个表婶。她胖了。人还是很漂亮。穿得很时髦，但是有点俗气。看她抱着孩子很熟练地摸牌，很灵巧地把牌打出去，完全像一个包打听人家的媳妇。她的大胆、倔强、浪漫主义全都没有一点影子了。

章家人很精明，他们在新四军快要解放我们家乡的前一年，把全部田产都卖了，全家到南洋去做了生意。听说在南洋很发财。——二舅舅、三舅舅都是学的商业专科学校，懂得做生意。

他们是否把章叔芳也接到南洋去了呢？没听说。

胡增淑后来在南京读了师范，嫁了一个飞行员。飞行员摔死了，她成了寡妇。有同学在重庆见到她，打扮得花枝招展，还挺媚。后来不知怎么样了。

一九九三年七月九日

熟藕[①]

刘小红长得很好看，大眼睛，很聪明，一街的人都喜欢她。

这里已经是东街的街尾，店铺和人家都少了。比较大的店是一家酱园，坐北朝南。这家卖一种酒，叫佛手曲。一个很大的方玻璃缸，里面用几个佛手泡了白酒，颜色微黄，似乎从玻璃缸外就能闻到酒香。酱菜里有一种麒麟菜，即石花菜。不贵，有两个烧饼的钱就可以买一小堆，包在荷叶里。麒麟菜是脆的，半透明，不很咸，白嘴就可以吃。孩子买了，一边走，一边吃，到了家已经吃得差不多了。

酱园对面是周麻子的果子摊。其实没有什么贵重的果子，不过就是甘蔗（去皮，切段）、荸荠（削去皮，用竹签穿成串，泡在清水里），再就是百合、山药。

---

① 本篇原载《长江文艺》1995 年第六期；初收《矮纸集》，长江文艺出版社，1996 年 3 月。

周麻子的水果摊隔壁是杨家香店。

杨家香店的斜对面，隔着两家人家，是周家南货店，亦称杂货店。这家卖的东西真杂。红蜡烛：一个师傅把烛芯在一口锅里一根一根"蘸"出来，一排一排在房椽子上风干；蜡烛有大有小，大的一对一斤，叫作"大八"，小的只有指头粗，叫作"小牙"。纸钱：一个师傅用木槌凿子在一沓染黄了的"毛长纸"上凿出一溜溜的铜钱窟窿，是烧给死人的。明矾：这地方吃河水，河水浑，要用矾澄清了；炸油条也短不了用矾。碱块：这地方洗大件的衣被都用碱，小件的才用肥皂；浆衣服用的浆面——芡实磨粉晒干。另外，在小缸里还装有白糖、红糖、冰糖、南枣、红枣、蜜枣、桂圆、荔枝干、金橘饼、山楂。老板一天说不了几句话，跟人很少来往，见人很少打招呼，有点不近人情。他生活节省，每天青菜豆腐汤。有客人（他也还有一些生意上的客人）来，不敬烟，不上点心，连茶叶都不买一包，只是白开水一杯。因此有人从《百家姓》上摘了四个字，作为他的外号："白水窦章。"白水窦章除了做生意，写账，没有什么别的事，不看戏，不听说书，不打牌，一天只是用一副骨牌"打通关"，抱着一只很肥的玳瑁猫。他并不喜欢猫，是猫避鼠，他养猫是怕老鼠偷吃蜡烛油。打通关打累了，他伸一个懒腰，走到门口闲看，看来往行人，看狗，看碾坊放着青回来的骡马，看乡下人赶到湖西歇伏的水牛，看对面店铺里买东西的顾客。

周家南货店对面是一家绒线店，是刘小红家开的。绒线店卖丝线、花边、绦子，还有一种扁窄上了浆的纱条，叫作"鳝鱼骨子"，是捆扎东西用的。绒线店卖这些东西不用尺量，而是在柜台边刻出一些道道，用手拉长了这些东西在刻出的道道上比一比。刘小红的父亲一天就是比这些道道，一面口中报出尺数："一尺、二尺、三尺……"绒线店还带卖梳头油、刨花（捆头发用）、雪花膏。还有一种极细的铜丝，是穿珠花用的，就叫作"花丝"。刘小红每学期装饰教室扎纸花，都从家里带了一篼花丝去。

刘老板夫妇就这么一个女儿，娇惯得不行，要什么给什么，给她的零花钱也很宽松。刘小红从小爱吃零嘴，这条街上的零食她都吃遍了。

但是她最爱吃的是熟藕。

正对刘家绒线店是一个土地祠。土地祠厢房住着王老，卖熟藕。王老无儿无女，孤身一人，一辈子卖熟藕。全城只有他一个人卖熟藕，谁想吃熟藕，都得来跟王老买。煮熟藕很费时间，一锅藕得用微火煮七八小时，这样才煮得透，吃起来满口藕香。王老夜里煮藕，白天卖，睡得很少。他的煮藕的锅灶就安在刘家绒线店门外右侧。

小红很爱吃王老的熟藕，几乎每天上学都要买一节，一边走，一边吃。

小红十一岁上得了一次伤寒，吃了很多药都不见效。她在床上躺了二十多天，街坊们都来看过她。她吃不下东西。王老到南货店买了蜜枣、金橘饼、山楂糕给送来，她都不吃，摇头。躺了二十多天，小脸都瘦长了，妈妈非常心疼。一天，她忽然叫妈：

"妈！我饿了，想吃东西。"

妈赶紧问：

"想吃什么？给你下一碗饺面？"

小红摇头。

"冲一碗焦屑?"

小红摇头。

"熬一碗稀粥,就麒麟菜?"

小红摇头。

"那你想吃什么?"

"熟藕。"

那还不好办!小红妈拿了一个大碗去找王老,王老说:

"熟藕?吃得!她的病好了!"

王老挑了两节煮得透透的粗藕给小红送去。小红几口就吃了一节,妈忙说:"慢点!慢点!不要吃得那么急!"

小红吃了熟藕,躺下来,睡着了。出了一身透汗,觉得浑身轻松。

小孩子复原得快,休息了一个星期,就蹦蹦跳跳去上学了,手里还是捧了一节熟藕。

日子过得真快,转眼小红二十了,出嫁了。

婆家姓翟,也是开绒线店的。翟家绒线店开在北市口,北市口是个热闹地方,翟家生意很好。丈夫原是小红的小学同学,还做了两年同桌,对小红也很好。

北市口离东街不远,小红隔几天就回娘家看看,帮王老拆洗拆洗衣裳。

王老轻声问小红:

"有了没有?"

小红红着脸说："有了。"

"一定会是个白胖小子！"

"托您的福！"

王老死了。

早上来买熟藕的看看，一锅煮熟藕，还是温热的，可是不见王老来做生意。推开门看看，王老不知什么时候已经断了气。

小红正在坐月子，来不了。她叫丈夫到周家南货店送了一对"大八"，到杨家香店"请"了三股香，叫他在王老灵前点一点，叫他给王老磕三个头，算是替她磕的。

王老死了，全城再没有第二个人卖熟藕。

但是煮熟藕的香味是永远存在的。

钓鱼巷^①

程进生有异相，能"纳拳于口"——把自己的拳头塞进自己的嘴里。有人说这是福相，他自己也以此为荣。他的同学可不管他福相不福相，给他起了外号：大嘴丫头。大嘴就大嘴吧，还要"丫头"！他哪点像丫头？他长得很壮实，一脸的"颗子"——青春痘。

他初中已经毕业，暑假后考高中。因为温习功课，看"升学指南"，演算有名的高中历届的入学试题，要专心，要清静，他从上堂屋原来的卧房搬到花园西侧一间书房里来住。书房西边是一溜四扇玻璃窗，窗外是一个花坛，种了三棵丁香。玻璃窗总是开着，程进常由这里出入，跳进来，跳出去。书房东边的房门闩了，没有人来打搅，他就在里面头悬梁、锥刺股。

他的弟弟程伟也搬到花园里来住，在书房对面的小客厅里。

---

① 本篇原载《大家》1996年第二期；初收《汪曾祺全集》第二卷，北京师范大学出版社，1998年8月。

程家共有三房。大爷即程进和程伟的父亲，"废科举改学堂"之后，他读过旧制中学，现在在家享福，经营他的田产。他一心想开矿发财，他认为只有开矿才能发大财。

二爷早故。

三爷是个画家，他认为大哥的想法很可笑：你那点家产就想开矿？再说咱这里也没有什么矿！——到外地去开？开矿是那么简单的事吗？

三爷两度丧妻，现在续娶的是第三位。是邰伯埭的人，姓邰。邰家是大地主。邰氏夫人的母亲死得早，邰小姐从小娇生惯养。她嫁过来时从娘家带过两个随身的女用人，邰伯人不知道为什么把女用人都叫成姓高。这两个女用人一个被叫成小高，一个叫大高。小高贴身伺候大小姐。大高做比较粗的活：拆洗被褥幔帐，倒马桶……小高娇小玲珑，大高比较高大。小高还没有人家；大高结过婚，不到一年，去年，丈夫死了。小姐出嫁，带过一个岁数不大的寡妇，有人家是要忌讳的。这事请示过程家的大姑奶奶。大姑奶奶知道邰小姐用惯了大高，离不开她，邰小姐特别爱干净，被褥不是大高洗，她不放心，想了想，就说："让她带过来吧！"

大高怕热，爱出汗。一天要用凉水抹几次身。晚上，要洗一次澡。在花园里，打一满澡盆水，在别人都已经睡下的时候，闩了花园到正屋的六角门，哗啦哗啦大洗一次。擦干后躺竹床上乘凉，四仰八叉，一丝不挂。用一个芭蕉扇赶蚊子，小声唱"牌经"（这地方打麻将出牌报牌兴唱"牌经"），牌经大都很"花"，比如打出一张白板，就唱：

"白笃笃的奶子，粉撮撮的腰……"

大高唱这样的"牌经"，似乎是对自己的赞美。

一直到露水下来了，她全身凉透了，才开了六角门回屋睡觉。

大高乘凉时，程进透过书房的西窗偷偷地往外看她，看得目瞪口呆。

程进睡得迷迷糊糊的，感觉到旁边好像有一个光溜溜的女人身子，光滑细腻……

程伟起来小便，听到哥哥书房里有一种奇怪声音，他走近听听：两个人在喘气。他轻手轻脚，绕到丁香花下往里看。月光如水："哈！你们！给你告妈！"

程进的妈觉得这件事不好办。大嫂子怎么和三嫂子（这地方妯娌之间彼此称呼都是"嫂子"，不兴叫弟媳）去说这种事呢。想了想，还是得把大姑奶奶请回来。

姑奶在家中照例是很有权威的。程家姊弟中，她最年长，比程进的父亲还大一岁，程家的事她做得一半主。

大姑奶奶和三弟媳谈了谈，说大高不宜在这个门里待下去了，传出去不好。

三少奶奶找小高问了问：大高每天几时进花园洗澡，什么时候回屋。三少奶奶跟三少爷商量了一下，拿二十块钱给大高，又拣了十几件八九成新的自己穿过的衣裳，打了一个包袱，叫小高送大高搭船回邰家，有什么话以后再说。大高明白事情盖不住，跟大小姐说了声："大小姐，我走了。"擦擦眼泪，走了。

程进考进了南京私立东方中学。南京私立中学不少，名声都不大好。"要偷人，进惠文；吊儿郎当进东方。"惠文是女中，个别女生生活上是不大检点，"偷人"不如流言所说的那样普遍。东方的学生大都是公子哥儿，纨绔子弟。他们很少正经读书，整天在外面吃喝玩乐，到玄武湖划船，打弹子，跳舞——南京中学生很多人会跳踢踏舞，吃女招待。"女招待，真不赖，吃三毛，给一块。"有人甚至荒唐到把妓女弄到宿舍里过夜。

南京妓女很多。他们一眼就看得出来，都在旗袍上襟别一个粉红色的赛璐珞小桃花徽章。有的女学生不知就里，觉得这很好看，也到百货公司买一个来戴，后来才知道这是妓女的标志！

堂堂国府所在，为什么要容纳这样多妓女，而且都让她们戴上小徽章，答曰：有此必要，这对维持社会秩序稳定大有好处；让她戴上"桃花章"，可以区别良莠，且表示该妓女最近经过检查，干净卫生，并无毛病，只管放心嫖宿；她们要缴纳"花捐"，才能领取徽章，公开从业。每月政府所收"花捐"是一笔不小的数目。

南京妓院大都集中在几条巷子里，钓鱼巷是最有名的。钓鱼巷即在东方中学学生宿舍的后面。这些姑娘们时常在巷子里进进出出，走来走去，打扮得花枝招展，走起来袅袅婷婷。住在宿舍里的学生对她们已经看得很熟，分得清谁是谁。姑娘们走过学生宿舍的后窗户，大都向上看看，和一些熟识的学生抬手点头，眉来眼去（南京人叫作"吊膀子"）。妓女都有个香艳的名字，很多是从《红楼梦》上取来的：林黛玉、史湘云（林黛玉、史湘云被妓女当了芳名，可算是倒了霉了！）……有一个最红的，为学生最喜欢的姑娘叫"沙利文"。南京有个专卖面包、西点的面包房叫"沙利文"，出的面包也就叫"沙利文面包"。为什么给妓女起这样一个名字呢？因为她的两个奶奶鼓鼓的，暄腾腾的，很有弹性，恰像是沙利文刚烤出来的奶油面包。"沙利文"有点天真，很喜欢和学生来往，一起去看一场电影啦，到明孝陵、鸡鸣寺去逛逛啦。这些公子哥儿都长得很帅，留了菲律宾式的长发（背发上涂了很多油）。学生总比较文雅，不像当官、做买卖的那样俗气，一点不懂怜香惜玉，如狼似虎，穷凶极恶。虽然当了妓女，总还希望能得到一点感情，被人看成一个女学生，不是"婊子"。学生能给她们一小点感情，像《茶花女》里那样的感情。明知道这小点感情是假的，但是姑娘也就满足了。学生从后窗户把她们弄到宿舍里去睡觉，她们大都很愿意，她们觉得不只是让人玩，自己也玩了。

程进不止一次把妓女从后窗户弄进宿舍里来过夜，这种事他父亲在读旧制中学时就干过，可以说是传代，只是方式有些不同。程进的父亲用的是腰带，那时兴系腰带，几乎每人都有一条，湖蓝色，绸制的，把两根腰带结起来，就可以把一个妓女拉上来。到程进时就改用了梯子，钓鱼巷凡有学生是熟客的，妓院都准备了一架小梯子，几步就上来了。

程进在和妓女做事时，有时会想起大高。他的性生活是大高开的蒙，而且大高全身柔软细腻，有一种说不出的美。

为了实现父亲的愿望，程进高中毕业，报考的大学是广西大学矿冶系，考上了。

矿冶系毕业后在东北一个矿上工作——他当然不可能独资开一个矿。解放后作为工程技术人员留用。工作很好，屡受表扬，升为工程师。他在东北结了婚，生了一个男孩子。

反右运动中，追查他的历史。因为他曾在孙立人的远征军中当过翻译，在印度干了一年。本来问题不大，甚至不是问题，但是斗起来没完。七来八来，他受不了冤屈，自杀了。

程进的爱人还年轻，改嫁了。遗孤送回老家，由祖母抚养。这孩子不爱说话，他不懂父亲为什么要死，母亲为什么要嫁人。

大高回邨家后嫁了一次人，生病死了。

"沙利文"不知下落，听说也死了。

很多人都死了。

人活一世，草活一秋。

一九九五年岁暮

黄开榜的一家 [1]

黄开榜不是本地人，他是山东人。原来是当兵的，开小差下来之后，在当地落住脚。

他没有固定的职业，年轻时吹喇叭。这是一种细长颈子的紫铜喇叭，长五六尺，只能吹一个音：嘟——早年间迎亲、出殡都有两种东西，一是长颈喇叭，二是铁铳。花轿或棺柩前面是吹鼓手，吹鼓手的前面是喇叭，喇叭起了开路的作用。黄开榜年轻中气足，一口气可以吹得很长。这喇叭的声音很不好听，尖锐刺耳。后来就没有什么人家用了。铁铳也废了。太响了，震得人耳朵疼。

没有人找黄开榜吹喇叭了，他又干了一种新的营生，当"催租的"。有些中小地主，在乡下置了几亩地，租给人种。这些家业不大的地主，无权无势，有的佃户就欺负他们，租子拖欠不交。地

① 本篇原载《精品》1993年第十一期（创刊号）；初收《矮纸集》，长江文艺出版社，1996年3月。

主找黄开榜去催。黄开榜去了，大喊大叫，要吃要喝，赖着不走，有时甚至找个枕头睡在人家里。这家叫他啰嗦得受不了啦，就答应哪天交齐。黄开榜找村里的教书先生或庙里的和尚帮这家立个保单："立保单人某某某所欠某府名下租子若干准于某月日如数交清恐口无凭证立此保单是实。"黄开榜拉过佃户的右手，盖了一个手印，喝了一大碗米汤，走人。地主拿到保单，总得给黄开榜一点酒钱。

黄开榜还有一件拿不到钱，但是他很乐意去干的事，是参加"评理"。两家闹了纠纷，就约了街坊四邻、熟人朋友，到茶馆去评理，请大家说说公道话，分判是非曲直。评理的结果大都是调停劝解，大事化小，彼此不再记仇。两家评理，和黄开榜本不相干，谁也没有请他，他自己搬张凳子，一屁股就坐了下来，咋长六七，瞎掺和。他嗓门很大，说起话来唾沫星子乱喷，谁都离他远远的。他一面大声说话，一面大口吃包子。这地方吃茶都要吃包子，评理的尤不能缺。他一人能把一笼包子——十六个，全吃了。灌下半壶酽茶，走人。这十六个包子可以管他一天，晚饭只要喝一碗"采子粥"——碎米加剁碎了的青菜煮的粥，本地叫作"采子粥"。

他的老婆倒是本地人。据说年轻时很风流，她为什么跟了黄开榜呢？本地有个说法："要称心，嫁大兵。"这里所谓"称心"指的是什么，本地人都心领神会。她后来上了岁数，看不出风流不风流，但身材还是匀称的，既不肥胖臃肿，也不骨瘦如柴，精精干干、利利索索。

她生过五个孩子。

头胎是个男孩。不知道为什么，孩子生下来，就送给一个姓薛的裁缝。头胎儿子就送了人，谁也不知道什么原因。这孩子姓了薛，从小跟薛裁缝学裁缝，现在已经很大了，能挣钱了。薛黄两家离得很近，薛家在螺蛳坝，黄家在越塘，几步就到了，但是两家不来往。这个姓了薛的裁缝从来没有来看过他的生身父母。

黄开榜的二儿子不知到哪里去了。也许在外面当兵，也许在大船上撑篙拉纤。也许已经死了。他扔下一个媳妇。这二媳妇是个圆盘脸，头发浓黑，梳了一个很大的"牛屎耙耙"头。她长得很肉感，越塘一带人的语言里没有"肉感"这个词儿，便是街面上的生意人也不会说这个词儿，只有看过美国电影的洋学生才用这个词儿，但这词儿用在她身上非常合适。越塘一带人有更放肆的说法，小曲里唱道："白掇掇的奶子，粉撮撮的腰。"她无不具备。男人走了，她靠"挑箩把担"维持衣食。自从和毛三"靠"上了，就很少挑箩了。

毛三是个开青草行的。用一只船停在越塘岸边收购青草。姑娘小子割了青草卖给他，当时付钱。船上青草满了，就整船交给乡下人。乡下人把青草和河泥拌匀，在东门外护城河边的空地上堆成一个一个长方形的墩子，用铁锨把表面拍实，让青草发酵。到第二年栽秧，这便是极好的肥料。夏天，天才蒙蒙亮，就听见毛三用极高极脆的声音拉长音吆喝："噢草来——""噢"是土音，意思是约分量。收草季节过了，他就做别的生意，收荸荠，收菱。因此他很有几个钱。

毛三的眼睛有毛病，迎风掉泪，眼边常是红红的，而且不住地眨巴。但是他很风流自在，留着一个中分头。他有个外号叫"斜公鸡"。公鸡"踩水"——就是欺负母鸡，在上母鸡身之前，都是耷下一只翅膀，斜着身子跑过来，然后纵身一跳，把母鸡压在下面。毛三见到女人，神气很像斜着身子的公鸡。

毛三靠了黄开榜的二媳妇，越塘无人不晓。大白天，毛三"噢"过草，就走进二媳妇的门。二媳妇是单过的，住西屋。——黄开榜一家住朝南的正屋。大概过了一个半小时，毛三开门出来，样子像是踩过水的公鸡，浑身轻松。二媳妇跟着出来，也像非常满足。毛三上茶馆吃茶，二媳妇拿着淘箩去买米。

黄开榜的三儿子是这家的顶门柱。他小名叫三子，越塘人都叫他三子。他是靠肩膀吃饭的。每天挑箩，他总能比别人多挑两担。他为人正气，越塘人都尊重他。他不吃烟，不喝酒，不赌钱，不打架。他长得一表人才，邻居都说他不像黄家人。但是他和越塘的姑娘媳妇从不勾勾搭搭，简直是目不斜视。越塘的姑娘愿意嫁给三子的很多，三子不为所动。三子为了多挣几个钱，常到离城稍远的五里坝、马棚湾这些地方去挑谷子，有时一去两三天。

黄开榜的四儿子是个哑巴。

最后生的是个女儿，是个麻子，都叫她"麻丫头"。

哑巴和麻丫头也都能挑箩了，挑半担，不用箩筐，用两个柳条编的笆斗。

这样，黄开榜家的日子还算能过得下去。饭自然吃得简单，红糙米饭，青菜汤。哑巴有时摸点泥鳅，捞点螺蛳。越塘有时有卖呛蟹的来，麻丫头就去买一碗。很小的螃蟹，有的地方叫蟛蜞，用盐腌过，很咸。这东西只是蟹壳没有什么肉，偶有一点蟹黄，只是嘬嘬味道而已，但是很下饭。

越塘的对面是一片菜园，更东去是荒地。黄开榜的老婆每年在荒地上种一片蚕豆。蚕豆嫩的时候摘了炒炒吃，到秋后，蚕豆老了，豆荚发黑了，就连豆秸拔下，从桥上拖过河来，——越塘有一道简易的桥，只是两根洋松木方子搭在两岸，把豆秸晒在了裁缝门前的路上，让来往行人去踩，把豆荚踩破，豆粒脱出。干蚕豆本来准备过冬没菜时煮了吃的，不到过冬，就都叫麻丫头炒炒吃掉了。

越塘很多人家无隔宿之粮，黄开榜家常是吃了上顿计算下顿。平常日子总有点法子，到了连阴下雨，特别是冬天下大雪，挑箩把担家的真是揭不开锅了。逢到这种时候，黄开榜两口子就吵架，黄开榜用棍子打老婆——打的是枕头。吵架是吵给街坊四邻听的，告诉大家：我们家没有一颗米了。于是紧隔壁邻居丁裁缝就自己倒了一升米，又跟邻居"告"一点，给黄家送去，这才天下太平。丁裁缝是甲长，这种事情他得管。

黄开榜忽然异想天开，搞了一个新花样：下神。黄开榜家对面，有一家杨家香店的作坊。作坊接连两年着火，黄开榜说这是"狐火"，是胡大仙用尾巴在香面上蹭着的。他找了一堆断砖，在香店作坊墙外砌了一个小龛子，里面放一个瓦香炉。胡大仙附了他的体了，就乱蹦乱跳，乱喊乱叫起来，关云长、赵子龙、孙悟空、猪八戒、宋公明、张宗昌……胡说八道一气。居然有人相信他这胡大仙，给胡大仙上供：三个鸡蛋、一块豆腐。这供品够他喝二两酒。

三子从五里坝领回了一个新媳妇。他到五里坝挑稻子，这女孩子喜欢他，就跟来了。这是一个农民家的女儿，虽然和一个见了几次面的男人私奔（她是告诉过爹妈的），却是一个很朴素的女孩子。她宽肩长腿，大手大脚，非常健康。眼睛很大，看人的时候显得很纯净坦诚，不像城市贫民的女儿有点狡猾，有点淫荡。她力气很大，挑起担子和三子走得一样快。她认为自己选择了三子选对了；三子也觉得他真捡到了一个好老婆。新媳妇对越塘一带的风气看不惯，她看不惯老公爹装神弄鬼，也看不惯二嫂子偷人养汉。枕头上对三子说："这算怎么回事？这不像一户正经人家！"她和三子合计，找一块地方，盖三间草房，和他们分开，另过。三子同意。

黄开榜生病了。

越塘一带人，尤其是黄开榜一家，是很少生病的。生病，也不请医吃药。有点头疼脑热，跑肚拉稀，就到汪家去要几块霉糕。汪家老太太过年时蒸糕，总要留下一簸箕，让它长出霉斑，施给穷人，黄开榜的老婆在家里有人生病时就去要几块霉糕，煮汤喝下去，病就好了。霉糕治病，是何道理？后来发明了盘尼西林，医学界说霉糕其实就是盘尼西林，那么汪家老太太可称是盘尼西林的首先发明者。

黄开榜吃了霉糕汤，不见好。

一天大清早，黄家传出惊人的哭声：黄开榜死了。

丁裁缝拿了绿簿到街里店铺中给黄开榜化了一口薄皮棺材。又自己出钱，买了白布，让黄家人都戴了孝。

黄开榜的大儿子，已经姓薛的裁缝赶来给黄开榜磕了三个头，留下十块钱给他的亲生母亲，走了，没说一句话。

三子和三媳妇用两根桑木扁担把黄开榜的薄皮棺材从洋松木方

的简易桥上抬过越塘，要埋到种蚕豆的荒地旁边。哑巴把那支紫铜长颈喇叭找出来，在棺材前使劲地吹："嘟——"

故里杂记 ①

李三

　　李三是地保，又是更夫，他住在土地祠。土地祠每坊都有一个。"坊"后来改称为保了，只有死了人，和尚放焰口，写疏文，写明死者籍贯，还沿用旧称"南赡部洲中华民国某省某县某坊信士某某……"云云。疏文是写给阴间的公事。大概阴间还没有改过来。土地是阴间的保长。其职权范围与阳间的保长相等，不能越界理事，故称"当坊土地"。李三所管的，也只是这一坊之事。出了本坊，哪怕只差一步，不论出了什么事，死人失火，他都不问。一个坊或一个保的疆界，保长清楚，李三也清楚。

---

① 　本篇原载《北京文学》1982年第二期；初收《晚饭花集》，人民文学出版社，1985年3月。

土地祠是俗称，正名是"福德神祠"。这四个字刻在庙门的砖额上，蓝地金字。这是个很小的庙。外面原有两根旗杆，西边的一根有一年教雷劈了（这雷也真怪，把旗杆劈得粉碎，劈成了一片一片一尺来长的细木条），只剩东边的一根了。进门有一个门道，两边各有一间耳房：东边的，住着李三；西边的一间，租给了一个卖糜饭饼子的。——糜饭饼子是米粥捣成糜，发酵后在一个平锅上烙成的，一面焦黄，一面是白的，有一点酸酸的甜味。再往里，过一个两步就跨过的天井，便是神殿，迎面塑着土地老爷的神像。神像不大，比一个常人还小一些。这土地老爷是单身，——不像乡下的土地庙里给他配一个土地奶奶。是一个笑眯眯的老头，一嘴的白胡子。头戴员外巾，身穿蓝色道袍。神像前是一个很狭的神案，神案上有一具铁制蜡烛架，横列一排烛钎，能插二十来根蜡烛。一个瓦香炉。神案前是一个收香钱的木柜。木柜前留着几尺可供磕头的砖地。如此而已。

李三同时又是庙祝。庙祝也没有多少事。初一、十五把土地祠里外打扫一下，准备有人来进香。过年的时候，把两个"灯对子"找出来，挂在庙门两边。灯对子是长方形的纸灯，里面是木条钉成的框子，外糊白纸，上书大字，一边是"风调雨顺"，一边是"国泰民安"。灯对子里有横隔，可以点蜡烛。从正月初一，一直点到灯节。这半个多月，土地祠门前明晃晃的，很有点节日气氛。这半个月，进香的也多。每逢香期，到了晚上，李三就把收香钱的柜子打开，把香钱倒出来，一五一十地数一数。

偶尔有人来赌咒。两家为一件事分辩不清，——常见的是东家丢了东西，怀疑是西家偷了，两家对骂了一阵，就各备一份香烛到土地祠来赌咒。两个人同时磕了头，一个说："土地老爷在上，若是某某偷了我的东西，就叫他现世现报！"另一个说："土地老爷在上，我若做了此事，就叫我家死人失天火！他诬赖我，也一样！"咒已赌完，各自回家。李三就把只点了小半截的蜡烛吹灭，拔下，收好，备用。

李三最高兴的事，是有人来还愿。坊里有人家出了事，例如老人病重，或是孩子出了天花，到土地祠来许愿。老人病好了，孩子天花出过了，就来还愿。仪式很隆重：给菩萨"挂匾"——送一块横宽二三尺的红布匾，上写四字："有求必应"。满炉的香，红蜡烛把铁架都插满了（这种蜡烛很小，只二寸长，叫作"小牙"）。最重要的是：供一个猪头。因此，谁家许了愿，李三就很关心，随时打听。这是很容易打听到的。老人病好，会出来扶杖而行。孩子出了天花，在衣领的后面就会缝一条三指宽三寸长的红布，上写"天花已过"。于是李三就满怀希望地等着。这猪头到了晚上，就进了李三的砂罐了。一个七斤半重的猪头，够李三消受好几天。这几天，李三的脸上随时都是红喷喷的。

地保所管的事，主要的就是死人失火。一般人家死了人，他是不管的，他管的是无后的孤寡和"路倒"。一个孤寡老人死在床上，或是哪里发现一具无名男尸，在本坊地界，李三就有事了：拿了一个捐簿，到几家殷实店铺去化钱。然后买一口薄皮棺材装殓起来；省事一点，就用芦席一卷，草绳一捆（这有个名堂，叫作"万字纹的棺材，三道紫金箍①"），用一把锄头背着，送到乱葬岗去埋掉。因此本地流传一句骂人的话："叫李三把你背出去吧！"李三很愿意本坊常发生这样的事，因为募化得来的钱怎样花销，是谁也不来查账的。李三拿埋葬费用的余数来喝酒，实在也在情在理，没有什么说不过去。这种事，谁愿承揽，就请来试试！哼，你以为这几杯酒喝到肚里容易呀！不过，为了心安理得，无愧于神鬼，他在埋了死人后，照例还为他烧一陌纸钱，磕三个头。

李三瘦小干枯，精神不足，拖拖沓沓，迷迷瞪瞪，随时总像没有睡醒，——他夜晚打更，白天办事，睡觉也是断断续续的，看见他时他也真是刚从床上爬起来一会儿，想不到有时他竟能跑得那样快！那是本坊有了火警的时候。这地方把失火叫成"走水"，大概是讳言火字，所以反说着了。一有人家走水，李三就拿起他的更锣，用一个锣棒使劲地敲着，没命地飞跑，嘴里还大声地嚷叫："××巷×家走水啦！××巷×家走水啦！"一坊失火，各坊的水龙都要来救，所以李三这回就跑出坊界，绕遍全城。

李三希望人家失火吗？哎，话怎么能这样说呢！换一个说法：他希望火不成灾，及时救灭。火灭之后，如果这一家损失不大，他就跑去道喜："恭喜恭喜，越烧越旺！"如果这家烧得片瓦无存，他就去向幸免殃及的四邻去道喜："恭喜恭喜，土地菩萨保佑！"他还会说："火势没有蔓延，也多亏水龙来得快。"言下之意也很清楚：水龙来得快，是因为他没命地飞跑。听话的人并不是傻子。他飞跑

---

① 以芦席裹尸，外束草索。

着敲锣报警，不会白跑，总是能拿到相当可观的酒钱的。

地保的另一项职务是管叫花子。这里的花子有两种，一种是专赶各庙的香期的。初一、十五，各庙都有人进香。逢到菩萨生日（这些菩萨都有一个生日，不知是怎么查考出来的），香火尤盛。这些花子就从庙门、甬道，一直到大殿，密密地跪了两排。有的装作瞎子，有的用蜡烛油画成烂腿（画得很像），"老爷太太"不住地喊叫。进香的信女们就很自觉地把铜钱丢在他们面前破瓢里，她们认为把钱给花子，是进香仪式的一部分，不如此便显得不虔诚。因此，这些花子要到的钱是不少的。这些虔诚的香客大概不知道花子的黑话。花子彼此相遇，不是问要了多少钱，而说是"唤了多少狗！"这种花子是有帮的，他们都住在船上。每年还做花子会，很多花子船都集中在一起，也很热闹。这一种在帮的花子李三惹不起，他们也不碍李三的事，井水不犯河水。李三能管的是串街的花子。串街要钱的，他也只管那种只会伸着手赖着不走的软弱疲赖角色。李三提了一根竹棍，看见了，就举起竹棍大喝一声："去去去！"有三等串街的他不管。一等是唱道情的。这是斯文一脉，穿着破旧长衫，念过两句书，又和吕洞宾、郑板桥有些瓜葛。店铺里等他唱了几句"老渔翁，一钓竿"，就会往柜台上丢一个铜板。他们是很清高的，取钱都不用手，只是用两片简板一夹，咚的一声丢在渔鼓筒里。另外两等，一是耍青龙（即耍蛇）的，一是吹筒子的。耍青龙的弄两条菜花蛇盘在脖子上，蛇芯子簌簌地直探。吹筒子的吹一个外面包了火赤链蛇皮的竹筒——"布——呜！"声音很难听，样子也难看。他们之一要是往店堂一站，半天不走，这家店铺就甭打算做生意了：

女人、孩子都吓得远远地绕开走了。照规矩（不知是谁定的规矩），这两等，李三是有权赶他们走的。然而他偏不赶，只是在一个背人处把他们拦住，向他们索要例规。讨价还价，照例要争执半天。双方会谈的地方，最多的是官茅房——公共厕所。

地保当然还要管缉盗。谁家失窃，首先得叫李三来。李三先看看小偷进出的路径。是撬门，是挖洞，还是爬墙。按律（哪朝的律呢）：如果案发，撬门罪最重，只下明火执仗一等。挖洞次之。爬墙又次之。然后，叫本家写一份失单。事情就完了。如果是爬墙进去偷的，他还不会忘了把小偷爬墙用的一根船篙带走。——小偷爬墙没有带梯子的，只是从河边船上抽一根竹篙，上面绑十来个稻草疙瘩，戗在墙边，踩着草疙瘩就进去了。偷完了，照例把这根竹篙靠在墙外，这根船篙不一会儿就会有失主到土地祠来赎。——"交二百钱，拿走！"

丢失衣物的人家，如果对李三说，有几件重要的东西，本家愿出钱赎回，过些日子，李三真能把这些赃物追回来。但是是怎样追回来的？是什么人偷的？这些事是不作兴问的，这也是规矩。

李三打更。左手拿着竹梆，吊着锣，右手拿锣槌。

"笃，铛。"定更。

"笃，笃；铛——铛。"二更。

"笃，笃，笃；铛，铛——铛。"三更。

三更以后，就不打了。

打更是为了防盗。但是人家失窃，多在四更左右，这时天最黑，人也睡得最死。李三打更，时常也装腔作势吓唬人："看见了，看见了！往哪里躲！树后头！墙旮旯！……"其实他什么也没看见。

一进腊月，李三在打更时添了一个新项目，喊"小心火烛"[①]：

"岁尾年关，——小心火烛！——

"火塘扑熄，——水缸上满！——

"老头子老太太，铜炉子撵远些[②]——！

"屋上瓦响，莫疑猫狗，起来望望——！

"岁尾年关，小心火烛………"

店铺上了板，人家关了门，外面很黑，西北风呜呜地叫着，李三一个人，腰里别着一个白纸灯笼，大街小巷，拉长了声音，有板有眼，有腔有调地喊着，听起来有点凄惨。人们想道：一年又要过去了。又想：李三也不容易，怪难为他。

没有死人，没有失火，没人还愿，没人家挨偷，李三这几天的日子委实过得有些清淡。他拿着锣、梆，很无聊地敲着三更：

"笃，笃，笃；镗，镗——镗！"

一边敲，一边走，走到了河边。一只船上有一支很结实的船篙

---

① 清末邑人谈人格有《警火》诗即咏此事，诗有小序，并录如下：

警火

送灶后里胥沿街鸣锣于黄昏时，呼"小心火烛"。岁除即叩户乞赏。

烛双辉，香一炷，敬惟司命朝天去。云车风马未归来，连宵灯火谁护持。铜缸入耳警黄昏，侧耳有语还重申："缸注水，灶徒薪。"沿街一一呼之频。唇干燥诚苦辛，不谋而告君何人？烹羊酹醴欢除夕，司命归来醉一得。今宵无用更鸣钲，一笑敲门索酒值。

从谈的诗中我们知道两件事。一是这种习俗原来由来已久，敲锣喊叫的正是李三这样的"里胥"。二是为什么在那样日子喊叫。原来是因为那时灶王爷上天去了，火烛没人管了。这实在是很有意思。不过，真实的原因还是岁暮风高，容易失火，与灶王上天去汇报工作关系不大。

② "撵远些"是说不要挨床太近，以免炉中残火烧着被褥。

在船帮外面别着，他一伸手，抽了出来，夹在胳肢窝里回身便走。他还不紧不慢地敲着：

"笃，笃，笃；镗，镗——镗！"

不想船篙带不动了，篙子的后梢被一只很有劲的大手攥住了。

李三原想把船篙带到土地祠，明天等这个弄船的拿钱来赎，能弄二百钱，也能喝四两。不想这船家刚刚起来撒过尿，躺下还没有睡着。他听到有人抽篙子，爬出舱口一看：是李三！

"好，李三！你偷篙子！"

"莫喊！莫喊！"

李三不是很要脸面的人，但是一个地保偷东西，而且叫人当场捉住，总不大好看。

"你认打认罚？"

"认罚！认罚！罚多少？"

"罚二百钱！"

李三老是罚乡下人的钱。谁在街上挑粪，溅出了一点——"罚！二百钱！"谁在不该撒尿的地方撒了尿——"罚！二百钱！"没有想到这回被别人罚了。李三挨罚，这是有史以来第一次。

榆树

侉奶奶住到这里一定已经好多年了，她种的八棵榆树已经很大了。

这地方把徐州以北说话带山东口音的人都叫作侉子。这县里有不少侉子。他们大都住在运河堤下，拉纤，推独轮车运货（运得最多的是河工所用石头），碾石头粉（石头碾细，供修大船的和麻丝桐油和在一起填塞船缝），烙锅盔（这种干厚梆硬的面饼也主要是卖给侉子吃），卖牛杂碎汤（本地人也有专门跑到运河堤上去尝尝这种异味的）……

侉奶奶想必本是一个侉子的家属，她应当有过一个丈夫，一个侉老爹。她的丈夫哪里去了呢？死了，还是"贩了桃子"——扔下她跑了？不知道。她丈夫姓什么？她姓什么？很少人知道。大家都叫她侉奶奶。大人、小孩，穷苦人、有钱的，都这样叫。倒好像她就姓侉似的。

侉奶奶怎么会住到这样一个地方来呢（这附近住的都是本地人，没有另外一家侉子）？她是哪年搬来的呢？你问附近的住户，他们都回答不出，只是说："啊，她一直就在这里住。"好像自从盘古开天地，这里就有一个侉奶奶。

侉奶奶住在一个巷子的外面。这巷口有一座门，大概就是所谓里门。出里门，有一条砖铺的街，伸向越塘，转过螺蛳坝，奔臭河边，是所谓后街。后街边有人家。侉奶奶却又住在后街以外。巷口外，后街边，有一条很宽的阴沟，正街的阴沟水都流到这里，水色深黑，发出各种气味，蓝靛的气味、豆腐水的气味、做草纸的纸浆气味，不知道为什么，闻到这些气味，叫人感到忧郁。经常有乡下人，用一个接了长柄的洋铁罐，把阴沟水一罐一罐刮起来，倒在木桶里（这是很好的肥料），刮得沟底嘎啦嘎啦地响。跳过这条大阴沟，有一片空地。侉奶奶就住在这片空地里。

侉奶奶的家是两间草房。独门独户，四边不靠人家，孤零零的。她家的后面，是一带围墙。围墙里面，是一家香店的作坊，香店老板姓杨。香是像压饸饹似的挤出来的。挤的时候还会发出"砰——"的一声。侉奶奶没有去看过师傅做香，不明白这声音是怎样弄出来的。但是她从早到晚就一直听着这种很深沉的声音。隔几分钟一声："砰——砰——砰——"围墙有个门，从门口往里看，便可看到一扇一扇像铁纱窗似的晒香的棕棚子，上面整整齐齐平铺着两排黄色的线香。侉奶奶门前，一眼望去，有一个海潮庵。原来不知是住和尚还是住尼姑的，多年来没有人住，废了。再往前，便是从越塘流下来的一条河。河上有一座小桥。侉奶奶家的左右都是空地，左边长了很高的草，右边是侉奶奶种的八棵榆树。

　　侉奶奶靠给人家纳鞋底过日子。附近几条巷子的人家都来找她，拿了旧布（间或也有新布）、袼褙（本地叫作"骨子"）和一张纸剪的鞋底样。侉奶奶就按底样把旧布、袼褙剪好，"做"一"做"（粗缝几针），然后就坐在门口小板凳上纳。扎一锥子，纳一针，"哧啦——哧啦"。有时把锥子插在头发里"光"一"光"（读去声）。侉奶奶手劲很大，纳的针脚很紧，她纳的底子很结实，大家都愿找她纳。也不讲个价钱。给多，给少，她从不争。多少人穿过她纳的鞋底啊！

　　侉奶奶一清早就坐在门口纳鞋底。她不点灯，灯碗是有一个的，房顶上也挂着一束灯草，但是灯碗是干的，那束灯草都发黄了。她睡得早，天上一见星星，她就睡了。起得也早。别人家的烟筒才冒出烧早饭的炊烟，侉奶奶已经纳好半只鞋底。除了下雨下雪，她很少在屋里（她那屋里很黑），整天都坐在门外扎锥子，抽麻线。有时眼酸了，手困了，就停下来四面看看。

正街上有一家豆腐店，有一头牵磨的驴。每天上下午，豆腐店的一个孩子总牵驴到侉奶奶的榆树下打滚。驴乏了，一滚，再滚，总是翻不过去。滚了四五回，哎，翻过去了。驴打着响鼻，浑身都轻松了。侉奶奶原来一直替这驴在心里攒劲，驴翻过了，侉奶奶也替它觉得轻松。

街上的、巷子里的孩子常上侉奶奶门前的空地上来玩。他们在草窝里捉蚂蚱，捉油葫芦。捉到了，就拿给侉奶奶看。"侉奶奶，你看！大不大？"侉奶奶必很认真地看一看，说："大。真大！"孩子玩一回，又转到别处去玩了，或沿河走下去，或过桥到对岸远远的一个道士观去看放生的乌龟。孩子的妈妈有时来找孩子（或家里来了亲戚，或做得了一件新衣要他回家试试），就问侉奶奶："看见我家毛毛了吗？"侉奶奶就说："看见咧，往东咧。"或"看见咧，过河咧。"……

侉奶奶吃得真是苦。她一年到头喝粥，三顿都是粥，平常是她到米店买了最糙最糙的米来煮。逢到粥厂放粥（这粥厂是官办的，门口还挂一块牌：××县粥厂），她就提了一个"子"（小水桶）去打粥。这一天，她就自己不开火了，喝这粥。粥厂里打来的粥比侉奶奶自己煮的要白得多。侉奶奶也吃菜，她的"菜"是她自己腌的红胡萝卜。啊呀，那叫咸，比盐还咸，咸得发苦！——不信你去尝一口看！

只有她的侄儿来的那一天，才变一变花样。

侉奶奶有一个亲人，是她的侄儿。过继给她了，也可说是她的儿子。名字只有一个字，叫个"牛"。牛在运河堤上卖力气，也拉纤，也推车，也碾石头。他隔个十天半月来看看他的过继的娘。他的家口多，不能给娘带什么，只带了三斤重的一块锅盔。娘看见牛来了，就上街，到卖熏烧的王二的摊子上切二百钱猪头肉，用半张荷叶托着。另外，还忘不了买几根大葱，半碗酱，娘俩就结结实实地吃了一顿山东饱饭。

　　侉奶奶的八棵榆树一年一年地长大了。香店的杨老板几次托甲长丁裁缝来探过侉奶奶的口风，问她卖不卖。榆皮，是做香的原料。——这种事由买主亲自出面，总不合适，老街旧邻的，总得有个居间的人出来说话。这样要价、还价，才有余地。丁裁缝来一趟，侉奶奶总是说："树还小咧，叫它再长长。"

　　人们私下议论：侉奶奶不卖榆树，她是指着它当棺材本哪。

　　榆树一年一年地长。侉奶奶一年一年地活着，一年一年地纳鞋底。

　　侉奶奶的生活实在是平淡之至。除了看驴打滚，看孩子捉蚂蚱、捉油葫芦，还有些什么值得一提的事呢？——这些捉蚂蚱的孩子一年比一年大。侉奶奶纳他们穿的鞋底，尺码一年比一年放出来了。

　　值得一提的有：

　　有一年，杨家香店的作坊接连着了三次火，查不出起火原因。人说这是"狐火"，是狐狸用尾巴蹭出来的。于是在香店作坊的墙外盖了一个三尺高的"狐仙庙"，常常有人来烧香。着火的时候，满天通红，乌鸦乱飞乱叫，火光照着侉奶奶的八棵榆树也是通红的，像是火树一样。

有一天，不知怎么发现了海潮庵里藏着一窝土匪。地方保安队来捉他们。里面往外打枪，外面往里打枪，乒乒乒乒。最后是有人献计用火攻——在庵外墙根堆了稻草，放火烧！土匪吃不住劲，只好把枪丢出，举着手出来就擒了。海潮庵就在侉奶奶家前面不远，两边开仗的情形，她看得清清楚楚。她很奇怪，离得这么近，她怎么就不知道庵里藏着土匪呢？

这些，使侉奶奶留下深刻印象，然而与她的生活无关。

使她的生活发生一点变化的是：

有一个乡下人赶了一头牛进城，牛老了，他要把它卖给屠宰场去。这牛走到越塘边，说什么也不肯走了，跪着，眼睛里吧嗒吧嗒直往下掉泪。围了好些人看。有人报给甲长丁裁缝。这是发生在本甲之内的事，丁甲长要是不管，将为人神不喜。他出面求告了几家吃斋念佛的老太太，凑了牛价，把这头老牛买了下来，作为老太太们的放生牛。这牛谁来养呢？大家都觉得交侉奶奶养合适。丁甲长对侉奶奶说，这是一甲人信得过她，侉奶奶就答应下了。这养老牛还有一笔基金（牛总要吃点干草呀），就交给侉奶奶放印子。从此侉奶奶就多了几件事：早起把牛放出来，尽它到草地上去吃青草。青草没有了，就喂它吃干草。一早一晚，牵到河边去饮。傍晚拿了收印子钱的折子，沿街串乡去收印子。晚上，牛就和她睡在一个屋里。牛卧着，安安静静地倒嚼，侉奶奶可觉得比往常累得多。她觉得骨头疼，半夜了，还没有睡着。

不到半年，这头牛老死了。侉奶奶把放印子的折子交还丁甲长，还是整天坐在门外纳鞋底。

牛一死，侉奶奶也像老了好多。她时常病病歪歪的，连粥都不想吃，在她的黑洞洞的草屋里躺着，有时出来坐坐，扶着门框往外走。

一天夜里下大雨，瓢泼大雨不停地下了一夜。很多人家都进了水，丁裁缝怕侉奶奶家也进了水了，她屋外的榆树都浸在水里了。他赤着脚走过去，推开侉奶奶的门一看：侉奶奶死了。

丁裁缝派人把她的侄子牛叫了来。

得给侉奶奶办后事呀。侉奶奶没有留下什么钱，牛也拿不出钱，只有卖榆树。

丁甲长找到杨老板。杨老板倒很仁义，说是先不忙谈榆树的事，这都好说，由他先垫出一笔钱来，给侉奶奶买一身老衣，一副杉木棺材，把侉奶奶埋了。

侉奶奶安葬以后，榆树生意也就谈妥了。杨老板雇了人来，咯嗤咯嗤，把八棵榆树都放倒了。新锯倒的榆树，发出很浓的香味。

杨老板把八棵榆树的树皮剥了，把树干卖给了木器店。据人了解，他卖的八棵树干的钱就比他垫出和付给牛的钱还要多。他等于白得了八张榆树皮，又捞了一笔钱。

鱼

臭水河和越塘原是连着的。不知从哪年起，螺蛳坝以下淤塞了，就隔断了。风和人一年一年把干土烂草往河槽里填，河槽变成很浅了，不过旧日的河槽依然可以看得出来。两旁的柳树还能标出原来河的宽度。这还是一条河，一条没有水的干河。

干河的北岸种了菜。南岸有几户人家。这几家都是做嫁妆的，主要是做嫁妆之中的各种盆桶，脚盆、马桶、子。这些盆桶是街上嫁妆店的订货，他们并不卖门市。这几家只是本钱不大，材料不多的作坊。这几家的大人、孩子，都是做盆桶的工人。他们整天在门外柳树下锯、刨。他们使用的刨子很特别。木匠使刨子是往前推，桶匠使刨子是往后拉——因为盆桶是圆的，这么使才方便，这种刨子叫作刮刨。盆桶成型后，要用砂纸打一遍，然后上漆。上漆之前，先要用猪血打一道底子。刷了猪血，得晾干，因此老远地就看见干河南岸，绿柳荫中排列着好些通红的盆盆桶桶，看起来很热闹，画出了这几家作坊的一种忙碌的兴旺气象。

桶匠有本钱，有手艺，在越塘一带，比起那些完全靠力气吃饭的挑夫、轿夫要富足一些。和杀猪的庞家就不能相比了。

从侉奶奶家旁边向南伸出的后街到往螺蛳坝方向，拐了一个直角。庞家就在这拐角处，门朝南，正对越塘。他家的地势很高，从街面到屋基，要上七八层台阶。房屋在这一片算是最高大的。房屋盖起的时间不久，砖瓦木料都还很新。檩粗板厚，瓦密砖齐。两边各有两间卧房，正中是一个很宽敞的穿堂。坐在穿堂里，可以清清楚楚看到越塘边和淤塞的旧河交接处的一条从南到北的土路，看到越塘的水，和越塘对岸的一切，眼界很开阔。这前面的新房子是住人的。养猪的猪圈，烧水、杀猪的场屋都在后面。

庞家兄弟三个，各有分工。老大经营擘划，总管一切。老二专管各处收买生猪。他们家不买现成的肥猪，都是买半大猪回来自养。老二带一个伙计，一趟能赶二三十头猪回来。因为杀的猪多，他经常要外出。杀猪是老三的事——当然要有两个下手伙计。每天五更头，东方才现一点鱼肚白，这一带人家就听到猪尖声嚎叫，知道庞家杀猪了。猪杀得了，放了血，在杀猪盆里用开水烫透，吹气，刮毛。杀猪盆是一种特制的长圆形的木盆，盆帮很高。二百来斤的猪躺在里面，富富有余。杀几头猪，没有一定，按时令不同。少则两头，多则三头四头，到年下人家腌肉时就杀得更多了。因此庞家有四个极大的木盆，几个伙计同时动手洗刮。

这地方不兴叫屠户。也不叫杀猪的，大概嫌这种叫法不好听，大都叫"开肉案子的"。"开"肉案子，是掌柜老板一流，显得身份高了。庞家肉案子生意很好，因为一条东大街上只有这一家肉案子。早起人进人出，剁刀响，铜钱响，票子响。不到晌午，几片猪就卖得差不多了。这里人一天吃的肉都是上午一次买齐，很少下午来割肉的。庞家肉案到午饭后，只留一两块后臀硬肋等待某些家里临时来了客人的主顾，留一个人照顾着。一天的生意已经做完，店堂闲下来了。

店堂闲下来了。别的肉案子，闲着就闲着吧。庞家的人可真会想法子。他们在肉案子的对面，设了一道拦柜，卖茶叶。茶叶和猪肉是两码事，怎么能卖到一起去呢？——可是，又为什么一定不能卖到一起去呢？东大街没有一家茶叶店，要买茶叶就得走一趟北市口。有了这样一个卖茶叶的地方，省走好多路。卖茶叶，有一个人盯着就行了，有时叫一个小伙计来支应，有时老大或老三来看一会儿，有时庞家的三妯娌之一也来店堂里坐着，包包茶叶，收收钱。这半间店堂的茶叶店生意很好。

庞家三弟兄一个是一个。老大稳重，老二干练，老三是个文武全才。他们长得比别人高出一头。老三尤其肥白高大。他下午没事，常在越塘高空场上练石担子、石锁。他还会写字，写刘石庵体的行书。这里店铺都兴装着花槅子。槅子留出一方空白，可以贴字画。别家都是请人写画的，庞家肉案子是庞老三自己写的字。他大概很崇拜赵子龙。别人家槅心里写的是"春眠不觉晓，处处闻啼鸟""夫天地者万物之逆旅，光阴者百代之过客"之类，他写的都是《三国演义》里赞赵子龙的诗。

庞家这三个妯娌，一个赛似一个的漂亮，一个赛似一个的能干。她们都非常勤快：天不亮就起来，烧水，煮猪食，喂猪；白天就坐在穿堂里做针线；都是光梳头，净洗脸，穿得整整齐齐，头上戴着金簪子，手上戴着麻花银镯。人们走到庞家门前，就觉得眼前一亮。

到粥厂放粥，她们就一人拎一个樆子去打粥。

这不免会引起人们议论："戴着金簪子去打粥！——傍奶奶打粥，你庞家也打粥？！"大家都知道，她们打了粥来是不吃的，——喂猪！因此，越塘、螺蛳坝一带人对庞家虽很羡慕并不亲近，都觉得庞家的人太精了。庞家的人缘不算好。别人也知道，庞家人从心里看不起别人，尤其是这三个女的。

越塘边发生了从未见过的奇事。

这一年雨水特别大，臭水河的水平了岸，水都漫到后街街面上来了。地方上的居民铺户共同商议，决定挖开螺蛳坝，在淤塞的旧河槽挖一道沟，把臭水河的水引到越塘河里去。这道沟只两尺宽，臭水河的水位比越塘高得多，水在沟里流得像一支箭。

流着，流着，一个在岸边做桶的孩子忽然惊叫起来：

"鱼！"

一条长有尺半的大鲤鱼叭的一声蹦到岸上来了。接着，一条，一条，又一条，鲤鱼！鲤鱼！鲤鱼！

不知从哪里来的那么多的鲤鱼。它们馋着急水往上蹿，不断地蹦到岸上。桶店家的男人、女人、大人、小孩，都奔到沟边来捉鱼。有人搬了脚盆放在沟边，等鲤鱼往里跳。大家约定，每家的盆，放在自己家门口，鱼跳进谁家的盆算谁的。

他们正在商议，庞家的几个人搬了四个大杀猪盆，在水沟流入越塘入口处挨排放好了。人们小声嘟囔："真是眼尖手快啊！"但也没有办法。不是说谁家的盆放在谁家门口吗？庞家的盆是放在庞家的门口（当然他家门口到河槽还有一个距离），庞家杀猪盆又大，放的地方又好，鱼直往里跳。人们不满意。但是好在家家的盆里都不断跳进鱼来，人们不断地欢呼、狂叫，简直好像做着一个欢喜而又荒唐的梦，高兴压过了不平。

这两天，桶匠家家家吃鱼，喝酒。这一辈子没有这样痛快地吃过鱼。一面开怀地嚼着鱼肉，一面还觉得天地间竟有这等怪事：鱼往盆里跳，实在不可思议。

两天后，臭水河的积水流泄得差不多了，螺蛳坝重新堵上，沟里没有水了，也没有鱼了，岸上到处是鱼鳞。

庞家桶里的鱼最多。但是庞家这两天没有吃鱼，他家吃的是鱼子、鱼脏。鱼呢？这妯娌三个都把来用盐揉了，肚皮里撑一根芦柴棍，一条一条挂在门口的檐下晾着，挂了一溜。

把鱼已经通通吃光了的桶匠走到庞家门前，一个对一个说："真是鱼有眼睛，谁家兴旺，它就往谁家盆里跳啊！"

正在穿堂里做针线的妯娌三个都听见了。三嫂子抬头看了二嫂子一眼，二嫂子看了大嫂子一眼，大嫂子又向两个弟媳妇都看了一眼。她们低下头来继续做针线，她们的嘴角都挂着一种说不清的表情。是对自己的得意，还是对别人的鄙夷？

一九八一年六月十八日承德避暑山庄

丑脸 ①

　　这四位略有资财，但在城里算不上是绅士大户，因此对绅士大户很巴结。大户人家有事，婚丧寿庆，他们必定是礼到人到，从不缺席。他们和绅士大户多少都能拉扯一点亲戚关系，叙起来却好像是至亲。他们来了，气氛就活跃起来，很多人都愿意看他们一眼，然后抿嘴而笑。有时他们凑一桌麻将，来看一眼，抿嘴笑着走开的人更多。女眷们伸了脑袋，尽情地看够，然后跑到对面廊子上放声大笑，笑得上气不接下气，笑得直揉肚子，嘴里还要不停地乱叫："哎哟哎哟……"

　　这四位长得奇丑，他们长了四张丑脸。

　　第一位是驴脸。这没有太特别处，只是特别的长而已。

　　第二位，女眷们叫他"瓢把子脸"，是说他的额头大，且光滑

　　① 本篇原载《收获》1995年第四期；初收《汪曾祺全集》第二卷，北京师范大学出版社，1998年8月。

无毛，下巴又有点向外兜。

第三位是"磨刀砖脸"，是说脸狭长，上下都有点翘，而当中是个凹脸心。

第四位最特别，是一张"鞋拔子脸"。鞋拔子后来很少见到了，当初是常见的。那会穿鞋时兴狭小，得用鞋拔子拔，用手是拔不上去的。"鞋拔子脸"是什么样的呢？没有看过的，想象不出，但是一看见这张脸，就觉得真像！这不知道是哪一位尖嘴促狭的少奶奶想出来的！

这四位相继去世了，前后脚。

人总要死的，不论长了一张什么脸。

一九九五年三月二十五日

灯下 [1]

一天还是那么过去的。西天又烧过了金子一样的晚霞。

陈相公（学徒的）在屏门后服伺着新买来的礼和银行师子牌汽油灯。近来城里非常盛行汽油灯，起初只一两家大铺子用，后来，大家计算计算，这比"扑子灯"贵不了多少，可是亮得多了，所以像样一点的铺子也都用了，除了根本没有晚市的。他像是跟灯赌了气，弓着个身子，东扒扒，西戳戳，眯起一只眼睛研究研究，又撮起嘴唇吹吹，鼻涕在鼻孔里，一上一下，使他不时要用油污的手去掠一掠。已经是秋凉了，可是小伙子阳气旺，汗兀自不住地滴着。

柜台里有三个人：姓陶的和姓苏的是"同事"身份，陶先生坐在靠"山架"的凳上翻阅从什么报上剪集起来的章回小说（也许丢

---

① 本篇原载《国文月刊》1941年第一卷第十期。

掉了一页，不接头，找来找去找不着）。一面还摸着脸上酒刺，看来不是用手去摸脸，而是以脸去就手，似乎很专心，偶尔有一只苍蝇什么的影子飞过眼前，他也只是随意用手一挥，不作理会。苏先生把肘部支在柜台上，两手捧着个肥大下巴，用收藏家欣赏书画的神情悠然地看着滴水檐下王二手里起落的刀光。王二摆一个熏烧卤味摊子，这时正忙得紧，一面把切好的牛肉香肠用荷叶包给人，一面用油腻腻的手接钱，只一瞥，即知道数目，随便又准确地往"钱笼"里一扔，嘴里还向另外一个主顾打招呼："二百文，肚子？"又一瞥，哪样东西快完了，便叫儿子扣子去拿。扣子在写着账（熟人可以暂赊），很用心地画着码子，要是什么人的姓写得不大像，便歪着头，咬咬笔杆，很像一些文雅人作诗的样子。柜台里另一位，姓卢，在来往信札上被称为"执事先生"，若是在大公司之类当是经理，这里，是"管事"，所以常常坐在账桌边。正校核着"福食"，每看完一笔，用小木戳子印一个"过"。他叫了一声陈相公，陈相公没有答应，于是又大声叫："陈——相——公——"这回不但陈相公听见，连苏陶二位也听见了，回头一看，都扑哧笑了，陈相公一脸胡子，垂手侍立。"今天买了几个铜板酱油？""五个。"又各归原位，各执其事，继续未竟的工作。

他们似乎都在等待着什么。等待着什么呢？

多少声音汇集起来的声音向各处流着，听惯了的耳朵不会再觉得喧闹，连无线电嗡着鼻子的唱歌说话的声音及铁钉头狠狠地划在玻璃上的开关声，也都显得非常安静。叫卖的拼着自己的嗓子喊，如极深的颜色掺入浓浓的灰色里，一经搅浑，什么痕迹也留不下。

你何必喊呢？不要买的你招不来，要买的自会来找你。这些声音都要到沉默之后才会有人觉得。

时间在人们的眼睛里过去了。

陈相公又有了点小小得意，汽油灯毕竟亮了。他站到柜台上挂了起来，灯唑唑地响着，许多小飞虫子便在光底下闹成一大团，哪里来的这许多啊？

一个顾客懒懒地走近了柜台。"要什么？""丝妈糖。""没有。""昨天还有的？""十个铜板起码！"柜台外的人眨眨眼睛，只得向袋里又挖挖，柜台里的把钱接过手，一看，只有八个，不再说什么，丢入"钜万"里，包了一包带丝带粉的什么。八个铜板买不到十个铜板的，大家明白。可是倒教苏陶二位想起来晚上还有几个必到的主顾，知道他们要什么，要多少，便一一包好，在纸上折角做了个记号，放在固定的处所，以便来拿。

卢先生核完了账，把簿子挂到派定的钉上，伸了个懒腰，心里想：不早了。走到门口去看天天来往的人，站了一会。今天没有花轿子抬过，足供负手半天。天天下操回去的驻军，也早吹着号过去了。觉得生活乏味，便想回去，却一眼看见了一个人拄着拐杖走来了。这个人（不单这个人）是除了大风大雨，小病小痛，都要来铺子里坐坐谈点"新闻"的。

"哦，陆二先生，二舅太爷——呸，走呕，你怎么不打个灯笼要饭！"卢先生让一个叫化子哭丧着一副不变的脸等着，不去理他。"您怎么今儿来晚了？我打算您的小肠气又发了。"

"没有，没有，今儿放学放得晚一点，嗯——又拢焦家巷吃了碗划水面。"这算是他的解释，其实这解释该用在"如果晚了"之后，他自己明白，并不晚，虽然也不早。

店堂里摆一张方桌，左右各放两把椅子，陆二先生拣了一把靠桌的坐下（这是他的老地方，其余，应当留给别人），放下拐杖，拧了拧鼻子，把手在鞋帮上抹抹，看看"真不二价""童叟无欺"心里有了点感慨：而今能写得这样一笔字的很少了，拿春联"抱柱"来一比，就分出个高下老嫩来。他是个蒙馆先生。——世界变了，就是写得这样字的也没用了，人家招牌上都画上红红绿绿的什么美术字，从大学校学来的，看的不认识，写的也不认识，好处就是不像字，像画。

"一蟹不如一蟹，全是什么洋笔弄坏的，当先，我们的时候——陶翁，你的花又开了两朵了——"

"啊？——也不过是随便插在盆子里玩玩的，我连水都不记得浇，还是厨房老朱天天挑水回来浇一点，不想它竟开了花。"陶先生说着，捧了水烟袋走了出来。

"——时人——不识——余心乐，——将谓偷闲——学——少——年——，风雅，风雅。"陆二先生素来很赞赏陶先生。

"二舅太爷，今儿在东家太太家吃了什么来了？"又进来一个人，见了陆二先生就照例问这句话，他是店主的本家，每天到店里来吃饭，这时正是他该来的时候。

"虾子炒虾子！"

大家全笑了起来，连走过门口的也都带了一个笑走过。

进来的人有点驼背，大家都叫他虾二爷。

陆二先生按俗例每天轮着到一个学生家去吃饭，周而复始，所以常常夸说某东家太太人大方，铲子好，并且还说了些蒙馆先生不应当说的话，涉及大方铲子以外的事，供大家笑乐，无伤大雅。

虾二爷装作姿势要拿拐杖打陆二先生，陆二先生说，"你来，你来，我有话告你!"虾二爷带笑骂了句什么，也就算了。

张汉叼着旱烟袋进来，连声叫着"年兄，年兄!"这是一个老童生，曾往外县做过幕。

老炳到王二摊上拣了根卤得通红的猪尾巴，一条鞭似的舞着，到里去拿了个茶杯，又出去打酒去了。

卖鱼的疤眼收完了鱼钱，也走了进来。

还有些不上名姓的熟人，也都来了，坐的坐，站的站，各有各的风格，于是店堂里便热闹起来。

老炳打了酒，还没有进门，便嚷着："我的尾巴，我的尾巴。"

"你自己摸摸看! 谁见过你的尾巴! 我见到，倒想拿了喂狗呢。"

"卢三哩，你这个坏人，定是你藏了。你老婆又不在这儿，干什么吵!"

"自己的尾巴都管不住，谁拿了，看，不还在着!"

"——还就是万顺的好一点，掺的水不多，他妈的。"老炳坐到一旁自得其乐去了。他呷了一口酒，带着津液咽下了喉，忽然很严重地问，"他妈的陆二，你说，唐伯虎有几个太太?"

陆二先生虽然不太满意他这个"他妈的"口风，可是对于别人的问题，只要能解答的，都很乐意解答，读书人第一要渊博。满腹经纶，才像个读书人。于是陆二先生不但告诉他九美的名姓，还原原本本地说起四杰传来。听过的，没听过的，都很诚心耐心地听着。陈相公本来在读着《应酬大全》，这时也放下了书，呆呆地听着，又想着。

陶先生抽完一根纸媒子，把水烟袋递给虾二爷，态度很诚恳恭敬。

"好，垂头驴子会拐缰，你也跟我来起来了。"烟已经没有了，虾二爷掏了个空，但他到柜台里翻了半天，终于翻到了。"佛——笃"，笑笑的一口吹着了媒子。咕嘟咕嘟喝了一阵，哺的一吐，把烟灰远远吹去。

"烟啊，一共有几种？有五种：水，旱，鼻，雅，潮。这内中，唯有潮烟这一样，我们这带没有。我见过，香。"张汉把自己丢在回忆里，一面把自己的"超等"打开，装上一袋，闭上眼睛细细品味。

"喉，虾二爷，大太爷的田，买成了没有？听说水口庄屋全不坏，是旱潦不怕的，你不是已经下去看过了吗？要不是死了老子，等着葬，肯卖，人家？这么块好田，哼！"

"没有！那方面非草字头（萬）不卖，我们大太爷也忒辣点，晓得人家急等钱用，更有意'拿桥'，别人家想这块田的多着哩，像孙家就等着买了好'成方'，可是因为大太爷谈了，也不便再问津。"虾二爷言下殊不平，倒不是别的，成了，他少不了有点好处。别人也觉得大太爷太精明了。心想："难怪，越是有钱啊！"

"虾二爷，这几天打牌了没有？"

虾二爷大概是打了牌，并且还小小的进几个，得意地讲起牌经来，说到怎样在最后一圈坐庄时拦和了下家一副不现面的清三番，真够紧张。

"婊子不害×，走局哦!"

陆二先生摇摇头："酒色财气，酒，色，财，气……"

喔——呜，一条野狗教柜台里的苏先生一棍子打了出去，好几个人抢着说"不孝，不孝"。苏先生打完狗，仍是支着两肘，不声不响。

"马家线店的寡妇媳妇，瞎子婆婆，——嘿，他妈的!"老炳吮完了最后一滴，捶了一下柜台，站起身子，走了，有人补了他的座位。陈相公望望他的背影，"啧!"了一声，把杯子收进去了，"老是拿了不放回去!"大家全笑了，老炳背上贴了个纸剪的乌龟。

谈话还是继续下去，不知是为何开头的，不知怎么又转换了话题，也不知到什么时候才会停止，一切都极自然，谁也不肯想想。大家都尽可能地说别人的事情，不要牵涉到自己（自己的甘苦，顶好留到在床上睡不着的时候一个人说说去）。各种姿势，各种声调，每个人都不被忽略，都有法子教别人知道自己的存在。

卖鱼的一面听着，一面于点头楞眼之余计算着"二百四，四百八——"，算错了，又回头重算。有人叫了一声"疤眼——"是他的老婆。

"疤二娘，天还早呢!"店堂里又是一片哈哈。

"啐!"疤二娘走过了，又回来，"吴老板找你哩!"

疤眼本想也可以回去了，可是这一来倒不得不大声地说："等下!"等什么呢?他等别人笑完之后便走了。虾二爷连忙赶到门口"——,明儿送十斤蟹到大太爷宫(小公馆)里去,疤眼——!"

"晓——得!"

大家都觉得该回去了。在"明儿见""明儿见"声中,铺子里便清冷了一大半。张汉睁开眼睛,叫了一声"年兄",伸手摘下帽顶上拖了好半天的花翎(也许是草制的,也许是纸制的)望了一望丢了。"嘿嘿",也走了。王二本想来店堂里头坐坐,趁现在稍微闲一点的时候。他叫了一声"扣子",可是回头一看,只好又说"没有什么,你别打盹"。陆二先生也觉得很怅惘,大有"酒阑人散得愁多"的感味,望望若有其事的小飞虫子,心里哼出一句什么,忽然四下一摸,不好,拐杖不见了,也不说什么,明儿来拿好了,丢不了的。即使丢了,也不可惜,这拐杖越过越短了,快不能再用了。

说真的,这回街上可真寂静得可以,阴沟里的沉积畅畅快快地吐着泡沫,像鱼戏水,卖唱的背了松了弦子的二胡,踽踽走过:一天星斗。

"二舅太爷,回去来。"一个小女孩子一手拿着个面捏的戏装小人,一手的食指含在嘴里。这个"二舅太爷"是真的,小女孩是他的外孙女。二舅太爷等着的是这一声,每天,这个柔嫩的声音都在叫他。二舅太爷不紧不慢地站起身来,可是身后有什么拉住了他,不得不再回头,一看,衣角被谁用钱串子(小索)结在桌腿上,他恨恨地哼了一声。

陈相公把行李卷放到柜台上来。苏先生擦擦肘部关节。陶先生打了个呵欠,卢先生也打了个呵欠。虾二爷看着自己架在左腿上的右腿，脚尖息息的颤动，心想怎么都倦了？又想想：怎么还不开晚饭啊？……

三月十八日写成

异秉[①]

　　一天已经过去了。不管用什么语气把这句话说出来，反正这一天从此不会再有。然而新的一页尚未盖上来，就像火车到了站，在那儿喷气呢，现在是晚上。晚上，那架老挂钟敲过了八下，到它敲十下则一定还有老大半天。对于许多人，至少在这地的几个人说起来，这是好的时候。可以说是最好的时候，如果把这也算在一天里头。更合适的是让这一段时候独立自足，离第二天还远，也不挂在第一天后头。

　　晚饭已经开过了。

　　"用过了？"

　　"偏过偏过，你老？"

　　"吃了，吃了。"

---

① 　本篇原载《文学杂志》1948年第二卷第十期。初收《汪曾祺全集》第一卷，北京师范大学出版社，1998年8月。1980年作者以同题重写这篇小说，参见《异秉》(二)。

照例的，须跟某几个人交换这么两句问询。说是毫无意思自然也可以，然而这也与吃饭不可分，是一件事，非如此不能算是吃过似的。

这是一个结束，也是一个开始。

账簿都已一本一本挂在账桌旁边"钜万"斗子后头一溜钉子上，按照多少年来的老次序。算盘收在柜台抽屉里，手那么抓起来一振，梁上的珠子，梁下的珠子，都归到两边去，算盘珠上没有一个数字，每一个珠子只是一个珠子。该盖上的盖了，该关好的关好（鸟都栖定了，雁落在沙洲上）。只有一个学徒的在"真不二价"底下拣一堆货，算是做着事情。但那也是晚上才做的事情。而且他的鼻涕分明已经吸得大有一种自得其乐的意趣，与白天挨骂时吸得全然两样。其余的人或捧了个茶杯，茶色的茶带烟火气，或托了个水烟袋，钱板子反过来才搓了的两根新媒子，坐着靠着，踱那么两步，搓一搓手，都透着一种安徐自在。一句话，把自己还给自己了。白天他们属于这个店，现在这个店里有这么几个人。

每天必到的两个客人早已来了，他们把他们的一切都带了来，他们的声音笑貌，委屈嘲讪，他们的胃气疼和老刀牌香烟都带来了。像小孩子玩"做人家"，各携瓜皮菜叶来入了股。一来，马上就合为一体，一齐度过这个"晚上"像上了一条船。他们已经聊了半天，换了几次题目。他们唏嘘感叹，啧啧慕响，讥刺的鼻音里有酸味，鄙夷时撇撇嘴，混合一种猥亵的刺激、舒放的快感，他们哗然大笑。这个小店堂里洋溢感情，如风如水，如店中货物气味。

而大家心里空了一块。真是虚应以待，等着，等王二来，这才齐全。王二一来，这个晚上，这个八点到十点就什么都不缺了。

今天的等待更是清楚，热切。

王二呢，王二这就来了。

王二在这个店前廊下摆一个摊子，一个什么摊子，这就难一句话说了。实在，那已经不能叫摊子，应当算得一个小店。摊子是习惯说法。

王二他有那么一套架子，板子；每天支上架子，搁上板子：板上上一排平放着的七八个玻璃盒子，一排直立着的玻璃盒子，也七八个；再有许多大大小小搪瓷盆子，钵子。玻璃盒子里是瓜子，花生米，葵花子儿，盐豌豆，……洋烛，火柴，茶叶，八卦丹，万金油，各牌香烟，……盆子钵子里是卤肚，熏鱼，香肠，炸虾，牛腱，猪头肉，口条，咸鸭蛋，酱豆瓣儿，盐水百叶结，回肠豆腐干。……一交冬，一个朱红蜡笺底下洒金字小长方镜框子挂出来了，"正月初一日起新增美味羊羔五香兔腿"。先生，你说这该叫个什么名堂？这一带人呢，就省事了，只一句"王二的摊子"，谁都明白。话是一句，十数年如一日，意义可逐渐不同起来。

晚饭前后是王二生意最盛时候。冬天，喝酒的人多，王二就更忙了。王二忙得喜欢。随便抄一抄，一张纸包了（试数一数看，两包相差不作兴在五粒以上）；抓起刀来（新刀，才用趁手），刷刷刷切了一堆（薄可透亮）；当的一声拍碎了两根骨头：花椒盐，辣椒酱，来点儿葱花。好，葱花！王二的两只手简直像做着一种熟练的游戏，流转轻利，可又笔笔送到，不苟且，不油滑，像一个名角儿。五寸盘子七寸盘子，寿字碗，青花碗，没带东西的用荷叶一包，路远的扎一根麻线。王二的钱笼里一阵阵响，像下雹子。钱笼满了时，王二面前的东西也稀疏了：搪瓷盆子这才现出他的白，王二这才看见那两盏高罩子美孚灯，灯上加了一截纸套子。于是王二才想起刚才原就一阵一阵的西北风，到他脖子里是一个冷。一说冷，王二可就觉得他的脚有点麻木了，他掇过一张凳子坐下来，膝碰膝摇他的两条腿。手一不用，就想往袖子里笼，可是不行，一手油！倒也是油才不皴。王二回头，看见儿子扣子。扣子伏在板上记账，弯腰曲背，窝成一团。这孩子！一定又是"姜陈韩杨"的韩字弄不对了，多一划少一划在那里一个人商量呢。

里边谈笑声音他听得见，他入神，皱眉，张目结舌，笑。他们说雷打泰山庙旗杆，这事他清楚，他很想插一句，脚下有欲动之势。还是留在凳子上吧！他不愿留下扣子一个人，零碎生意却还有几个的。

到承天寺幽冥钟声音越来越清楚，拉洋车的徐大虎子，一路在人家墙上印过走马灯似的影子，王二把他老婆送来的晚饭打开，父子两个吃起来。照例，他们吃晚饭时抽大烟的烤鸭架子挟个酒瓶来切扇风。放下碗，打更的李三买去羊尿泡。再，大概就不会有人来了。王二又坐了一会，今天早一点吧，趁三碗饭的暖气未消，把摊子收拾了，一件一件放到店堂后头过道里来。

王二东西多，他跟扣子两个人还得搬三四趟。店堂里这几位是每天看熟了，然而他们还是看，看他过来、过去，像姑娘看人家发嫁妆。用手用脚的是这两个人，然而好像大家全来合作似的。自然期间淡漠热烈程度不同。最后至那块镜框子摘下来，王二从过道里带出一捆白天买好的葱。王二把他的葱放在两脚之间而坐下了，坐在那张空着的椅子上。

"二老板！生意好？"

"托福托福，什么话，'二老板！'不要开玩笑好不好！"

王二这一坐下，大家重新换了一遍烟茶：王二一坐下，表示全城再没有什么活动了。灯火照在人家槅子纸上，河边园上乌青菜叶子已抹了薄霜。阻风的船到了港，旅馆子茶房送完了洗脚汤。知道所有人都已得到舒休，这教自己的轻松就更完全。

谈话承前启后的接下来。

这里并未"多"这么一个王二。毋庸为王二而把一套话收起来，或特为搬出一套。而且王二来，说话的人高兴，高兴多了一个人听。不止多了一个人听，是来了个听话的人。王二从不打断别人的话，跟人抬杠，抢别人的话说。他简直没有什么话，听别人的。王二总像知道得那么少，虚怀若谷地听，听得津津有味，"唉"，"噢"，诚诚恳恳地惊奇动色，像个小孩子。最多，比方说像雷打泰山庙旗杆，他知道，他也让你说，末了他补充发挥几句而已。王二他大概不知道谦虚这两个字到底该怎么讲，于是他就谦虚得到了家了。

这里的人，自然不会有什么优越感。王二呢，他自己要自己懂得分寸。这里几位，都是店里的"先生"，两个客人：一个在外地做过师爷，看过琼花观的琼花；一个教蒙馆，他儿子扣子都曾经是他学生。王二知道自己绝写不出一封"某某仁翁台电"的信，用他自己的话说："不敢乱来。"

叫一声"二老板"的，当然有一种调侃的意思在。不过这实在全非恶意，叫这么一声真是欢欢喜喜的。为王二欢喜，简直连嫉妒的意思都没有。那个学徒的这时把货拣完了，一齐捋到一张大匾子里。他看看老《申报》，晓得一个新名词，他心里念："王二是个'幸运儿'。"他笑，笑王二是个幸运儿，笑他自己知道这三个字。

王二真的是不敢当。他红了若干次脸才能不红（他是为"二老板"而红脸）。

王二随时像做官的见上司一样，不落落实实地坐，虽然还不至于"斜签着"。即使跟他儿子、他老婆在一处，甚至一个人，他也从不往椅子背上一靠，两条腿伸得挺挺的。他的胳臂总是贴着他的肋骨。他说话时也兴奋，激动，鼓舞，但动跳的是他的肌肉，他的心，他不指手画脚，有为加重语气而来一个响榧子。他吃饭，尽管什么事都没有，也是赶活儿一样急急吃了。喝茶，到后头大锡壶里倒得一杯，咕噜噜灌下去，不会一口一口地呷，更不会一边呷，一边把茶杯口在牙齿上轻轻地呷。就说那捆葱，他不会到临走时再去拿吗？可他不，随手就带了来。王二从不缺薄，谢三秀才就是谢三秀才，不是什么"黑漆皮灯笼谢三秀才"。他也叫烤鸭架子为烤鸭架子，那是因为烤鸭架子姓名久经湮没，王二无法觅访也。

"王二的摊子"虽然已经像一个小店了，还是"王二的摊子"。

今天实在是王二的摊子最后一天了，明天起世界上就没有王二的摊子。

王二赁定了隔壁旱烟店半间门面。旱烟店虽还开着门，这两年来实在生意清淡，本钱又少，只能养两个刨烟师傅，一个站柜的火食，王二来，自然欢迎。老板且想到不出一年，自己要收生意，一齐顶给王二。王二的哥哥王大是个挑箩的，也对付着能做一点木匠活（王大王二原不住在一齐，这以后，王二叫他搬到自己家里来住），已经叮叮咚咚地弄了两天，一个小柜台即将完成。王二又买了十几个带盖子的洋油铁箱，一口玻璃橱子，一张小桌子，扣子可以记记账。准备准备，三天之后即可搬了过去。

能不搬，王二决不搬。王二在这个檐下吹过十几个冬天的西北风，他没有想到要舒服舒服。这么一丈来长、四尺宽的地方他爱得很。十几年来他在一定时候，依一定步骤在这里支开架子，搁上板子，哪里地上一个坑，该垫一个砖片，哪里一根椽子特别粗，他熟得很。春天燕子在对面电话线上唧唧呱呱，夏天瓦沟里长瓦松，蜘蛛结网，壁虎吃苍蝇，他记得清清楚楚。晚上听里边说话已成了个习惯，要他离开这里简直是从画儿上剪下一朵花来。而且就这个十几年里头，他娶了老婆生了扣子，扣子还有个妹妹。他这些盒子盆子一年一年多起来，满起来，可是就因为多起来满起来，他要搬家了。这么点地方实在挤得很。这些东西每天搬进搬出，在人家那儿堆了一大堆也过意不去。风沙大，雨大，下雪的时候，化雪的时候，就别提多不方便了。还有，他不愿意他的扣子像他一样在这个檐下坐一辈子。扣子也不小了。

你不难明白王二听到"二老板"时心里一些综错感情。

于是王二搬家了。王二这就不再在店前摆摊子了。

虽然只隔一层墙，究竟是个分别。王二没事时当然会来坐坐，晚上尤其情不自禁地要溜过来的，但彼此将终不免有一分冷清。王二现在来，是来辞行了。他们没有想到这四个字：依依不舍，但说出来就无法否认，虽然只一点点，一点点，埋在他们心里。人情，是不可免的。只缺少一个倾吐罢了。然而一定要倾吐吗？

王二呢，他是说来谈谈的。"谈谈"的意思是商量一点事情，什么事情王二肯听听别人意见。今天更有需要向人请教的。他过三天。大小开了一爿店。是店得有个字号。这事前些日子大家早就提到过。

"二老板！黑漆招牌金漆字，如意头子上扎红彩。写魏碑的有崔老夫子，王二太爷石门颂。四个吹鼓手，两根杠子，嗨哟嗨哟，南门抬到北门！从此青云直上，恭喜恭喜！"

王二又是："托福托福，莫开玩笑。"自然心里也有些东西闪闪烁烁翻动。招牌他不想做，但他少不了有些往来账务，收条发单，上头得有个图章。他已经到市场逛了逛，买了两本蓝油夏布面子的新账本，一个青花方瓷印色盒子。他一想到扣子把一方万胜边枣木戳子蘸上印色，呵两口气，盖在一张粉莲纸上，他的心扑通扑通直跳，他一直想问问他们可给他斟酌定了，不好意思。现在，他正在盘算着怎么出口。他嘀咕着："明天，后天，大后天，哎呀！——"他着急要来不及了。刻图章的陈老三认识，赶是可以赶的，总不能弄到最后一天去。他心里有事，别人说什么事，那么起劲，他没听到。他脸上发热，耳朵都红了。

教蒙馆的陆先生叫了一声：

"王老二！"

"哝，什么事陆先生？"

"你的那个字号啊，——"

"哝。"

"我们大家推敲过了。"

"承情承情!"

"乾啦、泰啦、丰啦、隆啦、昌啦,……都不大合适,这个,这个,你那个店不大,怕不大称。(王二正想到这个。)你么,叫王义成,你儿子叫王坤和,你不是想日后把店传给儿子吗?我们觉得还是从你们两个名字当中各取一个字,就叫王义和好了。你这个生意路子宽,不限什么都可以做,也不必底下再赘什么字,就叫'王义和号'好了。如何,你以为?"

王二一句一句地听进去,他听王少堂说"武十回"打虎杀嫂也没这么经心,他一辈子没听过这么好听的声音,陆先生点火吃烟,他连忙道:

"好极了,好极了。"

陆先生还有话:

"图章呢,已经给你刻好了,在卢先生那儿。"

王二嘴里一声"啊——",他说不出话来。这他实在没有想到!王二如果还能哭,这时他一定哭。别人呢,这时也都应当唱起来。他们究竟是那么样的人,感情表达在他们的声音里,话说得快些,高些,活泼些。他们忘记了时间,用他们一生之中少有的狂兴往下谈。扣子已经把一盏马灯点好,靠在屏门上等了半天,又撑开罩子吹熄了。

自然先谈了许多往事。这里有几个老辈子,事情记得真清楚。王二父亲什么时候死的,那时候他怎么瘦得像个猴子,到粥厂拾个櫃子打粥去。怎么那年跌了一跤，额角至今有个疤，怎么挎了个篮子卖花生，卖梨，卖柿饼子，卖荸荠；怎么开始摆熏烧摊子……王二痛定思痛，简直伤心，伤心又快乐，总结起来心里满是感激。他手里一方木戳子不歇地掭来掭去。

"一切是命，八个字注得定定的。抬头朱洪武，低头沈万山，猴一猴是个穷范单。除了命，是相。耸肩成山字，可以麒麟阁上画图。朱洪武生来一副五岳朝天的脸！汉高祖屁股上有七十二颗黑痣，少一颗坐不了金銮宝殿！一个人多少有点异相，才能发。"

于是谈了古往今来，远山近水的穷达故事。

最后自然推求王二如何能有今天了。

王二这回很勇敢，用一种非常严重的声音，声音几乎有点抖，说："我呀，我有一个好处：大小解分清。大便时不小便。唔，上茅房时，不是大便小便一齐来。"

他是坐着说的，但听声音是笔直地站着。

大家肃然。随后是一片低低的感叹。

这时门外一声：

"爹！你怎么还不回去？"

来的是王二女儿，瘦瘦小小，像他爹，她手里一张灯笼，女儿后面是他哥哥王大，王大又高又大，一脸络腮胡子，瞪着两眼。

那架老钟抖抖索索的一声一声地敲，那个生锈的钢簧一圈一圈振动，仿佛声音也是一个圈一个圈扩散开来，像投石子水，颤颤巍巍。数。铛，——铛，——铛，——铛……一共十下。

王二起来。

"来了来了。这么冷的天，谁教你来的！"

"妈！"

忽然哄堂大笑。

"少陪少陪。"

王二走了一步，又站着：

"大后儿，在对面聚兴楼，给个脸，一定到，早到，没有什么菜，喝一杯，意思意思，那天一早晨我来邀。"

"少陪你老。少陪，卢先生。少陪，陆先生，……"

"扣子！把妹妹手上灯笼接过来！马灯不用点了，我拿着。"

大家目送王二一家出门。

街上这时已断行人，家家店门都已上了。门缝里有的尚有一线光透出来。王二一家稍微参差一点地并排而行。王大在旁，过来是扣子，王二护定他女儿走在另一边。灯笼的光圈幌幌幌过去，更锣声音远远地在一段高高的地方敲，狗吠如豹，霜已经很重了。

"聋子放炮仗，我们也散了。"师爷与学究联袂出去，这家店门也阖起来。

学徒得上茅房。

十二月三日写成。上海

小学校的钟声 ①
——茱萸小集之一

　　瓶花收拾起台布上细碎的影子。瓷瓶没有反光，温润而寂静，如一个人的品德。瓷瓶此刻比它抱着的水要略微凉些。窗帘因为暮色浑染，沉沉静垂。我可以开灯。开开灯，灯光下的花另是一个颜色。开灯后，灯光下的香气会不会变样子？可做的事好像都已做过了，我望望两只手：我该如何处置这个？我把它藏在头发里吗？我的头发里保存有各种气味，自然它必也吸取了一点花香——我的头发，黑的和白的——每一游尘都带一点香。我洗我的头发，我洗头发时也看见这瓶花。

　　天黑了，我的头发是黑的。黑的头发倾泻在枕头上。我的手在我的胸上，我的呼吸振动我的手。我念了念我的名字，好像呼唤一

① 本篇原载《文艺复兴》1946 年第一卷第二期；初收《茱萸集》，台湾联合文学出版社，1988 年 9 月。

个亲昵朋友。

　　小学校里的欢声和校园里的花都溶解在静沉沉的夜气里。那种声音实在可见可触，可以供诸瓶儿，一簇，又一簇。我听见钟声，像一个比喻。我没有数，但我知道它的疾徐、轻重，我听出今天是西南风。这一下打在那块铸刻着校名年月的地方。校工老詹的汗把钟绳弄得容易发潮了，他换了一下手。挂钟的铁索把两棵大冬青树干拉近了点，因此我们更不明白地上的一片叶子是哪一棵上落下来的，它们的根黉已经彼此要呵痒玩了吧。又一下，老詹的酒瓶没有塞好，他想他的猫已经看见他的五香牛肉了。可是又用力一下秋千索子有点动，他知道那不是风。他笑了，两个矮矮的影子分开了。这一下敲过一定完了，钟绳如一条蛇在空中摆动，老詹偷偷地到校园里去，看看校长寝室的灯，掐了一枝花，又小心又敏捷：今天有人因为爱这枝花而被罚清除花上的蚜虫。"韵律和生命合成一体，如钟声。"我活在钟声里。钟声同时在我生命里。天黑了。今年我二十五岁，一种荒唐继续荒唐的年龄。

　　十九岁的生日热热闹闹地过了，可爱得像一种不成熟的文体，到处是希望。酒阑人散，厅堂里只剩余一支红烛，在银烛台上。我应当挟一挟烛花，或是吹熄它，但我什么也不做。一地明月。满宫明月梨花白，还早得很。什么早得很，十二点多了！我简直像个女孩子。我的白围巾就像个女孩子的。该睡了，明天一早还得动身。我的行李已经打好了，今天我大概睡那条大红绫子被。

　　一早我就上了船。

　　弟弟们该起来上学去了。我其实可以晚点来，跟他们一齐吃早点，即使送他们到学校也不误事。我可以听见打预备钟再走。

靠着舱窗，看得见码头。堤岸上白白的，特别干净，风吹起鞭爆纸。卖饼的铺子门板上错了，从春联上看得出来。谁，大清早骑驴子过去的？脸好熟。有人来了，这个人会多给挑夫一点钱，我想。这个提琴上流过多少音乐了，今天晚上它的主人会不会试一两支短曲子。嚯，这个箱子出过国！旅馆老板应当在招纸上印一点诗，旅行人是应当读点诗的。这个，来时跟我一齐来的，他口袋里有一包胡桃糖，还认得我吗？我记得我也有一大包胡桃糖，在箱子里，昨天大姑妈送的。我送一块糖到嘴里时，听见有人说话：

"好了，你回去吧，天冷，你还有第一堂课。"

"不要紧，赶得及；孩子们会等我。"

"老詹第一课还是常晚打五分钟吗？"

"什么？——是的。"

岸上的一个似乎还想说什么，嘴动了动，风大，想还是留到写信时说。停了停，招招手说：

"好，我走了。"

"再见。啊呀！——"

"怎么？"

"没什么。我的手套落到你那儿了。不要紧。大概在小茶几上，插梅花时忘了戴。我有这个！"

"找到了给你寄来。"

"当然寄来，不许昧了！"

"好小气！"

岸上的笑笑，又扬扬手，当真走了。风披下她的一绺头发来了，她已经不好意思歪歪地戴一顶绒线帽子了。谁教她就当了老师！她在这个地方待不久的，多半到暑假就该含一汪眼泪向学生告别了，结果必是老校长安慰一堆小孩子，连这个小孩子。我可以写信问弟弟："你们学校里有个女老师，脸白白的，有个酒窝，喜欢穿蓝衣服，手套是黑的，边口有灰色横纹，她是谁，叫什么名字？声音那么好听，是不是教你们唱歌？——"我能问吗？不能，父亲必会知道，他会亲自到学校里看看去。年纪大的人真没有办法！

　　我要是送弟弟去，就会跟她们一路来。不好，老詹还认得我。跟她们一路来呢，就可以发现船上这位的手套忘了，哪有女孩子这时候不戴手套的？我会提醒她一句。就为那个颜色、那个花式，自己挑的、自己设计的，她也该戴。——"不要紧，我有这个！"什么是"这个"？手笼？大概是她到伸出手来摇摇时才发现手里有一个什么样的手笼。白的？我没看见，我什么也没看见。只缘身在此山中，我在船上。梅花，梅花开了？是朱砂还是绿萼，校园里旧有两棵的。波——汽笛叫了。一个小轮船安了这么个大汽笛，岂有此理！我躺下吃我的糖。……

　　"老师早。"

　　"小朋友早。"

　　我们像一个个音符走进谱子里去。我多喜欢我那个棕色的书包。蜡笔上沾了些花生米皮子。小石子，半透明的，从河边捡来的。忽然摸到一块糖，早以为已经在我的嘴里甜过了呢。水泥台阶，干净得要我们想洗手去。"猫来了，猫来了。""我的马儿好，不喝水，不吃草。"下课钟一敲,大家噪得那么野,像一簇花突然一齐开放了。第一次栖来这个园里的树上的鸟吓得不假思索地便鼓翅飞了,看看别人都不动,才又飞回来,歪着脑袋向下面端详。我六岁上幼稚园。玩具橱里有个 Joker 至今还在那儿傻傻地笑。在一张照片里我在骑木马,照片在粉墙上发黄。

百货店里我一眼就看出那是我们幼稚园的老师。她把头发梳成圣玛丽的样子。她一定看见我了,看见我的校服,看见我的受过军训的特有姿势。她装作专心在一堆纱手巾上,她的脸有点红,不单是因为低头。我想过去招呼,我怎么招呼呢?到她家里拜访一次?学校寒假后要开展览会吧,我可以帮她们剪纸花,扎蝴蝶。不好,我不会去的,暑假我就要考大学了。

我走出舱门。

我想到船头看看。我要去的向我奔来了。我抱着胳臂,不然我就要张开了。我的眼睛跟船长看得一般远。但我改了主意。我走到船尾去。船头迎风,适于夏天,现在冬天还没有从我语言的惰性中失去。我看我是从哪里来的。

水面简直没有什么船。一只鹭鸶用青色的脚试量水里的太阳。岸上柳树枯干子里似乎已经预备了充分的绿。左手珠湖笼着轻雾。一条狗追着小轮船跑。船到九道湾了,那座庙的朱门深闭在逶迤的黄墙间,黄墙上面是蓝天下的苍翠的柏树,冷冷的是宝塔檐角的铃声在风里摇。

从呼吸里,从我的想象,从这些风景,我感觉我不是一个人。我觉得我不大自在,受了一点拘束。我不能吆喝那只鹭鸶,对那条狗招手，不能自作主张把那一堤烟柳移近庙旁，而把庙移在湖里的雾里。我甚至觉得我站着的姿势有点放肆，我不是太睥睨不可一世，就是像不绝俯视自己的灵魂。我身后有双眼睛。这不行，我十九岁了，我得像个男人，这个局面应当由我来打破。我的胡桃糖在我手里。我转身跟人互相点点头。

"生日好。"

"好，谢谢。——"生日好！我眨了眨眼睛。似乎有点明白。这个城太小了。我拈了一块糖放进嘴里，其实胡桃皮已经麻了我的舌头。如此，我才好说。

"吃糖。"一来接糖，她就可走到栏杆边来，我们的地位得平行才行。我看到一个黑皮面的速写簿，它看来颇重，要从腋下滑下去的样子，她不该穿这么软的料子，黑的衬亮所有白的。

"画画？"

"当着人怎么动笔。"

当着人不好动笔，背着人倒好动笔？我倒真没见到把手笼在手笼里画画的，而且又是个白手笼！很可能你连笔都没有带。你事先晓得船尾上就有人？是的，船比城更小。

"再过两三个月，画画就方便了。"

"那时候我们该拼命忙毕业考试了。"

"噢呵，我是说树就都绿了。"她笑了笑，用脚尖踢踢甲板。我看见袜子上有一块油斑，一小块药水棉花凸起，即使敷得极薄，还是看得出。好，这可会让你不自在了，这块油斑会在你感觉中大起来，棉花会凸起，凸起如一个小山！

"你弟弟在学校里大家都喜欢。你弟弟像你，她们说。"

"我弟弟像我小时候。"

她又笑了笑，女孩子总爱笑。"此地实乃世上女子笑声最清脆之一隅。"我手里的一本书里印着这句话，我也笑了笑。她不懂。

我想起背乘数表的声音。现在那几棵大银杏树该是金黄的了吧！它吸收了多少这种背诵的声音。银杏树的木质是松的，松到可以透亮，我们从前的图画板就是用这种木头做的。风琴的声音属于一种过去的声音。灰尘落在教室里的皱纸饰物上。

"敲钟的还是老詹？"

"剪校门口的冬青的也还是他。"

冬青细碎的花，淡绿色；小果子，深紫色。我们仿佛并肩从那条拱背的砖路上一齐走进去。夹道是平平的冬青，比我们的头高。不多久，快了吧，冬青会生出嫩红色的新枝叶，于是老詹用一把大剪子依次剪去，就像剪头发。我们并肩走进去，像两个音符。

我们都看着远远的地方，比那些树更远，比那群鸽子更远，水向后边流。

要弟弟为我拍一张照片。呵，得再等等，这两天他怎么能穿那种大翻领的海军服。学校旁边有一个铺子里挂着海军服，我去买的时候，店员心里想什么，衣服寄回去时家里想什么，他们都不懂我的意思。我买一个秘密，寄一个秘密。我坏得很。早得很，再等等，等树都绿了。现在还只是梅花开在灯下，疏影横斜于我的生日之中。早得很，早什么，嘻！明天一早你得动身，别尽弄那花，看忘了事情，落了东西！听好，第一次钟是起身钟。

"你看，那是什么？"

"乡下人接亲，花轿子。"——这个东西不认得？一团红吹吹打打地过去，像个太阳。我看着的是指着的手。修得这么尖的指甲，不会把手套戳破？我撮起嘴唇，河边芦苇嘘嘘响，我得警告她。

"你的手冷了。"

"哪有这时候接亲的。——不要紧。"

"路远，不到晌午就发轿。拣定了日子。就像人过生日，不能改的。你的手套，咳，得三天样子才能寄到。——"

她想拿一块糖，想拿又不拿了。

"用这个不方便，不好画画。"

她看了看指甲，一片月亮。

"冻疮是个讨厌东西。"讨厌得跟记忆一样，"一走多路，发热。"

她不说话，可是她不用一句话简直把所有的都说了：她把速写簿放在旁边的凳子上，把另一只手也褪出袖来，很不屑地把手笼放在速写簿上。手笼像一头小猫。

她用右手手指转正左手上一个石榴子的戒指，看了我一眼，这一眼的意思是：

看你还有什么说的！

我若再说，只有说：

你看，你的左手就比右手红些，因为她受暖的时间长些。你的体温从你的戒指上慢慢消失了。李长吉说"腰围白玉冷"，你的戒指一会儿就显得硬得多！

但是不成了，放下她的东西时她又稍稍占据比我后一点的地位了。我发见她的眼睛有一种跟人打赌的光，而且像邱比德一样有绝对的把握样子。她极不恭敬看着我的白围巾，我的围巾且是熏了一点香的。

来一阵大风，大风吹得她的眼睛冻起来，哪怕也冻住我们的船。

她挪过她的眼睛，但原来在她眼睛里的立刻搬上她的嘴角。

万籁无声。

胡桃皮硝制我的舌头。

一放手，我把一包糖掉落到水里，有意甚于无意。糖衣从胡桃上解去，但胡桃里面也透了糖，胡桃本身也是甜的。胡桃皮是胡桃皮。

"走吧，验票了。"她说话了，说了话，她恢复不了原来的样子了。感谢船是那么小：

"到我舱里来坐坐。我有不少橘子，这么重，才真不方便。我这是请客了。"

我的票子其实就在身上，不过我还是回去一下。我知道我是应当等一会才去赴约的。半个钟头，差不多了吧。当然我不能吹半点钟风，因为我已经吹了不止半点钟风。而且她一定预料我不会空了两手去，她知道我昨天过生日。（她能记得多少时候，到她自己过生日时会不会想起这一天？想到此，她会独自嫣然一笑，当她动手切生日糕时。她自有她的秘密。）现在，正是时候了：

弟弟放午课回家了，为折磨皮鞋一路踢着石子。河堤西侧的阴影洗去了。弟弟的音乐老师在梅瓶前入神，鸟声灌满了校园。她拿起花瓶后面一双手套，一时还没想到下午到邮局去寄。老詹的钟声颤动了阳光，像颤动了水，声音一半扩散，一半沉淀。

"好，当然来。我早闻见橘子香了。"

差点儿我说成橘子花。唢呐声音消失了，也消失了湖上的雾，一种消失于不知不觉中，而且使人知觉于消失之后。

果然，半点钟之内，她换了袜子。一层轻绡从她的脚上褪去，她怜爱地看看自己的脚尖，想起雨后在洁白的浅滩上印一湾苗条的痕迹，一种难以言说的温柔。怕太娇纵了自己，她赶快穿上一双。

小桌上两个剥了的橘子。橘子旁边是那头白猫。

"好，你是来做主人了。"

放下手里的一盒点心，一个开好的罐头，我的手指接触到白色的毛，又凉又滑。

"你是哪一班的？"

"比你低两班。"

"我怎么不认识你？"

"我是插班进去的，当中还又停了一年。"

她心里一定也笑，还不认识！

"你看过我弟弟？"

"昨天还在我表姐屋里玩来的。放学时逗他玩，不让他回去，急死了！"

"欺负小孩子！你表姐是不是那里毕业的？"

"她生了一场病，不然比我早四班。"

"那她一定在那个教室上过课，窗户外头是池塘，坐在窗户台上可以把钓竿伸出去钓鱼。我钓过一条大乌鱼，想起祖母说，乌鱼头上有北斗七星，赶紧又放了。"

"池塘里有个小岛，大概本来是座坟。"

"岛上可以捡野鸭蛋。"

"我没捡过。"

"你一定捡过，没有捡到！"

"你好像看见似的。要橘子，自己拿。那个和尚的石塔还好好的，你从前懂不懂刻在上头的字？"

"现在也未见得就懂。"

"你在校刊上老有文章。我喜欢塔上的莲花。"

"莲花还好好的。现在若能找到我那些大作，看看，倒非常好玩。"

"昨天我在她们那儿看到好些学生作文。"

"这个多吃点不会怎么，笋，怕什么？"

"你现在还画画吗？"

"我没有速写簿子，你怎晓得我喜欢过？"

我高兴有人提起我久不从事的东西。我实在应当及早学画，我老觉我在这方面的成就会比我将要投入的工作可靠得多。我起身取了两个橘子，却拿过那个手笼尽抚弄。橘子还是人家拿了坐到对面去剥了。我身边空了一点，因此我觉得我有理由不放下那种柔滑的感觉。

"我们在小学顶高兴野外写生。美术先生姓王，说话老是'譬如''譬如'，——画来画去，大家老是一个拥在丛树之上的庙檐：

一片帆，一片远景；一个茆草屋子，黑黑的窗子，烟囱里不问早晚都在冒烟。老去的地方是东门大窑墩子，泰山庙文游台，王家亭子……"

"傅公桥，东门和西门的宝塔，……"

"西门宝塔在河堤上，实在我们去得最多的地方是河堤上。老是问姓瞿的老太婆买荸荠吃。"

"就是这条河，水会流到那里。"

"你画过那个渡头，渡头左边尽是野蔷薇，香极了。"

"那个渡头，……渡过去是潭家坞子。坞子里树比人还多，画眉比鸭子还多……"

"可是那些树不尽是柳树，你画的全是一条一条的。"

"……"

"那张画至今还在成绩室里。"

"不记得了，你还给人改了画，那天是全校春季远足，王老师忙不过来了，说大家可以请汪曾祺改，你改得很仔细，好些人都要你改。"

"我的那张画也还在成绩室里，也是一条一条的。表姐昨天跟我去看过。……"

我咽下一小块停留在嘴里半天的蛋糕，想不起什么话说，我的名字被人叫得如此自然。不自觉地把那个柔滑的感觉移到脸上，而且我的嘴唇也想埋在洁白的窝里。我的样子有点傻，我的年龄亮在我的眼睛里。我想一堆带露的蜜波花瓣拥在胸前。

一块橘子皮飞过来，刚好砸在我脸上，好像打中了我的眼睛。

我用手掩住眼睛。我的手上感到百倍于那只猫的柔润，像一只招凉的猫，一点轻轻地抖，她的手。

"波——"岂有此理，一只小小的船安这么大一个汽笛。随着人声喧沸，脚步忽乱。

"船靠岸了。"

"这是××，晚上才能到□□。"

"你还要赶夜车?"

"大概不，我尽可以在□□耽搁几天，玩玩。"

"什么时候有兴给我画张画?"

"我去看看，姑妈是不是来接我了，说好了的。"

"姑妈? 你要上了?"

"她脾气不大好，其实很好，说叫去不能不去。"

我揉了揉眼睛，把手笼交给她，看她把速写簿子放进箱子，扣好大衣领子，知道她说的是真的。

"箱子我来拿，你笼着这个不方便。"

"谢谢，是真不方便。"

当然，老詹的钟又敲起来了。风很大，船晃得厉害。每个教室里有一块黑板，黑板上写许多字，字与字之间产生一种神秘的交通，钟声作为接引。我不知道我在船上还是在水上、我是怎么活下来的。有时我不免稍微有点疯，先是人家说起后来是我自己想起。钟! ……

四月廿七日夜写成

廿九日改易数处，添写最后两句

一月不熬夜，居然觉得疲倦。我的疲倦引诱我

纪念我的生日，纪念几句话

鸡鸭名家[①]

刚才那两个老人是谁？

父亲在洗刮鸭掌，每个跖蹼都撑开细细看过，是不是还有一丝泥垢，一片没有刮尽的皮，样子就像是做着一件精巧的手工似的。两副鸭掌，白白净净，一只一只，妥妥停停的一排。四个鸭翅，也白白净净，一只一只，妥妥停停一排。看起来简直绝对想不到那是从一只鸭子身上取下来的，仿佛天生成这么一种好吃东西，就这样生的就可以吃了，入口且一定爽糯鲜甜无比，漂亮极了，可爱极了。我忍不住伸手用指头去捏捏弄弄，觉得非常舒服。鸭翅尤其是血色和匀丰满而肉感。就是那个教我拿着简直无法下手的鸭肫，父亲也把它处理得极美，他握在手里，掂了一掂："真不小，足有六两重！"

---

① 本篇原载《文艺春秋》1948 年第六卷第三期。初收《邂逅集》，文化生活出版社，1949年 4 月，文字略有改动；又收《汪曾祺短篇小说选》，北京出版社，1982 年 2 月，文字有较大改动。

用他那把角柄小刀从栗紫色当中闪着钢蓝色的那儿一个微微凹处轻轻一划，一翻，蓝黄色鱼子状的东西绽出来了。"你说脏，脏什么！一点都不！"是不脏，他弄得教我觉得不脏，我甚至没有觉得臭味。洗涮了几次，往鸭掌鸭翅之间一放，样子名贵极了，一个什么珍奇的果品似的。我看他做这一切，用他的洁白的，熨帖的，然而男性的，有精力，果断，可靠的手做这一切，看得很感动。王羲之论钟张书："张精熟过人。"又曰，"须得书意转深，点画之间皆有意，自有言所不得尽其妙者，事事皆然。""精熟"，"有意"，说得真好。我追随他的每一动作，以心，以目，正如小时，看他作画。父亲一路来直称赞鸡鸭店那个伙计，说他拗折鸭掌鸭翅，准确极了，轻轻一来，毫不费事，毫不牵皮带肉，再三赞叹他得着了"诀窍"，所好者技，进乎道矣，相信父亲自己落到鸡鸭店做伙计，也一定能做到如此地步的！

这个地方鸡鸭多，鸡鸭店多，教门馆子多，一定有不少回回。回回多，当有来历，是一颇有兴趣问题，我们家乡信回教的极少，数得出来的，鸡鸭店则全城似只一家。小小一间铺面，干净而寂寞，经过时总为一种深刻印象所袭，一种说不出来的东西与别人家截然不同。铺子在我舅舅家附近，出一个深巷高坡，上了大街，拐角上第一家就是。主人相貌奇古，一个非常的大鼻子，真大！鼻子上一个洞，一个洞，通红通红，十分鲜艳，一个酒糟鼻子。我从那一个鼻子上认得了什么叫酒糟鼻子。没有人告诉过我，我无师自通，一看见那个鼻子就知道了："酒糟鼻子！"日后我在别处看见了类似而远比不上的鼻子，我就想到那个店主人。刚才在鸡鸭店我又想到那个鼻子！从来没有去买过鸡鸭，不知那个鼻子有没有那样的手段。现在那个人，那片店，那条斜阳古柳的巷子不知如何了……

一串螃蟹在门后叽里咕噜吐着泡沫。

打气炉子呼呼地响。这个机械文明在这个小院落里也发出一种古代的声音，仿佛是《天工开物》甚至《考工记》上的玩意了。

一声鸡啼。一个金彩烂丽的大公鸡，一只很好的鸡，在小天井里徘徊顾盼，高傲冷清，架上两盆菊花，一盆晓色，一盆懒梳妆。——大概多数人一定欣赏懒梳妆名目，但那不免过于雕琢著意，太贴附事实，远不比晓色之得其神理，不落形象，妙手偶得，可遇不可求。看过又画过这种花的就可以晓得，再没有比这更难捉摸的颜色了，差一点就完全不是那回事！天晓的颜色是什么样子呢，可是一看到这种花暖暖犍犍，清新醒活的劲儿，你就觉得一点不错，这正是"晓色"！心中所有，笔下所无的两个字。

我们刚回来一会儿，买了鸭翅、鸭掌、鸭舌、鸭肫、八只蟹、青菜两棵、葱一小把、姜一块回来，我来看父亲，父亲整天请我吃，来了几天，吃了几天。昨天晚上隔了一层板壁，他睡在外面房间，我睡在里头，躺在床上商议明天不出去吃了，在家里自己做。不要多，菜只要两个：一个蟹，蒸一蒸，不费事——喝酒；一个舌掌汤，放两个菜头烩一烩——吃饭。我父亲实在很会过日子，一个人在外头，一高兴就自己做饭，很会自得其乐！——那几只蟹买得好，在路上已经有两个人问过："好大蟹，什么地方买的？多少钱一斤？"很赞许的样子。一个老先生，一个女人，全都自然极了，亲切极了，可是我们一点也不认识，真有意思！大都市里恐怕很少这种情形了。

那两个老人是谁呢？父亲跟他们招呼的，在沙滩上？

街上回来。行过沙滩，沙滩上有人分鸭子。三个，——后来又来了一个，四个，四个汉子站在一个大鸭圈里，在熙熙攘攘的鸭子里，一个一个，提起鸭脖子，看一看，分别丢在四边几个较小鸭圈里。看的什么？——四个人都是短棉袄。有纽子扣得好好的，有的只披上，下面皆系青布鱼裙，这一带江边湖边，荡口桥头，依水而住，靠水吃水的人，卖鱼的，贩菱藕的，收鸡头芡实，经营芦柴、茭草生意的，多有这么一条青布裙子。昨天在渡口市滩看见有这种裙子在那儿卖，我说我想买一条，父亲笑笑。我要当真去买，人家不卖，以为我是开玩笑的。真想看一个人走来讨价还价，说好说歹，这一定是很值得一看的。然而过去又过来，那两条裙子竟是原样放着，似乎没有人抖开前前后后看过！这种裙子穿在身上，有什么好处、什么方便？有什么感情洋溢出来呢？这与其说是一种特别装束，不如说是一种特别装束的遗制，其由来盖相当古远，似乎为了一点纪念的深心！他们才那么爱好这条裙子，和头上那种瓦块毡帽。这么一打扮，就"像"了，所有的身份就都出来了。"我与我周旋久，宁作我"。生养于水的，必将在水边死亡，他们从不梦想离开水，到另一处去过另外一种日子，他们简直自成一个族类，有他们不改的风教遗规。看的是鸭头——分别公鸭母鸭？母鸭下蛋，可能价钱卖得贵些？不对！鸭子上了市，多是卖给人吃，养老了下蛋的十只里没有一只。要单别公母，弄两个大圈就行了，把公的赶到一边，剩下不就全是母的了，无须这么麻烦。是公是母，一眼还不就看出来，得要那么捉起来放到眼前认一认吗？那几个小圈里分明灰头绿头都有。——沙滩上悠悠宕宕，安静极了，然而万籁有声，江流浩浩，飘忽着一种广大深微的呼吁，一种半消沉半积极的神秘意向，极其悄怆感人。东北风。交过小雪了，真的入了冬了，可是江南地暖，虽已至"相逢不出手"时候，身体各处却还觉得舒舒服服，饶有清兴，不很肃杀。天有默阴，空气里潮润润的。新麦，旧柳，抽了卷须的豌豆苗，散过了絮的蒲公英，全都欣然接受这点水汽，很久没有下雨。鸭子似乎也很满意这样的天气，显得比平常安静得多。脖子被提起来，并不表示抗议，——也由于那几个鸭贩子提得是地方，一提起，就势儿就摔了过去，不致令它们痛苦，甚至那一摔还会教它们得到筋肉伸张的快感，所以往来走动，煦煦然很自在的样子，一点也看不出悲惨。人多以为鸭子是很会唠叨的动物，其实鸭子也有默处的时候，不过这么一大群鸭子而能如此雍雍雅雅，我还从未见过！它们今天早上大都得到一顿饱餐了罢。——什么地方来了一阵煮大麦芽的气味，香得很，一定有人用长柄大铲子慢慢地搅和着，就要出糖了。——是称称斤两，分开新鸭老鸭？也不对。这些鸭子全差不多大，没有问题，全是今年养的，生日不是四月就是五月初头，上下差也差不了几天。骡马看牙口，鸭子不是骡马。要看，也得叫鸭子张嘴，而鸭子嘴全闭得扁扁的！黄嘴也扁扁的，绿嘴也扁扁的。掰开来看全都是一圈细锯齿，它的板牙在肚子里，嗉囊里那堆石粒子！嘴上看什么呢？——我已经断定他们看的是鸭嘴。看什么呢？哦，鸭嘴上有点东西！有一个一个印子，刻出来的。有的是一道，有的两道，有的一个十字叉叉，那个脸红通通的小伙子（他棉袄是新的，鞋袜干干净净，他不喝酒，不赌钱，他是个好"儿子"，他有个很疼爱他的母亲。我并不嫉妒你）。尽挑那种嘴上两道的。这是记认。这一群鸭子不是一家养的，主人相熟，一伙运过江来，搅乱了，现在再分开各自出卖。对了，不会错的，这个记认做得实在有道理。

江边风大，立久了究竟有点冷，走吧。

刚才运那一车子鸡的夫妻俩不知到了哪里。一板车的鸡，一笼一笼堆得高高的。这些鸡算不算他们自己的？算他们的，该不坏了，很值几文呢。看样子似不大像，他们穿得可大不齐整。这是做活，不是上庙烧香，不是回娘家过节，用不着打扮，也许。这副板车未免太笨重了一点，车本身比那些鸡一定重得多。——虽然空车子拉起来一定又觉得很轻松的。我起初真有点不平，这男人岂有此理，让女人在前头拉，自己提了两个看起来没有多大分量的蒲包在后头自自在在地踱方步，你就在后头推一把也不妨呀！父亲不说什么，很关心地看他们过去。一直到了快拐弯的地方，我们一相视，心里有同样感动了。这一带地怎么那么不平，那么多的坑！车子拉动了之后，并不怎么费力的，陷在坑里要推上来才不容易。一下子歪倒了，赶紧上去救住，不但要气力，而且要机警灵活，压着撞着都不轻。这一下子，够受的！他抵住了，然而一个轮子还是上不来。我们走过来，两个老人也跑了过来。我上去推了一把，毫无用处，还是老人之一捡了一块砖煞住一个老往后滑的轮子，那个男人（我现在觉得他很伟大，很敬佩他），发一声喊，车子来了！不该走这条路的，该稍为绕绕，旁边不还稍为平点吗？她是没有看到？是想一冲冲过去的？他要发脾气了，埋怨了！然而他没有，不但脸上没有，心里也没有。接过女人为他拾回来的落掉的瓦块帽子，掸一掸草屑，戴上："难为了。"又走了，车子吱吱咽咽拉了过去。我这才听见，怎么刚才车轴似乎没有声音呢？加点油是否好些？他那两个蒲包里是什么东西？鸡食？路上"歪掉"的鸡？两包盐？

我想起《打花鼓》：

恩爱的夫妻

槌不离锣

这两句老在我心里唱，连底下那个"啊呃哎"。这个"啊呃哎"一声一声地弄得我心里很凄楚起来。小时杂在商贾负贩人中听过庙戏多回，不知怎么记得这么两句《一枝花》。后来翻查过戏谱，曾记诵过《打花鼓》全出，可是一有什么感触时仍是这两句，没头没脑的，尽是哼哼。

这个记认做得实在很有道理。遍观鸭子全身，还有什么其他地方可以做记认呢？不像鸡，鸡长大了毛色各各不同，养鸡人全都记得，在他们眼中世界上没有两只同样的鸡（《王婆骂鸡》曲本中列鸡色目甚繁夥贴当，可惜背不全了），偷去杀了吃掉，剥下一堆毛，他认也认得清，小鸡子则都给染了颜色，在肩翅之间，或红或绿。有老母鸡领着，也不大容易走失。染了颜色不大好看，我小时颇不赞成，但人家养鸡可不是为的给我看的！鸭子麻烦，身上不能染红绿颜色，它要下水，整天浸在水里颜色要褪。到一放大毛，普天之下的鸭子就只有两种样子了——公鸭，母鸭。所有的公鸭都一样，所有的母鸭也全一样。鸭子养在河里，你家养，他家养，在河里会面打伙时极多，虽然赶鸭人对自己的鸭有法调度，可是有时不免要混杂。可以做记认，一看就看出来的只有那张嘴。（沈石田画鸭，总是把鸭嘴画得比实际的要宽长些，看过他三幅有鸭子或专画鸭子的画，莫不如是。）上帝造鸭，没有想到鸭嘴有这么个用处罢！小鸭子，嘴嫩嫩的，刻起来大概很容易，用把小洋刀、钳子、钉头，或者随便什么，甚至荆棘的刺，但没有问题，养鸭人家一定专有一个什么东西，轻轻那么一划就成了。鸭嘴是角质，就像指甲似的没有神经，刻起来不痛。刻过的，没有刻过的，只要是一张嘴，一样地吃碎米、浮萍、蛆虫、虾蚤、猫杀子罗汉狗子小鱼，鸭子们大概毫不在乎，不会有一只鸭子发现了大叫出来："咦，老哥，你嘴上怎么回事，雕了花？"想出这个主意的必然是个伶俐聪敏人。这四个汉子中哪一个会发明出来，如果从前从未有过这么一个办法？那个红脸小伙子眼睛生得很美，很撩人的，他可以去演电影。——不，还是鱼裙瓦块帽做鸭子生意！

然而那两个老人是谁呢？

父亲揭起煨罐盖子看看，闻了闻气味，"差不多了"，把一束葱放下去，拨到另一小火的炉上焖起来，打汽炉子空出来蒸蟹。碗筷摆出来，两个杯子里酌满了酒，就要吃饭了。酒真好，我十年来没有喝过这样好酒。父亲说我来了这几天，他比平常喝得要多些，我很喜欢。

"那两个年纪大的是谁？"

"怎么，——你不记得了？"

我还以为我的话问得突兀，我们今天看见过好几个老人，虽然同时看见，在一处的，只有那两个；虽然父亲跟他们招呼过，未必像我一样对他们有兴趣，一直存在心里罢。他这一反问教我很高兴，分明这是很值得记得的两个人，我的眼睛没有错，他们确是有吸引人的地方的！我以为父亲跟他们招呼时有种特殊的敬爱，也没有错，我一问，他即知道问的是谁——大概父亲也会谈起的。

"一个是余老五。"

余老五！这我立刻就知道了，是高大，广额方颊，一腮帮子白胡子根的那个。刚才我就觉得似曾相识，哪里看见过的，想来想去，找不到那个名字，我还以为又是把在另一处看过的一个老人的影子错借来了。他是余老五，真不该忘记。近二十年了，我从前想过他，若是老了该是什么样子，正是这个样子！难怪那么面熟。他不该上这里来，若在家乡街上，我能不认得？——那个瘦瘦小小，目光精利，一小撮山羊胡子，头老微微扬起，眼角微有嘲讽痕迹，行动不像是六十几的人，是——

"陆长庚。"

"陆长庚。"

"陆鸭。"

陆鸭！不过我只能说是知道他，那时候我还小——不像余老五那是天天见得到的老街坊。

说是老街坊，余大房离我们家很有一截子路，地名大溏，已经是附郭最外一圈，是这条街的尾闾了。余大房是一个炕，余老五在余大房炕房当师傅。他虽姓余，炕房可不是他开的，虽然他是这个炕房里顶重要的一个人。老板或者是他一宗，恐怕相当远，不大清楚了。大溙是一片大水，由此可至东北各乡及下河县城水道，而水边有人家处亦称大溙。这是个很动人的地方，风景人物皆极有佳胜处，产生故事极多。在这里出入的，多是那种戴瓦块毡帽、系鱼裙的朋友。用一个小船在河心里顺流而下，可以看到垂杨柳，脆皮榆，茅棚瓦屋之间高爽地段常有一座比较齐整的房子，两边墙上粉得雪白，几个黑漆大字，显明阅目，一望可见，夏天外头多用芦席搭一个凉棚，绿缸中渍着凉茶，冬天照例有卖花生薄脆的孩子在门口踢毽子，树顶常飘有做会的纸幡或红绿灯笼的那是"行"。一种是鲜货行，代客投牙买卖鱼虾水货、荸荠慈菇、芋艿山药、鸡头薏米，种种杂物；一种是鸡鸭蛋行。鸡鸭蛋行旁边常常是一爿炕房。炕房无字号，多称姓某几房，似颇有古意，而余大房声誉最著，一直是最大的一家。

余五整天没有什么事情，老看他在街上逛来逛去，而且到哪里提了他那把紫砂茶壶，坐下来就聊，一聊一半天。而且好喝酒，一天两顿，一顿四两。而且好管闲事，跟他毫无关系的事，他也要挤上来说话。而且声音奇大，这条街上一爿茶馆里随时听见他的声音。有时炕房里差个小孩子来找他有事，问人看见没有。答话人常是："看没有看见，听倒听见的。再走过三家门面，你把耳朵竖起来，找不到，再回来问我。"他一年闲到头，吃、喝、穿、用，全不缺。余大房养他。只有春夏之间，不大看见他影子了。

不知多少年没有吃那种"巧蛋"了。巧蛋是孵小鸡没有孵出来的蛋。不知什么道理，常常有些小鸡长不全，多半是长了一个小头，下面还是个蛋，不过颜色已变，黄黄的，上面略有几根毛丝；有的甚至连翅膀也全了。只是出不了壳。出不了壳，是鸡生得笨，所以这种蛋也称为"拙蛋"，说是小孩吃不得的，吃了书念不好。可是通常反过来，称为"巧蛋"了，念书的孩子也就马马虎虎准许吃了，虽然并不因为带一个巧字而鼓励孩子吃。这东西很多人不吃的。因为看上去有点发酥发麻，想一想也怪不舒服。对于不吃的人，我并不反对。有人很爱，到时候千方百计地去找。很惭愧，我是吃过的，而且只好老实说，味道很不错。吃都吃过了，赖也赖不掉，想高雅也高雅不起来了。——吃巧蛋的时候，看不见余五了，清明前后，正是炕鸡子的时候。接着，又得炕小鸭子，四月。

蛋先得挑一挑，那多是蛋行里的人的责任，哪一路哪一路收来的蛋，他们都分得好好的，鸡鸭也有"种口"，哪一种容易养，哪一种长得高大，哪一种下得蛋，他们全知道。分好了，剔一道，薄壳、过小、散黄、乱带、日久，全不要。再就是炕房师傅的事了。在一间暗屋子里，一扇门上开一个小圆洞，蛋放在洞上，闭一只眼睛，睁一只眼睛反复映看，谓之"照蛋"。第一次叫"头照"。头照是照"珠子"，照蛋黄中的胚珠，看受过精没有，用他们说法，是看有过公鸡，或公鸭没有。没有过公鸡公鸭的，出不了小鸡小鸭。照完了，这就"下炕"了。下炕后三四天（他们是论时辰的，不会这么含糊，三四天是我的印象），取出来再照，名为"二照"，二照照珠子"发饱"没有。头照很简单，谁都做得来，不用在门洞上，用手轻握如筒，蛋放在底下，迎着亮，转来转去，就看得出有没有那么一点了。二照比较要点功夫，胚珠是否隆起了一点，常常不容易断定。二照剔下来的蛋拿到外头卖，还是一样，一点看不出是炕过的。二照之后，三照四照，隔几天一次，三四照之后的蛋就变了，到知道炕里蛋都在正常发育，就不再动它，静待出炕"上床"。

下了炕之后，不大随便让人去看。下炕那天照例三牲五事，大香大烛，燃鞭放炮，磕头拜敬祖师菩萨，很隆重庄严。炕一年就做一季生意，赚钱蚀本就看这几天。但跟余五熟识，尤其是跟父亲一起去，就可以走近炕边看看。所谓"炕"是一口一口缸，里头涂糊泥草，下面不断用火烘着。火要微微的，保持一定温度。太热了一炕蛋就都熟了，太小也透不进去。什么时候加点糠或草，什么时候去掉一点，这是余五职分。那两天他整天不离开一步。许多事情不用他下手，他只需不时看一看，吩咐两句话，有下手从头照着做。余五这可显得重要极了，尊贵极了，也谨慎极了，还温柔极了。他说话细声细气，走路也轻轻的，举止动作，全跟他这个人不相称。他神情很奇怪，像总在谛听着什么似的，怕自己轻轻咳嗽也会惊散这点声音似的，聚精会神，身体各部全在一种沉湎、一种兴奋、一种极度敏感之中。熟悉炕房情形的人，都说这行饭不容易吃，一炕下来，人要瘦一套，吃饭睡觉也不能马虎一刻，这样前前后后半个多月！从前炕房里供余五抽烟的。他总是躺在屋角一张小床上抽烟，或者闭目假寐，不时就壶嘴喝一口茶，哑哑地说一句什么话。一样借以量度的器械都没有，就凭他这个人，一个精细准确而复杂多方的"表"，不以形求，全以神遇，用他的下意识来判断一切。这才是目睹身验着一个一个生命怎么完成，多有意思的事情！炕房里暗暗的，暖洋洋的，空气里潮濡濡的，笼着一度暖昧含隐的异样感觉，怔怔忡忡，缠绵持续，惶恐不安，一种怀春含情的感觉。余老五也真是有一种"母性"，虽然这两个字不管用在从前一腮帮子黑胡根子，现在一腮帮子白胡根子的余五身上都似颇为滑稽。

蛋炕好了，放在一张一张木架上，那就是"床"。床上垫棉花，放上去，不多久，就"出"了，小鸡子一个一个啄破蛋壳，啾啾叫起来。听到这声音，老板心里就开了花，而余五眼皮一耷拉，已经沉沉睡去了，小鸡子在街上卖的时候，正是余五呼呼大睡的时候。——鸭子比较简单，连床也不用上，难的是鸡。

卖小鸡小鸭是很有意思的行业。小鸡跟真正的春天一起来，气候也暖了，花也开了。而小鸭子接着就带来了夏天。"春江水暖鸭先知"，说的岂是老鸭？然而老鸭多半养在家里，在江水中游泳的似不甚多。画春江水暖诗意画出黄毛小鸭来，是极自然的，然而事实上大概是错的。小鸡小鸭都放在一个竹编浅沿有盖大圆盒子里卖，挑了各处走，似乎没有吆唤的。一路走，一路啾啾地叫，好玩极了。小鸡小鸭皆极可爱，小鸡娇弱伶仃，小鸭常傻气固执。看它们窜跑跳跃，感到生命的欢欣。提在手里，那点微微挣抗搔骚，令人心中怦怦然动，胸口痒痒的。

余大房何以生意最好？因为有一个余老五，余老五是这一行的一个"状元"。余老五何以是状元？他炕出来的小鸡跟别人家的摆在一起，来买的人一定买余老五的鸡，他的小鸡特别大。刚刚出炕的小鸡，刚从蛋里出来的，照理是一样大小，不过是那么重一个，然而余五鸡就能大些。上戥子称，上下差不多，而看上去他的小鸡要大一套！那就好看多了，当然有人买。怎么能大一套呢？他让小鸡的绒毛都出足了。鸡蛋下了炕，比如要几十个时辰，可以出炕了，别的师傅都不敢到那个最后限度，小鸡子出得了，就取出来上床，生怕火功水汽错了一点，一炕蛋整个地废了，还是稳点罢，没有胆量等。余五大概总比较多等一个半个时辰。那一个半个时辰是顶吃紧时候，半个多月工夫就在这一会现出交代，余五也疲倦到达到极限了，然而他比平常更觉醒，更敏锐。他那样子让我想起"火眼狻猊""金眼雕"之类绰号，完全变了一个人，眼睛陷下去，变了色，光彩近乎疯人狂人。脾气也大了，动辄激恼发威，简直碰他不得，专断极了，顽固极了。很奇怪的，他倒简直不走近火炕一步，半倚半靠在小床上抽烟，一句话也不说。木床棉絮准备得好好的，徒弟不放心，轻轻来问一句："起了罢？"摇摇头。"起了罢？"还是摇摇头，只管抽他的烟，这一会儿正是小鸡放绒毛的时候，忽而乍然而起："起！"徒弟们赶紧一窝蜂取出来，简直才放上床，就啾啾啾啾地纷纷出来了。余五自掌炕以来，从未误过一回事，同行中无不赞叹佩服，以为神乎其技。道理是简单的，可是人得不到他那种不移的信心，不是强作得来的，是天才，是学问，余五炕小鸭，亦类此出色。至于照蛋煨火等节目，是尤其余事了。

因此他才配提了紫砂壶到处闲聊，一事不管，人家说不是他吃老板，是老板吃着他，没有余老五，余大房就不成其为余大房了，没有余大房，余老五仍是一个余老五。什么时候他前脚跨出那个大门，后脚就有人替他把那把紫砂壶接过去了，每一家炕房随时都在等着他。从前每年都有人来跟他谈的，他都用种种方法回绝了，后来实在麻烦不过，他开玩笑似的说："对不起，老板坟地都给我看好了！"

父亲说，后来余大房当真托人在泰山庙，就在炕房旁边，给他谈过一小块地，买成没有买成，可不知道了，附近有一片短松林，我们从前老上那儿放风筝，蚕豆花开得紫多多的，斑鸠在叫。

照说，陆长庚是个更富故事性的人，他不像余五那么质实朴素。余五高高大大，方肩膀，方下巴，到处去，而陆长庚只能算是矮子里的高人，属于这一带所说"三料个子"一型，眉毛稍微有点倒，小小眼睛，不时眨动眨动，嘴唇秀小微薄而柔软，透出机智灵巧，心窍极多，不过乍一看不大看得出来，不仅是他的装束，举止言词亦带着很重的农民气质，安分，卑怯，愿谨，虽然比一般农民要少一点惊惶，而绝望得似乎更深些。就是这点绝望掩盖而且涂改了他的轻盈便捷了。他不像余五那样有酒有饭，有保障有寄托，他受的折磨、伤害、压迫、饥饿都多，他脸小，可是纹路比余五杂驳，写出更多人性。他有太多没有说出来的俏皮笑话，太多没有浪费的风情，没有安慰没有吐气扬眉，没有——我看我说得太逞兴了，过了一点分！所以为此，只因为我有点气愤，气愤于他一定有太多故事没有让我知道。余五若是个为人所敬重的人，他应当是那一带茶坊酒座，瓜架豆棚的一个点缀，是一个为人所喜爱的角色，可是我父亲知道他那点事完全是偶然；他表演了那么一回，也是偶然！

母亲故世之后，父亲觉得很寂寞无聊。母亲葬在窑庄，窑庄我们有一块地，这块地一直没有收成，沙性很重，种稻种麦，都不适宜，那么一片地，每年只得两担荒草作租谷，父亲于是想辟成一个小小农场，试种棉花，种水果，种瓜。把庄房收回来，略事装修，他平日即住在那边，逢年过节，有什么事情才回来。他年轻时体格极强，耐得劳苦，凡事都躬亲执役，用的两个长工也很勤勉，农场成绩还不错。试种的水蜜桃虽然只开好看的花，结了桃子还不够送人的，棉花则颇有盈余，颜色丝头都好，可是因为好得超过标准，不合那一路厂家机子用，后来就不再种了。至今政府物产统计表上产棉项下还列有窑庄地方，其实老早已经一朵都没有了。不过父亲一直还怀念那个地方，怀念那一段日子，他那几年身体弄得很好，知道了许多事情，忘记了许多事情，从来没有那么快乐满足过。我由一个女用人带着，在舅舅家过，也有时到窑庄住几天，或是父亲带我去或是我自己来了，事前连通知都不通知他！

　　那天我去，父亲正在屋后园子里给一棵礐杏接枝。这不是接枝的时候，不过是没有事情做，接了玩玩。接枝实在是很好玩，两种不同的树木会连在一起生长，生长而又起变化，本来涩的会变甜了，本来纽子大的会有拳头大，多神奇不可思议的事！他不知接了多少，简直看见树他就想接！手续很简单，接完了用稻草一缠就可以了。不过虽是一根稻草，却束得妥帖坚牢，不会松散。削切枝条的，正是这把角柄小刀，用了这么些年了，还是刀刃若新发于硎。我来是请他回家过节，问他我们要不就在这里过节好不好。而一个长工来了：

　　"三爷，鸭都丢了！"

　　"怎样都丢了？"

　　这一带多河沟港汊，出细鱼细虾，是很适于养鸭地方。这块地上老佃户倪二，父亲原说留他，可是他对种棉花不感兴趣，而且怎么样也不肯相信从来没有结过棉花地方会出棉花，这块地向来只长荞麦、胡萝卜、绿豆、红毛草！他要退租。退租怎么维生？他要养鸭。鸭从来没有养过怎么行？他说从前帮过人，多少懂一点，没有本钱，没有本钱想跟三爷借，父亲觉得不能让他再种红毛草了，很对不起他，应当借给他钱。为了好玩，父亲也托他，买了一百只小鸭，贴他一点钱，由他代养。事发生手，他居然把一趟鸭养得不坏，父亲高兴，说：

"倪二，你不相信我种棉花，我也不相信你养鸭子，可是现在田里是什么，一朵一朵白的，那是什么？"

"是棉花。河里一只一只肥的，是——鸭子！"

"事在人为。明年我们换换手，你还是接这块地种，现在你相信它能出棉花了。我明年也来养鸭！"

父亲是真有这样意思的，地土适于植棉，已经证实，父亲并没有打算一直在这里待下去，总得有人接过。后来田还是交给倪二了，可是因为管理不善，结出来的朵子越来越伶仃了。鸭，父亲可没有自己去养，他是劝劝倪二也还是放弃水面，回到泥土，总觉得那不大适合他，与他的脾气个性，甚至血统都不相宜，这好像有一种命定安排似的，他离不开生长红毛草的这一片地，现在要来改行已经太晚了。人究竟不像树木，可以随便接枝。即便树木，有些接枝也不能生长的。站在庄头场上，或早或晚，沉沉雾霭，淡淡金光中，可以看到倪二喳喳吃吃赶着一大阵鸭子经过荡口，父亲常常要摇头。

"还是不成，不'像'！他自己以为帮人喂过食，上过圈，一窝鸭子又养得肥壮，得意得了不得，仿佛是老行家了，可是样子总不大对。这些鸭子还没有很认得他，服他、依他，他跟鸭子不能那么完全是一家子似的。照理，都就要卖了，应当简直不用拘束，那根篙子轻易不大动了。我没有看见过赶鸭用这种神情的！"

他把"神情"两个字说得很重，仿佛神情是个什么可以拿在手里挥舞的东西似的。倪二老实一点，可是我父亲对他不能欣赏他是也可以感觉到的，倪二不服，他有他的话：

"三爷，您看！"

他的意思是就要八月中秋，马上就可以赶到市上变钱，今年鸡鸭上好市面，到那个时候倪二再说他当初为什么要改业，看看倪二眼光如何，手段如何。父亲想气他一气，说：

"倪二，你知道你手里那根篙子有多重？人说篙子是四两拨千斤，是不是只有四两？"

这就非教倪二红脸不可了，伤了他的心，他那根篙子搦得实在不顶游刃得体，不够到家。不过父亲没有说，怕太损了他的尊严。

养鸭是很苦的事，种田也是很苦的事，但那是另外一种苦。问养鸭人顶苦是什么，很奇怪的，他们回答："是寂寞。"这简直不能相信了，似乎寂寞只是坐得太久谈得太多，抽烟喝茶度日的人才有的感情。"乡下人"！会"寂寞"吗？也许寂寞是人的基本感情之一，怕寂寞是与生俱来的，襁褓中的孩子如果不是确知父母在留心着自己，他不肯一个人睡在一间屋子里。也可能这是穴居野处时对于不可知的一切来袭的恐惧心理的遗传，人总要知觉到自己不是孤身地面对整个自然。种地不是一个人的事情，车水、薅草、播种、插秧、打场、施肥，有歌声，有锣鼓，有打骂调笑，相慰相劳，热热闹闹，呼吸着人的气息。而养鸭是一种游离，一种放逐，一种流浪。一清早，天才露白，撑一个浅扁小船，才容一人起坐，叫作"鸭撇子"，手里一根竹篙，竹篙头上系一个稻草把子或破芭蕉蒲扇，用以指挥鸭子转弯入阵，也用以划水撑船，就冷冷清清地离了庄子，到一片茫茫的水里去了。一去一天，直到天压黑，才回来。下雨天穿蓑衣，太阳大戴笠子，凉了多带件衣裳，整个被人遗忘在这片水里。"连个说说话的人都没有。"这句话似极普通，可是你看看养鸭人的脸，听起来就有无比的悲愁。在那么空寥的地方，真是会引起一种原始的恐惧的，无助、无告、忍受着一种深入肌理、抽搐着腹肉、教人想呕吐的绝望，"简直要哭出来"！单那份厌气就无法排遣，只有拼命吧嗒旱烟。远远地可以听到一两声人声，可是眼前是这些扁毛畜生！牛羊，甚至猪，都与人切身相关，可以产生感情，要跟鸭子谈谈心实在是很困难。放鸭的如果不是特别有心性，会自己娱悦，能弄一点什么东西在手上做做，心里想想的，很容易变成孤僻怪物之冷漠而褊窄。父亲觉得倪二旱烟瘾越来越大，行动虽还没看出什么改变，可是有点什么东西正在深重起来，无以名之，只有借用又是只通用于另一阶级的名词：犬儒主义。

可是鸭子肥得倪二欢喜，他看完了好利钱，这支持着他。

前两天倪二说，要把鸭子赶去卖了，已经谈好了，行用、卡钱、水脚，全算上，连底三倍利。就要赶，问父亲那一百只鸭怎么说，是不是一起卖。父亲关照他留三十只，送送人，也养几只下蛋，他要看自己家里鸭子下两个双黄玩玩。昨天晚上想起来，要多留二十只，今天叫长工去荡里跟倪二说一声。

"鸭都丢了！"

倪二说要去卖鸭，父亲问他要不要人帮一帮，怕他一个人对付不了。鸭子运起来，不像鸡装了笼子，仍是一只小船，船上准备人的粮食，简单行李，鸭圈一大卷，人在船，鸭在水，一路迤迤逶逶地走。鸭子路上要吃，还是鱼虾水虫，到了那头才不瘦膘减分量，精神好看。指挥拨反全靠那根篙子。有人可以在大江里赶十天半月，晚上找个沙洲歇一歇，这不是外行冒充得来的。

"不要！"

怕父亲还要说什么，他偷偷准备准备，留下三十只，其余的一早赶过荡，过白莲湖，转到大湖里，到邻县城里去了。长工一到荡口，问人：

"倪二呢？"

"倪二在白莲湖里，你赶快去看看，叫三爷也去看看，——一趟鸭子全散了！"

白莲湖是一口小湖，离窑庄不远，出菱，出藕，藕肥白少渣滓，荷花倒是红得多。或散步，或乘船赶二五八集期，我们也常去的，湖边港汊甚多，密密地长着芦苇，新芦苇长得很高了。莲蓬已经采过，荷叶颜色发了黑，多半全破了，人过时常有翡翠鸟冲起掠过，翠绿的一闪，疾速如箭，切断人的思绪或低低地唱歌。

小船浮在岸边，竹篙横在船上，篙子头上的破蒲扇不知哪里去了。倪二呢？坐在一个石辘轳上，手里团着他的瓦块帽子，额头上破了一块皮，在一个人家晒场上，为几个人围着，他好像老了十年。他疲倦了，一清早到现在，现在是下半天了，他一定还没有吃过饭，跟这些鸭子奋斗了半日。他的饭在船上一个布口袋里，一袋子老锅巴。他坐着不动，看不出他心里什么滋味，不时头忽然抖一抖，好像受了震动。——他的脖子里的沟好深，一方格一方格的，颜色真红，烧焦了似的。那么坐着，脚恐怕要麻了，好傻相的脚！父亲叫他：

"倪二。"

"三爷！"

他像个孩子似的哭起来了："——怎么办呢？"

"去找陆长庚，他有法子。"

"哎，除非陆长庚。"

"只有老陆，陆鸭。"

陆长庚在哪里？

"多半在桥头茶馆。"

桥头有个茶馆，为的鲜货行客人，蛋行客人，陆陈粮行客人，区里，县里，党部里来的人谈话讲生意而设的，卖清茶，代卖烟纸、洋杂、针线、香烛、鸡蛋糕、麻酥饼、七厘散、紫金锭、菜种、草鞋、契纸、小绿颖毛笔、金不换黑墨、何通记纸牌。这一带闲散无事人常借茶馆聚赌玩钱。有时纸牌，最为文雅。有时麻雀，那副牌有一张红中丢了，配了牌九上一张杂七，这杂七于是成为桌上最关心的一张牌了。有时推牌九，下旁注的比坐下来拿牌的要多，在后头呼幺喝六，帮别人呐喊助威的更多。船从桥边过，远远地就看到一堆兴奋忘形的人头人手，走过了一段，还听得到"七七八八——不要九！""磨一点，再磨一点，天地遇牯牛，越大越封侯！"呼声。常在后头看斜头和的，有人指点过，那就是陆长庚，这一带放鸭的第一手，诨号陆鸭，说他自己简直就是一只老鸭。——瘦瘦小小，神情总是在发愁的样子。他已经多年不养鸭了，见到鸭就怕了，运气不好，老是瘟。

"不要你多，十五块洋钱。"

十五块钱在从前很是一个数目了。许多人都因为这个数目而回了回头，看看倪二，看看陆长庚，桌面上顶大的注子是一吊钱三三四，天之九吃三道。

说了半天，讲定了，十块钱。看一家地杠通吃，红了一庄，方去。

"把鸭圈全拿好，倪二你会赶鸭子进圈的？我吆上来，你就赶，鸭子在水里好弄，上了岸七零八落的不好捉。"

这十块钱太赚得不费力了！拈起那根篙子，撑到湖心，人扑在船上，把篙子平着在水上扑一气，嘴里啧啧咕咕不知叫点什么，嚇——都来了！鸭子四面八方，从芦苇缝里像来争什么东西似的，拼命地拍着翅膀，挺着脖子，一起奔到他那只小船的四围来。本来平静、寥廓的湖面，一时骤然热闹起来，全是鸭子，不知为什么，高兴极了，喜欢极了，放开喉咙大叫，不停地把头没在水里，翻来翻去。岸上人看到这情形，都忍不住大笑起来，连倪二都笑了，他笑得尤其舒服。差不多都齐了，篙子一抬，嘴子曼声唱着，鸭子马上又安静起来，文文雅雅，摆摆摇摇，向岸边游来，舒闲整齐有致。

兵法用兵第一贵"和",这个字用来形容那些鸭子真恰切极了。他唱的不知是什么,仿佛鸭子都很爱听,听得很入神似的,真怪!

"一共多少只?"

"三千多。"

"三千多少?"

"三千零四十二。"

他拣一个高处,四面一望。

"你数数,大概不差了。——嗨!你这里头怎么来了一只老鸭!是哪一家养的老鸭教你裹来了!"

倪二分辩,分辩也没有用,他一伸手捞住了。

"它屁股一撅,就知道。新鸭子拉稀屎,过了一年的,才硬。鸭肠子鸭头的那里有个小箍道,老鸭子就长老了。吃新鸭子,不喝酒,容易拉肚,就因为鸭肠子不老。裹了人家鸭自己还不知道,只知道多了一只!"

"我不要你多,只要两只。送不送由你。"

怎么小气,也没法不送他,他已经到鸭圈里提了两只,一手一只,拎了一拎。

"多重?"

他问人。

"你说多重?"

有人问他。

"六斤四,——这一只,多一两,六斤五。这一趟里顶壮的两只。"

不相信，那里一两也分得出，就凭手拎一拎？

"不相信，不相信拿秤来称。称得不对，两只鸭算你的；对了，今天晚上上你家里喝酒。"

称出来，一点都不错。

"拎都用不着拎，凭眼睛看，说得出这一趟鸭一个一个多重。"不过先得大叫一声才看得出来。鸭身上有毛，毛蓬松着看不出来，得惊它一惊，一惊，鸭毛就紧了，贴在身上了，这就看得出那一个肥那一个瘦。

"晚上喝酒了，在茶馆里会。不让你费事，鸭先杀好。"

他刀也不用，一个指头往鸭子三岔骨处一捣，两只鸭挣扎都不挣扎就死了。

"杀的鸭子不好吃，鸭子要吃呛血的，肉才不老。"

什么事他都是轻描淡写，毫不大惊小怪。说话自然露出得意，可是得意之中还是有一种对于自己的嘲讽，仿佛这是并不稀奇的事，而且正因为有这点本领，他才种种不如别人。他日子过得很不如意，种一点地，种的是豆子。"懒媳妇种豆。"豆子是顶不要花工夫气力的。从前放过鸭，可是本钱都蚀光了。鸭子瘟起来不得了，只要看见一个鸭摇一摇头，就完了。还不像鸡，鸡瘟起来比较慢，灌点胡椒香油，还可以有点救。鸭，一个摇头，个个摇头，马上，都不动了。比在三岔骨上捣一指头还快。常常一趟鸭子放到荡里，回来时只有自己一个人了。看着死，毫无办法。陆长庚吃的鸭可太多了，他发誓，从此决不再养。

"倪老二，十块钱不白要你的，我给你送到。今天晚了，你把鸭圈起来过一夜，明天一早我来。三爷，十块钱赶一趟鸭，不算顶贵噢?"

他知道这十块钱将由谁来出。

当然，第二天大早他来时仍是一个陆长庚，一夜七戳五在手，输得光光的。

"没有! 还剩一块!"

这两个人都老了，时候过起来真快。两个老人怎么会到这里来了呢? 现在在作什么呢? 父亲也不大清楚，我请父亲给我打听打听，可是一直还没有信来。——忽然想起来，那个分鸭子的年轻小伙子一定是两个老人之一的儿子，而且是另一个老人的女婿，我得写封信去问问。也顺便问问父亲房东家养在院子里的那只大公鸡不知怎么了。——这只公鸡，他们说它有神经病，我看大概不是神经病。一窝小鸡买进来时本来是十只，次第都已死去，只剩下这个长命。不过很怪，常常它会曲起一只脚来乱蹦乱跳一气，就像发了疯似的。可能是抽筋，不过鸡会抽筋吗? 它左脚有点异样，脚趾全向里弯，有点内八字，最外一个而且好像短了一截，可能是小时教什么重东西压的。是这影响他生理上有时不大平衡吗? 父亲说怕是受刺激太深，与它的同伴的死有关，那当然是开玩笑。——哎哟，一年了，该没有被杀掉风起来罢? 这两天正是风鸡的时候。

下辑：秦邮风物

三十六湖蒲荇香，侬家旧住在横塘。

移舟已过琵琶闸，万点明灯影乱长。

礼俗大全 [①]

这条河叫准提河,因为河上巷子里有一个小庵准提庵。这条巷子也就叫准提巷。出准提巷,在准提河上有一道砖桥,叫准提桥。准提桥是平桥,铺着立砖,两边白石栏杆。挺好看的。下雨天,雨水从准提巷流出来,流过桥面。这时候没有多少行人来往。偶尔听到钉鞋穿过巷子的声音,由近而远,让人觉得很寂寞。

这是一条不宽的河,孩子打水漂,噌噌噌噌,瓦片可以横越河面,由北边到南边,到河边一直窜到岸上。

吕虎臣住在河南边,挨着准提庵。河南边就只有这一家,单门独院,四面不挨人家。谁都知道,这是吕家,吕虎臣家。孩子都知道。

吕家人口简单。吕虎臣中年丧妻,没有再娶。没有儿子,只有

---

① 本篇原载《大家》1996年第五期;初收《汪曾祺全集》第二卷,北京师范大学出版社,1998年8月。

个女儿。女儿叫吕葭，小时候放鞭炮，崩瞎了一只左眼，因此整天戴了深蓝色的卵形眼镜。有个女婿叫李成模，菱塘桥人。女婿不是招赘的，而是从小和吕葭订了婚，为了考大学，复习功课住到丈人家来的。小两口很亲热。吕葭很好看，缺了一只眼睛还是很好看。他们每天都在门前闲眺，看人打鱼，日子过得很舒心自在。有一次互相打闹，吕葭在李成模屁股上踢了一脚。正好吕虎臣从外面回来，装得很生气："玩归玩，闹归闹，哪有这样的闹法的！叫过路人看见了笑话！"吕葭和李成模一伸舌头。

吕虎臣在家的时候少，在外面的时候多。

河北岸，正对着准提巷，是方家。方家的大人去世早，留下一儿一女，兄妹二人相依为命。哥哥方继淦在一个工厂当会计，抗战爆发后随厂到了重庆。妹妹方景心高气傲，一心想读大学，但读了初中，就没有再升学，留在家乡，在一个电话公司当接线员（由于吕虎臣的介绍），她很不甘心。而且，医生发现她得了肺结核：全身无力，每天下午面色潮红，有时还咯两口血。她连班都上不了了，只好在家休养。吕虎臣和方家是亲戚，又和方景的父亲的父亲同过学（都是邑中名士杨渔隐的学生），对方景很关心。方景爱靠在栏杆上看准提河的水，一看半天。吕虎臣看见，总要走过去安慰她几句，他怕方景会一时想不开。方景看看吕虎臣，说："大姨夫（她总是叫吕虎臣大姨夫），我不会跳下去的！您放心！"——"那好，那好！你不要灰心，你的日子还长着哪！等身体好了，你还可以飞得高高的！"——"谢谢你大姨夫！"吕虎臣知道方景生活艰难，只靠哥哥辗转托人带一点钱来，有时给她一点帮助。看病的诊费、买药的药钱都由吕虎臣代付了（写在吕虎臣的账上了）。

方景长得黑黑的，眉毛、眼睫毛都很重，眼睛亮晶晶的，走路时脑袋爱往一边偏，是个很好看的黑姑娘。

吕虎臣和城里的几大户，马家、杨家、孙家都是亲戚，时常走动。尤其和孙家是至亲。孙家有什么事，婚丧嫁娶，需要吕虎臣来借箸代筹，一请就到，不请也到。吕虎臣对孙家的世谊姻亲，了如指掌。一切想得很周到，绝对落不了褒贬。他和孙家男女上下都非常熟悉。孙家的姑奶奶都跟他很亲热，爱听他说话。姑奶奶都叫他"虎臣大哥"。吕虎臣有点齄鼻子，说话齆声齆气，但是听起来很诚恳。

这孙家是有点特别的人家。既不像马家一样是冠盖如云的大绅士，也不像杨家功名奕世，出过几个进士，他家有些田产，并不很多，但是盖的房子却很讲究。东西两座大厅，磨砖对缝，厅前是一片很大的白矾石的天井。靠东围墙是一间大书房，平常不用；靠西一间小书房，壁隔里摆着古玩瓶盘，是四姑奶奶的绣房，这是名副其实的"绣房"，四姑奶奶不久即将出嫁，她整天在小书房里绣花。

孙老头儿名筱波，但是满城人都叫他"孙小辫"，因为他一直留着一条黄不黄白不白的小辫子，辫根还要系一截红头绳。

孙小辫不喜欢花鸟虫鱼，却喂了一对鹤——灰鹤。这对灰鹤在四姑奶奶绣房后面的假山跟前老是踱来踱去，时不时停下来剔剔翎毛，从泥里搜出一根蚯蚓，吃掉。孙家总是很安静，四姑奶奶飞针走线，绣花针插进绣绷的声音都听得很清楚。

孙筱波的另一特别处，是把一位名士宣瘦梅请到家里来教女儿读书。这位宣先生能诗能画，终身不应科举。他教女学生不是读"女四书"之类，而是诗词歌赋。孙家的女儿都能通背《长恨歌》《琵琶行》《董西厢》：

碧云天，

黄花地，

秋风紧，

北雁南飞，

晓来谁染霜林醉？

都是离人泪。

孙家女儿都有点多愁善感。孙小辫为什么让宣先生教女儿这些东西，令人百思不得其解。但是男女老少又都会背一篇东西。这篇东西说古文不是古文，说诗词不是诗词，说道情不是道情，不俗不雅，不文不白，是一种奇怪的文体：

三子三鼎甲，

五婿五传胪。

鼎甲本不贵，

贵的是三子三鼎甲；

传胪本不难，

难的是五婿五传胪。

齐家治国平天下，

儿辈承当。

这些事，

老夫也管些儿个：

竹篱石井，

鹤食猴粮。

　　这算是什么东西呢？是谁的作品？不知道。有人说这是孙筱波作，经宣瘦梅润色过的。这表达了谁的思想？是孙筱波的还是宣瘦梅的？不知道。但是孙家男女老少全都会摇头晃脑地高声背诵，俨然写的就是孙家。怎么可能呢？"三子三鼎甲""五婿五传胪"，哪里会有这样的人家！这只能说是孙筱波的白日梦，或孙家一家的白日梦。孙家不是书香世家，却以世家自居。几个姑奶奶尤其是这样，说起话来引经据典，咬文嚼字，似乎很高雅。对女人而说，"雅言"叫人很反感。

　　孙筱波得了一种怪病，两脚不能下地，一着地就疼得不得了。找了几个医生，内科、外科，切脉服药，都不见效。吕虎臣来看他，孙筱波说："这是无名之病，势将不治矣！"吕虎臣叫他把袜子脱了，看了看，说："嘻！"原来是他平常不洗脚，洗脚也不剪指甲，指甲反屈弯曲，抠进了脚心，那着地还有不疼的？吕虎臣到澡堂里请来一位修脚师傅，师傅用几把刀给他修了脚，他下地走了几步，没事了！

　　不久，孙筱波真的病了。没几天就呜呼哀哉，伏惟尚飨了。也没有什么大病，心力衰竭，老死的。盛殓之后，因为日本人已经打到离县城不远，兵荒马乱，难以成礼，经子女亲戚计议，决定移柩三垛镇，六七开吊。当然得惊动吕虎臣。吕虎臣头两天就到了三垛，料理一切。

吕虎臣是个礼俗大全，亲戚朋友家有婚丧嫁娶，必须请他到场，擘画斟酌。

做寿倒没他什么事，他只是看看寿堂：这家有一幅吕纪的豹（报）喜图应该挂在正面、寿屏的次序有没有挂错、寿联的上下联颠倒了没有，陈曼生、汪琬的对联应该分挂在不同地方；来客应于何处待茶、何处吸（鸦片）烟，都得安排妥当了。开宴时，席位的尊卑长幼更得有个讲究。吕虎臣左顾右盼，添酒布菜，三杯寿酒是绝对喝不安生的。

办喜事，吕虎臣事不多。找一个胖小子押轿；花轿到门，姑爷射三箭；新娘子跨火、过马鞍……直到坐床撒帐，这都由姑奶奶、姨奶奶张罗，属于"妈妈令"，吕虎臣只关心一件事，找一位"全福太太"点燃龙凤喜烛。"全福太太"即上有公婆父母，下有儿女的那么一个胖乎乎的半大老太太。这样的"全福人"不大好找。吕虎臣早就留心，道一声"请"，全福太太就带点腼腆，款款起身，接过纸媒子，把喜烛点亮，于是洞房里顿时辉煌耀眼，喜气洋洋。

最麻烦复杂的是办丧事。一到三垛，进了门，吕虎臣就问："已经请了李菜了没有？"——"请了，请了！明天上午派船，三老爷擦黑准到！"——"那好！要派妥当的人去！"——"没错您哪！"——"准备云土！"——"是！"

李菜抽大烟，而且必须是云土。

吕虎臣第一件事是用一张白宣纸，裁成四指宽、一尺多长，写了三个扁宋体的字："盥洗处。"贴好了，检查检查"初献、亚献、终献"的金漆小木屏，察看了由敞厅到灵堂的道路，想了想遗漏了什么事。

"开吊"有点像演戏。"初献""亚献""终献"，各有其人。礼生执金漆小屏前导，司献戚友踱方步至灵前"拜"——"兴"，退出。"亚献""终献"亦如此。这当中还要有"进曲"，一名鼓手执荸荠鼓，唱曲一支，内容多是神仙道化，感叹人世无常；另二鼓手吹双笛随。以后是"读祝"，即读祭文，祭文不知道为什么叫作"祝"。礼生高唱："读祝者读祝。"一个嗓音清亮，声富表情的亲戚（多半是本地才子）就抑扬顿挫，感慨唏嘘地朗读起来。有人读祝有名，读到沉痛婉转处可令女眷失声而哭。其实"祝"里说的是什么，她们根本不知道，只是各哭其所哭。"祝"里许多词句是通用的，可以用之于晴雯，也可以用之于西门庆。

"开吊"最庄严肃穆的一个节目是"点主"。"神主"枣木牌位上原来只写某某之"神王"，主字上面一点空着，经过一"点"，显考或先妣的灵魂就进入牌内，以后这小木牌就成了显考先妣们的代表。点主要请一位官大功高的耆宿，李莱是常被请的。他点过翰林，在本县可说是最高功名。他脸上有几颗麻子，仆人们都叫他"李三麻子"，因为他架子大，很不好伺候。

礼生高唱："凝神——想象，请加墨主！"李莱就用一支新笔舔了墨在"神王"上点了一个瓜子点。"凝神，想象，请加朱主。"李三麻子用白及调好的朱砂，盖在"墨主"上。于是礼成。

"凝神——想象"，这是开吊所用的最叫人感动、最富人情味的、最艺术的语言，其余的都只是照章办事，行礼如仪而已。

孙筱波的丧事把吕虎臣累得够呛，没想到这是他一生中操办的最后一件丧事。

吕虎臣送客回来，摔了一跤，当时口眼歪斜，中风失语。他自己知道，这一回势将不救。——他曾经中过一次风，这回是复发了。中风最怕复发。他脑子还清楚，也还能含含糊糊，断断续续交代几句后事：

　　时值兵燹，人心惶惶，不要惊动亲友，殓以常服，薄葬，入土为安；

　　不要通知吕蓁。吕蓁已经结婚怀孕，在菱塘桥婆婆家生孩子，不能受刺激，等她生养休息后再慢慢告诉她；

　　遗著一卷，有机会刻印若干本送人。

他的遗著是：

婚丧嫁娶礼俗大全

吕蓁回来，看到父亲的新坟，扑上去嚎啕大哭，把坟土都湿了一圈，怎么劝也劝不住。

陪着吕蓁一起哭的，是方景。

名士和狐仙[①]

　　杨渔隐是个怪人。怪处之一，是不爱应酬。杨家在县里是数一数二的高门望族，功名奕世，很是显赫。杨渔隐的上一代曾经是一门三进士，实属难得。杨家人口多，共八房。杨家子弟彼此住得很近，都是深宅大院。门外有石鼓，后园有紫藤、木香。他们常来常往，遇有年节寿庆，都要互相宴请。上一顿的肴核才撤去，下一顿的席面即又铺开。照例要给杨渔隐送一回"知单"，请大爷过来坐坐（杨渔隐是大房），杨渔隐抓起笔来画了一个字："谢!"意思是不去。他的堂兄堂弟知道他的脾气，也不再派人催请。杨渔隐住的地方比较偏僻，地名大淖大巷。一个小小的红漆独扇板扉，不像是大户人家的住处。这是一个侧门，想必是另有一座大门的，但是大门

---

① 本篇原载《大家》1996年第二期；初收《汪曾祺全集》第二卷，北京师范大学出版社，1998年8月。

开在什么方向，却很少人知道。便是这扇侧门也整天关着，好像里面没有住人。只有厨子老王到大淖挑水，老花匠出来挖河泥（栽花用），女用人小莲子上街买鱼虾菜蔬，才打开一会儿。据曾经向门里窥探过的人说：这座房子外面看起来很朴素，里面的结构装修却是很讲究的，而且种了很多花木。杨渔隐怎么会住到这么一个地方来？也许这是祖上传下来的一所别业，也许是杨渔隐自己挑中的，为了清静，可以远离官衙闹市。

杨渔隐很少出来，有时到南纸店去买一点纸墨笔砚，顺便在街上闲走一会，街坊邻居就可以看到"大太爷"的模样。他长得微胖，稍矮，很结实，留着一把乌黑的浓髯，双目炯炯有神。

杨渔隐不爱理人，有时和一个邻居面对面碰见了，连招呼都不打一个。因此一街人都说杨渔隐架子大，高傲。这实在也有点冤枉了杨渔隐，他根本不认识你是谁！

杨渔隐交游不广，除了几个作诗的朋友，偶然应渔隐折简相邀，到他的书斋里吟哦唱和半天，是没有人敲那扇红漆板扉的。

杨渔隐所做的一件极大的怪事，是他和女用人小莲子结了婚。

这地方把年轻的女用人都叫作"小莲子"。小莲子原来是伺候杨渔隐的夫人的病的，杨渔隐的夫人很喜欢她，一见面就觉得很投缘。杨渔隐的夫人得的是肺痨，小莲子伺候她很周到，给她煎药、熬燕窝、煮粥。杨夫人没有胃口，每天只能喝一点晚米稀粥，就一碟京冬菜。她在床上躺了三年，一天不如一天。她自己知道没有多少日子了，就叫小莲子坐在床前的机凳上，跟小莲子说："我不行了。我死后，你要好好照顾老爷。这样我就走得放心了。我在地下会感激你的。"小莲子含泪点头。

杨夫人安葬之后，小莲子果然对杨渔隐伺候得很周到。每到换季，单夹皮棉，全都准备好了。冬天床上铺了厚厚的稻草，夏天换了凉席。杨渔隐爱吃鱼，小莲子很会做鱼。鳊、白、鳟，清蒸、氽汤，不老不嫩，火候恰到好处。

日长无事，杨渔隐就教小莲子写字（她原来跟杨夫人认了不少字），小字写《洛神赋》，教她读唐诗，还教她作诗。小莲子非常聪明，一学就会。杨渔隐把小莲子的窗课拿给他的作诗的朋友看，他们都大为惊异，连说："诗很像那么回事，小楷也很娟秀，真是有夙慧！夙慧！"

杨渔隐经过长期考虑，跟小莲子提出，要娶她。"你跟我这么久，我已经离不开你，外人也难免有些闲话。我比你大不少岁，有点委屈了你。你考虑考虑。"小莲子想起杨夫人临终的嘱咐，就低了头说："我愿意。"

把房屋裱糊了一下，请诗友写了几首催妆诗，贴在门后，就算办了事。杨渔隐请诗友们不要把诗写得太"艳"，说："我这不是扶正，更不是纳宠，是明媒正娶地续弦，小莲子的品格很高，不可亵玩！"

杨渔隐娶了小莲子，在他们亲戚本家、街坊邻居间掀起了轩然大波。他们认为这简直是岂有此理！这是杨渔隐个人的事，碍着别人什么了？然而他们愤愤不平起来，好像有人踩了他们的鸡眼。这无非是身份门第间的观念作怪。如果杨渔隐不是和小莲子正式结婚，而是娶小莲子为妾，他们就觉得这可以，这没有什么，这行！

杨渔隐对这些议论纷纷、沸沸扬扬，全不理睬。

杨渔隐很爱小莲子，毫不避讳。他时常搀着小莲子的手，到文游台凭栏远眺。文游台是县中古迹，苏东坡、秦少游诗酒流连的地方，西望可见运河的白帆从柳树梢头缓缓移过。这地方离大淖很近，几步就到了。若遇天气晴和，就到西湖泛舟。有人说：这哪里是杨渔隐？这是《儒林外史》里的杜少卿！

杨渔隐忽然得了急病。一支筷子掉到地上，他低头去捡，一头栽下去就没有起来。

小莲子痛不欲生，但是方寸不乱，她把杨渔隐的过继侄子请来，商量了大爷的后事。根据杨渔隐生前的遗志，桐棺薄殓，送入杨氏祖茔安葬，不在家里停灵。

送走了大爷，小莲子觉得心里空得很。她整天坐在杨渔隐的书房里，整理大爷的遗物：藏书法帖、古玩字画、蕉叶白端砚、田黄鸡血图章，特别是杨渔隐的诗稿，全都装订得整整齐齐，一首不缺。

小莲子不见了！不知道她是什么时候走的。厨子老王等了她几天，也不见她回来。老花匠也不见了。老王禀告了杨渔隐的过继侄儿，杨家来人到处看了看，什么东西都井井有条，一样不缺。书桌上留下一把泥金折扇，字是小莲子手写的。"奇怪！"杨家的本家叔伯把几扇房门用封条封了，就带着满脸的狐疑各自回家。厨子老王把泥金折扇偷偷掖了起来，倒了一杯酒，反复看这把扇子，他也说："奇怪！"

老王常在晚上到保全堂药铺找人聊天。杨家出了这样的事，他一到保全堂，大家就围上他问长问短。老王把他所知道的一五一十都说了。还把那把折扇拿出来给大家看。

座客当中有一个喜欢刮话的张汉轩，此人走南闯北，无所不知，是个万事通。他把小莲子写的泥金折扇拿在手里翻来覆去地看，一边摇头晃脑，说："好诗！好字！"大家问他："张老，你对杨家的事是怎么看的？"张汉轩慢条斯理地说："他们不是人。"——"不是人？"——"小莲子不是人。小莲子学作诗、学写字，时间都不长，怎么能到得如此境界？诗有点女郎诗的味道，她读过不少秦少游的诗，本也无足怪。字，是玉版十三行，我们县能写这种字体的小楷的，没人！老花匠也不是人。他种的花别人种不出来。牡丹都起楼子，荷花是'大红十八瓣'，还都勾金边，谁见过？"

"他们都不是人，那，是什么？"

"是狐仙。——谁也不知道他们是从哪里来的，又向何处去了。飘然而来，飘然而去，不是狐仙是什么？"

"狐仙？"大家对张汉轩的高见将信将疑。

小莲子写在扇子上的诗是这样的：

三十六湖蒲荇香，

侬家旧住在横塘。

移舟已过琵琶闸，

万点明灯影乱长。

这需要做一点解释：高邮西边原有三十六口小湖，后来汇在一处，遂成巨浸，是为高邮湖。琵琶闸在南门外，是一个码头。

一九九五年十一月十五日

金冬心^①

召应博学鸿词杭郡金农字寿门别号冬心先生、稽留山民、龙仙客、苏伐罗吉苏伐罗，早上起来觉得很无聊。

他刚从杭州扫墓回来。给祖坟加了加土，吩咐族侄把聚族而居的老宅子修理修理，花了一笔钱。杭州官员馈赠的程仪殊不丰厚，倒是送了不少花雕和莼菜，坛坛罐罐，装了半船。装莼菜的瓷罐子里多一半是西湖水。我能够老是饮花雕酒喝莼菜汤过日脚^②吗？开玩笑！

他是昨天日落酉时回扬州的。刚一进门，洗了脸，给他装裱字画、收拾图书的陈聋子就告诉他：袁子才把十张灯退回来了。是托李馥馨茶叶庄的船带回来的。附有一封信，另外还有十套《随园诗话》。金冬心当时哼了一声。

① 本篇原载《现代作家》1984年第二期；初收《晚饭花集》，人民文学出版社，1985年3月。

② 编者注：过日子。

去年秋后，来求冬心先生写字画画的不多，他又买了两块大砚台，一块红丝碧端，一块蕉叶白，手头就有些紧。进了腊月，他忽然想起一个主意：叫陈聋子用乌木做了十张方灯的架子，四面由他自己书画。自以为这主意很别致。他知道他的字画在扬州实在不大卖得动了，——太多了，几乎家家都有。过了正月初六，就叫陈聋子搭了李馥馨的船到南京找袁子才，托他代卖。凭子才的面子，他在南京的交往，估计不难推销出去。他希望一张卖五十两。少说，也能卖二十两。不说别的，单是乌木灯架，也值个三两二两的。那么，不无小补。

　　袁子才在小仓山房接见了陈聋子，很殷勤地询问了冬心先生的起居，最近又有什么轰动一时的诗文，说："灯是好灯！诗、书、画，可称三绝。先放在我这里吧。"

　　金冬心原以为过了元宵，袁子才就会兑了银子来。不想过了清明，还没有消息。

　　现在，退回来了！

　　袁枚的信写得很有风致："……金陵人只解吃鸭脯，光天白日，尚无目识字画，安能于灯光烛影中别其媸妍耶？……"

　　这个老奸巨猾！不帮我卖灯，倒给我弄来十部《诗话》，让我替他向扬州的醝贾打秋风！——俗！

　　晚上吃了一碗鸡丝面，早早就睡了。

　　今天一起来，很无聊。

　　喝了几杯苏州新到的碧螺春，念了两遍《金刚经》，趿着鞋，到小花圃里看了看。宝珠山茶开得正好，含笑也都有了骨朵了，然而提不起多大兴致。他惦记着那十盆兰花。他去杭州之前，瞿家花园新从福建运到十盆素心兰。那样大的一盆，每盆不愁有百十个箭子！索价五两一盆，不贵！要是袁子才替他把灯卖出去，这十盆建兰就会摆在他的小花圃苇棚下的石条上。这样的兰花，除了冬心先生，谁配？然而……

他踱回书斋里，把袁枚的信摊开又看了一遍，觉得袁枚的字很讨厌，而且从字里行间嚼出一点挖苦的意味。他想起陈聋子描绘的随园：

有几棵柳树，几块石头，有一个半干的水池子，池子边种了十来棵木芙蓉，到处是草，草里有蝲蛄……这样一个破园子，会是江宁织造的大观园吗？可笑！ ① 此人惯会吹牛，装模作样！他顺手把《随园诗话》打开翻了几页，到处是倚人自重，借别人的赏识，为自己吹嘘。有的诗，还算清新，然而，小聪明而已。正如此公自道："诗被人嫌只为多。"再看看标举的那些某夫人、某太夫人的诗，都不见佳。哈哈，竟然对毕秋帆也揄扬了一通！毕秋帆是什么？——商人耳！郑板桥对袁子才曾作过一句总评，说他是"斯文走狗"，不为过分！

他觉得心里痛快了一点，——不过，还是无聊。

他把陈聋子叫来，问问这些天有什么函件简帖。陈聋子捧出了一叠。金冬心拆看了几封，都没有什么意思，问："还有没有？"

陈聋子把脑门子一拍，说："有！——我差一点忘了，我把它

---

① 袁枚曾说大观园就是他的随园。

单独放在拜匣里了。程雪门有一张请帖，来了三天了！"

"程雪门？"

"对对对！请你陪客。"

"请谁？"

"铁大人。"

"哪个铁大人？"

"新放的两淮盐务道铁保珊铁大人。"

"几时？"

"今天！中饭！平山堂！"

"你多误事！——去把帖子给我拿来！——去订一顶轿子！——你真是！——快去！——哎哟！"

金冬心开始觉得今天有点意思了。

等着催请了两次，到第三次催请时，冬心先生换了衣履，坐上轿子，直奔平山堂。

程雪门是扬州一号大盐商，今天宴请新任盐务道，非比寻常！果然，等金冬心下了轿，往平山堂一看，只见扬州的名流显贵都已到齐。藩臬二司、河工漕运、当地耆绅、清客名士，济济一堂。花翎补服，辉煌耀眼；轻衣缓带，意态消闲。程雪门已在正面榻座上陪着铁保珊说话，一眼看见金冬心来了，站起身来，铁保珊早抢步迎了出来。

"冬心先生！久仰！久仰得很哪！"

"岂敢岂敢！臣本布衣，幸瞻丰采！铁大人从都里来，一路风霜，辛苦了！"

“请!”

“请！请!”

铁保珊拉了金冬心入座。程雪门道了一声："得罪!"自去应酬别的客人。大家只见铁保珊倾侧着身子和金冬心谈得十分投机，金冬心不时点头拊掌，不知他们谈些什么，不免悄悄议论。

“雪门今天请金冬心来陪铁保珊，好大的面子!”

“听说是铁保珊指名要见的。”

“金冬心这时候才来，架子搭得不小!”

“看来他的字画行情要涨!”

少顷宴齐，更衣入席。平山堂中，雁翅般摆开了五桌。正中一桌，首座自然是铁保珊。次座是金冬心，金冬心再三谦让，铁保珊一把把他按得坐下，说："你再谦，大家就不好坐了!"金冬心只得从命。程雪门在这桌的主座上陪着。

今天的酒席很清淡。铁大人接连吃了几天满汉全席，实在是没有胃口，接到请帖，说："请我，我到！可是我只想喝一碗晚米稀粥，就一碟香油拌疙瘩丝!"程雪门说一定照办。按扬州请客的规矩，菜单曾请铁保珊过了目。凉碟是金华竹叶腿、宁波瓦楞明蚶、黑龙江熏鹿脯、四川叙府糟蛋、兴化醉蛏鼻、东台醉泥螺、阳澄湖醉蟹、糟鹌鹑、糟鸭舌、高邮双黄鸭蛋、界首茶干拌荠菜、凉拌枸杞头……热菜也只是蟹白烧乌青菜、鸭肝泥酿怀山药、鲫鱼脑烩豆腐、烩青腿子口蘑、烧鹅掌。甲鱼只用裙边。鲟花鱼不用整条的，只取两块嘴后鳃边眼下蒜瓣肉。只取两块瑶柱。炒芙蓉鸡片塞牙，用大兴安岭活捕来的飞龙剁泥、鸽蛋清。烧烤不用乳猪，用果子狸。头菜不用翅唇参燕，清炖杨妃乳——新从江阴运到的河豚鱼。铁大人听说有河豚，说："那得有炒蒌蒿呀！——'竹外桃花三两枝，春江水暖鸭先知。蒌蒿满地芦芽短，正是河豚欲上时'，有蒌蒿，那才配称。"有有有！随饭的炒菜也极素净：素炒蒌蒿薹、素炒金花菜、素炒豌豆苗、素炒紫芽姜、素炒马兰头、素炒凤尾——只有三片叶子的嫩莴苣尖、素烧黄芽白……铁大人听了菜单（他没有看）说是"这样好，'咬得菜根，则百事可做'"。他请金冬心过目，冬心先生说："'一箪食，一瓢饮'，农一介寒士，无可无不可的。"

金冬心尝了尝这一桌非时非地清淡而名贵的菜肴，又想起袁子才，想起他的《随园食单》，觉得他把几味家常鱼肉说得天花乱坠，真是寒乞相，嘴角不禁浮起一丝冷笑。

酒过三巡，铁保珊提出寡饮无趣，要行一个酒令。他提出的这个酒令叫作"飞红令"，各人说一句或两句古人诗词，要有"飞、红"二字，或明嵌，或暗藏，都可以。这令不算苛。他自己先说了两句："花谢花飞飞满天，红消香断有谁怜？"有人不识出处。旁边的人提醒他："《红楼梦》！"这时正是《红楼梦》大行的时候，"开谈不说《红楼梦》，纵读诗书也枉然"，不知出处的怕露怯，连忙说："哦，《红楼梦》！《红楼梦》！"下面也有说"一片花飞减却春"的，也有说"桃花乱落如红雨"的。有的说不上来，甘愿罚酒。也有的明明说得出，为了谦抑，故意说："我诗词上有限，认罚认罚！"借以凑趣的。临了，到了程雪门。

程雪门说了一句：

"柳絮飞来片片红。"

大家先是愕然，接着就哗然了：

"柳絮飞来片片红，柳絮如何是红的？"

"无是理！无是理！"

"杜撰！杜撰无疑！"

"罚酒！罚酒！"

"满上！满上！喝了！喝了！"

程雪门也不知道自己怎么会诌出这样一句不通的诗来，正在满脸紫涨，无地自容，忽听得金冬心放下杯箸，从容言道：

"诸位莫吵。雪翁此诗有出处。这是元人咏平山堂的诗，用于今日，正好对景。"他站起身来，朗吟出全诗：

> 廿四桥边廿四风，
>
> 凭栏犹忆旧江东。
>
> 夕阳返照桃花渡，
>
> 柳絮飞来片片红。

大家一听，全都击掌：

"好诗！"

"好一个'柳絮飞来片片红'！妙！妙极了！"

"如此尖新，却又合情合理，这定是元人之诗，非唐非宋！"

"到底是冬心先生！元朝人的诗，我们知道得太少，惭愧惭愧！"

"想不到程雪翁如此博学！佩服！佩服！"

程雪门哈哈大笑，连说："过奖，过奖！——菜凉了，河豚要趁热!"

于是大家的筷子一齐奔向杨妃乳。

铁保珊拈须沉吟：这是元朝人的诗吗？金冬心真是捷才！出口成章，不动声色。快，而且，好！有意境……

第二天，一清早，程雪门派人给金冬心送来一千两银子。金冬心叫陈聋子告诉瞿家花园，把十盆建兰立刻送来。

陈聋子刚要走，金冬心叫住他：

"不忙。先把这十张灯收到厢房里去。"

陈聋子提起两张灯，金冬心又叫住他：

"把这个——搬走！"

他指的是堆在地下的《随园诗话》。

陈聋子抱起《诗话》，走出书斋，听见冬心先生骂道：

"斯文走狗！"

陈聋子心想：他这是骂谁呢？

一九八三年十月二十五日

文游台 ①

文游台是我们县首屈一指的名胜古迹，台在泰山庙后。

泰山庙前有河，曰澄河。河上有一道拱桥，桥很高，桥洞很大。走到桥上，上面是天，下面是水，觉得体重变得轻了，有凌空之感。拱桥之美，正在使人有凌空感。我们每年清明节后到东乡上坟都要从桥上过（乡俗，清明节前上新坟，节后上老坟）。这正是杂花生树，良苗怀新的时候，放眼望去，一切都使人心情极为舒畅。

澄河产瓜鱼，长四五寸，通体雪白，莹润如羊脂玉，无鳞，无刺，背部有细骨一条，烹制后骨亦酥软可吃。极鲜美。这种鱼别处其实也有，有的地方叫水仙鱼，北京偶亦有卖，叫面条鱼，但我的家乡人认定这种鱼只有我的家乡有，而且只有文游台前面澄河里有！家乡人爱家乡，只好由着他说。不过别处的这种鱼不似澄河产

---

① 本篇原载《散文天地》1993年第五期；初收《草花集》，成都出版社，1993年9月。

的味美，倒是真的，因为都经过冷藏转运，不新鲜了。为什么叫"瓜鱼"呢？据说是因黄瓜开花时鱼始出，到黄瓜落架时就再捕不到了，故又名"黄瓜鱼"。是不是这么回事，谁知道！

泰山庙亦名东岳庙，差不多每个县里都有的，其普遍的程度不下于城隍庙。所祀之神称为东岳大帝。泰山庙的香火是很盛的，因为好多人都以为东岳大帝是管人的生死的。每逢香期，初一十五，特别是东岳大帝的生日（中国的神佛都有一个生日，不知道是从什么档案里查出来的），来烧香的善男信女（主要是信女）络绎不绝。一进庙门就闻到一股触鼻的香气。从门楼到甬道，两旁排列的都是乞丐，大都伪装成瞎子、哑巴、烂腿的残疾人（烂腿是用蜡烛油画的），来烧香的总是要准备一两吊铜钱施舍给他们的。

正面是大殿，神龛里坐着大帝，油白脸，疏眉细目，五绺长须，颇慈祥的样子。穿了一件簇新的大红蟒袍，手捧一把折扇。东岳大帝何许人也？据说是《封神榜》上的黄飞虎！

正殿两旁，是"七十二司"，即阴间的种种酷刑，上刀山、下油锅、锯人、磨人……这是对活人施加的精神威慑：你生前做坏事，死后就是这样！

我到泰山庙是去看戏。

正殿的对面有一座戏台。戏台很高，下面可以走人。这倒也好，看戏的不会往前头挤，因为太靠近，看不到台上的戏。

戏台与正殿之间是观众席。没有什么"席"，只是一片空场，看戏的大都是站着。也有自己从家里扛了长凳来坐着看的。

没有什么名角，也没有什么好戏。戏班子是"草台班子"，因为只在里下河一带转，亦称"下河班子"。唱的是京戏，但有些戏是徽调。不知道为什么，哪个班子都有一出《杨松下书》。这出戏剧情很平淡，我小时最不爱看这出戏。到了生意不好，没有什么观众的时候（这种戏班子，观众入场也还要收一点钱），就演三本《铁公鸡》，再不就演《九更天》《杀子报》。演《杀子报》是要加钱的，因为下河班子的闻太师勾的是金脸。下河班子演戏是很随便的，没有准纲准词。只有一年，来了一个叫周素娟的女演员，是个正工青衣，在南方的科班时坐科学过戏，唱戏很规矩，能唱《武家坡》《汾河湾》这类的戏，甚至能唱《祭江》《祭塔》……我的家乡真懂京戏的人不多，但是在周素娟唱大段慢板的时候，台下也能鸦雀无声，听得很入神。周素娟混得到里下河来搭班，是"卖了胰子"落魄了。有一个班子有一个大花脸，嗓子很冲，姓颜，大家就叫他颜大花脸。有一回，我听他在戏台旁边的廊子上对着烧开水的"水锅"大声嚷嚷："打洗脸水！"我从他的声音里听出了一腔悲愤，满腹牢骚。我一直对颜大花脸的喊叫不能忘。江湖艺人，吃这碗开口饭，是充满辛酸的。

泰山庙正殿的后面，即属于文游台范围，沿砖路北行，路东有秦少游读书台。更北，地势渐高即文游台。台基是一个大土墩。墩之一侧为四贤祠。四贤名字，说法不一。这本是一个"淫祠"，是一位蒲圻"先生"把它改造了的。蒲圻先生姓胡，字尧元。明代张綖《谒文游台四贤祠》诗云："迩来风流文澌烬，文游名在无遗踪。虽有高台可游眺，异端丹碧徒穹窿。嘉禾不植稂莠盛，邦人奔走如狂朦。蒲圻先生独好古，一扫陋俗隆高风。长绳倒拽淫象出，易以四子衣冠容。"这位蒲坼先生实在是多事，把"淫象"留下来让我们看看也好。我小时到文游台，不但看不到淫象，连"四子衣冠容"也没有，只有四个蓝地金字的牌位。墩之正面为盍簪堂。"盍簪"之名，比较生僻，出处在《易经》。《易·豫》："勿疑，朋盍簪。"王弼注："盍，合也；簪，疾也。"孔颖达疏："群朋合聚而疾来也。"如果用大白话说，就是"快来堂"。我觉得"快来堂"也挺不错。我们小时候对盍簪堂的兴趣比四贤祠大得多，因为堂的两壁刻着《秦邮帖》。小时候以为帖上的字是这些书法家在高邮写的。不是的。是把各家的书法杂凑起来的（帖都是杂凑起来的）。帖是清代嘉庆年间一个叫师亮采的地方官属钱梅溪刻的。钱泳《履园丛话》："二十年乙亥……是年秋八月为韩城师禹门太守刻《秦邮帖》四卷，皆取苏东坡、黄山谷、米元章、秦少游诸公书，而殿以松雪、华亭二家。"曾有人考证，帖中书颇多"赝鼎"，是假的，我们不管这些，对它还是很有感情。我们用薄纸蒙在帖上，用铅笔来回磨蹭，把这些字"搨"下来带回家。有时翻出来看看，觉得字都很美。

　　盍簪堂后是一座木结构的楼，是文游台的主体建筑。楼颇宏大，东西两面都是大窗户。我读小学时每年"春游"都要上文游台，趴在两边窗台上看半天。东边是农田，碧绿的麦苗，油菜、蚕豆正在开花，很喜人。西边是人家，鳞次栉比。最西可看到运河堤上的杨柳，看到船帆在树头后面缓缓移动。缓缓移动的船帆叫我的心有点酸酸的，也甜甜的。

　　文游台的出名，是因为这是苏东坡、秦少游、王定国、孙莘老聚会的地方，他们在楼上饮酒、赋诗、倾谈、笑傲。实际上文游诸贤之中，最牵动高邮人心的是秦少游。苏东坡只是在高邮停留一个很短的时期，王定国不是高邮人。孙莘老不知道为什么给人一个很古板的印象，使人不大喜欢。文游台实际上是秦少游的台。

秦少游是高邮人的骄傲，高邮人对他有很深的感情，除了因为他是大才子，"国士无双"，词写得好，为人正派，关心人民生活（著过《蚕书》）……还因为他一生遭遇很不幸。他的官位不高，最高只做到"正字"，后半生一直在迁谪中度过。46 岁"坐党籍"改馆阁校勘，出为杭州通判。这一年由于御史刘拯给他打了小报告，说他增损《实录》，贬监处州酒税。叫一个才子去管酒税，真是令人啼笑皆非。48 岁因为有人揭发他写佛书，削秩徙郴州。50 岁，迁横州。51 岁，迁雷州。几乎每年都要调动一次，而且越调越远。后来朝廷下了赦令，廷臣多内徙，少游启程北归，至藤州，出游光华亭，索水欲饮，水至，笑视之而卒，终年 53 岁。

迁谪生活，难以为怀，少游晚年诗词颇多伤心语，但他还是很旷达，很看得开的，能于颠沛中得到苦趣。明陶宗仪《说郛》卷八十二：

> 秦观南迁，行次郴道遇雨，有老仆滕贵者，久在少游家，随以南行，管押行李在后，泥泞不能进，少游留道旁人家以候，久之方盘跚策杖而至，视少游叹曰："学士，学士！他们取了富贵，做了好官，不枉了恁地，自家做甚来陪奉他们！波波地打闲官，方落得甚声名！"怒而不饭。少游再三勉之，曰："没奈何。"其人怒犹未已，曰："可知

是没奈何！"少游后见邓博文言之，大笑，且谓邓曰："到京见诸公，不可不举似以发大笑也。"

　　我以为这是秦少游传记资料中写得最生动的一则，而且是可靠的。这样如闻其声的口语化的对白是伪造不来的，这也是白话文学史中很珍贵的资料，老仆、少游，都跃然纸上。我很希望中国的传记文学、历史题材的小说、戏曲都能写成这样。然而可遇而不可求。现在的传记历史题材的小说，都空空廓廓，有事无人，而且注入许多"观点"，使人搔痒不着，吞蝇欲吐。历史电视连续剧则大多数是胡说八道！

　　东坡闻少游凶信，叹曰："少游已矣，虽万人何赎！"呜呼哀哉。

一九九三年四月十九日

阴城[①]

    草巷口往北，西边有一个短短的巷子。我的一个堂房叔叔住在这里。这位堂叔我们叫他小爷。他整天不出门，也不跟人来往，一个人在他的小书房里摆围棋谱，养鸟。他养过一只鹦鹉，这在我们那里是很少见的。我有时到小爷家去玩，去看那只鹦鹉。

    小爷家对面有两户人家，是种菜的。

    由小爷家门前往西，几步路，就是阴城了。

    阴城原是一片古战场，韩世忠的兵曾经在这里驻过。有人捡到过一种有耳的陶壶，叫作"韩瓶"，据说是韩世忠的兵用的水壶，用韩瓶插梅花，能够结子。韩世忠曾在高邮驻守，但是没有在这里打过仗。韩世忠确曾在高邮署境击败过金兵，但是在三垛，不在高邮城外。有人说韩瓶是韩信的兵用的水壶，似不可靠，韩信好像没

---

① 本篇原载《收获》1998 年第一期；初收《汪曾祺全集》第六卷，北京师范大学出版社，1998 年 8 月。

有在高邮屯过兵。

看不到什么古战场的痕迹了，只是一片野地，许多乱葬的坟，因此叫作"阴城"。有一年地方政府要把地开出来种麦子，挖了一大片无主的坟，遍地是糟朽的薄皮棺材和白骨。麦子没有种成，阴城又成了一片野地，荒坟累累，杂草丛生。

我们到阴城去，逮蚂蚱，掏蛐蛐，更多的时候是去放风筝。

小时候放三尾子，这是最简单的风筝。北京叫屁股帘儿，有的地方叫瓦片。三根苇篾子扎成一个"干"字，糊上一张纸，四角贴"云子"，下面粘上三根纸条就得。

稍大一点，放酒坛子，篾架子扎成绍兴酒坛状，糊以白纸；红鼓，如鼓形；四老爷打面缸，红鼓上面留一截，露出四老爷的脑袋——一个戴纱帽的小丑；八角，两个四方的篾框，交错为八角；在八角的外边再套一个八角，即为套角，糊套角要点技术，因为两个八角之间要留出空隙。红双喜，那就更复杂了，一般孩子糊不了。以上的风筝都是平面的，下面要缀很长的麻绳的尾巴，这样上天才不会打滚。

风筝大都带弓。干蒲破开，把里面的瓤刮去，只剩一层皮。苇秆弯成弓，把蒲绷在弓的两头，缚在风筝额上，风筝上天，蒲弓受风，汪汪地响。

我已经好多年不放风筝了。北京的风筝和我家乡的，我小时糊过、放过的风筝不一样，没有酒坛子，没有套角，没有红鼓，没有四老爷打面缸。北京放的多是沙燕儿，我的家乡没有沙燕儿。

牌坊 ^①

——故乡杂忆

臭河边南岸有三座贞节牌坊。三座牌坊大小、高矮、式样差不多，好像三姊妹，都是白石头；重檐，方柱；横枋当中有一块微向前倾的长方石头，像一本洋装书。上刻两个字"圣旨"。这三座牌坊旌表的是什么人，谁也没有注意过。立牌坊的年月是刻在横枋的左侧的，但是也没有人注意过。反正是有了年头了。牌坊整天站着，默默无言。太阳好的时候，牌坊把影子齐齐地落在前面的土地上。下雨天，在大雨里淋着。每天黄昏，飞来很多麻雀，落在石檐下面、石枋石柱的缝隙间，叽叽喳喳，叫成一片。远远走过来，好像牌坊自己在叫。

听到过一个关于牌坊的故事。

---

① 本篇原载《草花集》，成都出版社，1993 年 9 月；又载《东方文化》创刊号（1993 年 10 月出版）。

有一家，姓徐，是个书香人家，徐少爷娶妻白氏，貌美而贤惠，知书达理。不幸徐少爷得了一场伤寒，早离尘世。徐少奶奶这时才二十四五岁，年轻守寡。徐少爷留下一个孩子，才三岁。徐少奶奶就守着这个孩子，教他读书习字。

转眼二十年过去了，孩子已经长大成人。孩子很聪明，也用功，功名顺利，由秀才、举人，一直到中了进士。

这年清明祭祖，徐氏族人聚会，说起白夫人年轻守节，教子成名，应该申报旌表，为她立牌坊。儿子觉得在理，就回家对母亲说明族人所议。

白夫人一听，大怒，说：

"我不要立牌坊！"

说着从床下拖出一条柳条笆斗，笆斗里是一斗铜钱。白夫人把铜钱往地板上一倒，说：

"这就是我的贞节牌坊！"

原来白夫人每到欲念升起，脸红心乱时，就把一斗铜钱倒在地板上，滚得哪儿都是，然后俯身一枚一枚地拾起来，这样就岔过去了。

儿子从此再也不提立牌坊的事。

故乡水[①]

这是三年前的事了。

我坐了长途汽车回我的久别的家乡去。真是久别了啊，我离乡已经四十年了。车上的人我都不认识，他们也都不认识我。他们都很年轻。他们用我所熟悉而又十分生疏了的乡音说着话。我听着乡音，不时看看窗外。窗外的景色依然有着鲜明的苏北的特点，但于我又都是陌生的。宽阔的运河、水闸、河堤上平整的公路、新盖的民房……

快到车逻了。过了车逻，再有十五里，就是我的家乡的县城了，我有点兴奋。

在车逻，我遇见一件不愉快的事。

车逻是终点前一站，下车，上车的不少，车得停一会。一个脏

① 本篇原载《中国》1985年第二期；初收《汪曾祺全集》第三卷，北京师范大学出版社，1998年8月。

乎乎的人夹在上车的旅客中间挤上来了。他一上车，就伸开手向人要钱：

"修福修寿！修儿子！修孙子！"

"修福修寿！修儿子！修孙子！"

他用了我所熟悉的乡音向人乞讨。这是我十分熟悉的乡音。四十年前，我的家乡的乞丐就是用这样的言词要钱的。真想不到，今天还有这样的乞丐，并且还用了这种的言词乞讨。我讨厌这个人，讨厌他的声音和他乞讨时的神情。他并不悲苦，只是死皮赖脸，而且有点玩世不恭。这人差不多有六十岁了，但是身体并不衰惫。他长着一张油黑色的脸，下巴翘出，像一个瓢把子。他浑身冒出泔水的气味。他的裤裆特别肥大，并且拦裆补了很大的补丁。他有小肠气，——这在我的家乡叫作"大卵泡"。

他把肮脏的右手伸向一个小青年：

"修福修寿！修儿子！修孙子！"

邻座另一个小青年说：

"人家还没有结婚！"

"——修个好老婆！"

几个青年同时哄笑起来。我不知道为什么这样一句话会使得他们这样的高兴。

车上有人给他一角钱、五分钱……

上车的客人都已坐定，车要开了，他赶快下车。不料司机一关车门，车子立刻开动，并且开得很快。

"哎！哎！我下车！我下车！"

司机扁着嘴笑着，不理他。

车开出三四里，司机才减了速，开了车门，让他下去。司机存心捉弄他，要他自己走一段路。

他下了车，用手对汽车比划着，张着嘴，大概是在咒骂。他回头向车逻方向走去，一拐一拐的，样子很难看，走得却并不慢。

车上几个小青年看着他的蹒跚的背影，又一起快活地哄笑起来。

这个人留给我的印象是：丑恶；而且，无耻！

我这次回乡，除了探望亲友，给家乡的文学青年讲讲课，主要的目的是想了解了解家乡水利治理的情况。

我的家乡苦水旱之灾久矣。我的家乡的地势是四边高，当中洼，如一个水盂。城西面的运河河底高于城中的街道，站在运河堤上可以俯瞰堤下人家的屋顶。运河经常决口。五年一小决，十年一大决。民国二十年的大水灾我是亲历的，死了几万人。离我家不远的泰山庙就捞起了一万具尸体。旱起来又旱得要命。离我家不远有一条澄子河，河里能通小轮船，可到一沟、二沟、三垛，直达邻县兴化。我在《大淖记事》中写到的就是这条河。有一年大旱，澄子河里拉了洋车！我的童年的记忆里，抹不掉水灾、旱灾的怕人景象。在外多年，见到家乡人，首先问起的也是这方面的情况。有一个在江苏省水利厅工作的我的初中同学有一次到北京开会，来看我。他告诉我，我们家乡的水治好了。因为修了江都水利枢纽，筑了洪泽湖大坝，运河的水完全由人力控制了起来，随时可以调节。水大了，可以及时排出；水不足，可以把长江水调进来——家乡人现在可以吃到江水，水灾、旱灾一去不复返了！县境内河也都重新规划调整了；还修了好多渠道，已经全面实现自流灌溉，我听了，很为惊喜。因此，县里发函邀请我回去看看，我立即欣然同意。

运河的改变我在路上已经看到了，我住的招待所离运河不远，几分钟就走上河堤了。我每天起来，沿着河堤从南门走到北门，再折回来。运河拓宽了很多。我们小时候从运河东堤坐船到西堤去玩，两篙子就到了。现在坐轮渡，得一会子。河面宽处像一条江了。原来的土堤全部改为石工，堤面也很宽，堤边密密地种了两层树。在堤上走走，真是令人身心舒畅。

我翻阅了一些资料，访问了几位前后主持水利工作的同志，还参观了两个公社。

农村的变化比城里要大得多。这两个公社的村子我小时候都去过，现在简直一点都认不出了。田都改成了"方田"，到处渠网纵横，照当地的说法是"田成方，渠成网"。渠道都是正南正北，左东右西。渠里悠悠地流着清水，渠旁种了高大的芦竹或是杞柳，杞柳我们那里原来都叫作"笆斗柳"，是编笆斗的，大都是野生的。现在广泛种植了。我和陪同参观的同志在渠边走着，他们告诉我这条渠"一步一块钱"，是说每隔一步，渠边每年可收价值一块钱的柳条。柳条编制的柳器是出口的。我走了几个大队，没有发现一挂过去农村随处可见的龙骨水车，问：

"现在还能找到一挂水车吗？"

"没有了！这东西已经成了古董。现在是，要水一扳闸，看水穿花鞋。——穿了花鞋浇水，也不会沾一点泥。"

"应当保留一挂，放在博物馆里，让后代人看看。"

"这家伙太大了！——可以搞一个模型。"

我问起县里的自流灌溉是怎么搞起来的。

陪同的同志告诉我，要了解这个，最好找一个人谈谈。全县自流灌溉首先搞起来的，是车逻，车逻的自流灌溉是这个人搞起来的。这人姓杨，他现在调到地区工作了，不过家还没有搬，他有时回县里看看。我于是请人代约，想和他见见。

不料过了两天，一大早，这位老杨就到招待所来找我了。

下面就是老杨同志和我谈话的纪要：

"我是新四军小鬼出身，没搞过水利。

"那时我还年轻，在车逻当区长。

"车逻的粮食亩产一向在全县是最高的，——当然不能和现在比。现在这个县早过了'千斤县'，一般的亩产都在一千五百斤以上，有不少地方过了'吨粮'——亩产二千斤。那会，最好的田，亩产五百斤，一般的一二百斤。车逻那时的亩产就可达五百斤。但是农民并不富裕，还是很穷。为什么？因为农本高。高在哪里？车水。车逻的田都是高田。那时候，别处的田淹了，车逻是好年成。平常，每年都要车水。车逻的水车特别长！别处的，二十四轧，算是大水车了。车逻的：三十二轧，三十四轧，三十六轧！有的田得用两挂三十六轧大车接起来，才能把水车上来！车水是最重的农活。到了车栽秧水的日子，各处的人都来。本地的，兴化、泰州，甚至盐城的，都来。工钱大，吃食也好。一天吃六顿，顿顿有酒有肉。农本高，高就高在这上头。一到车水是'外头不住地嗷'——

车水都要敲锣鼓；'家里不住地烧'——烧吃的；'心里不住地焦'——不知道今天能不能把田里的水上满，一到太阳落山，田里有一角上不到水，这家子哭咧，——这一年都没指望了。"

我有点不明白，为什么栽秧水必须一天之内车好，第二天接着车不行吗？但是我没有来得及问。

"'外头不住地敲，家里不住地烧，心里不住地焦'，真是一点都不错呀！

"大工钱不是好拿的，好茶饭不是好吃的。到车水的日子，你到车逻来看看，那真叫'紧张热烈'。到处是水车，一挂一挂的长龙。锣鼓敲得震天响。看，是很好看的：车水的都脱光了衣服，除了一个裤头子，浑身一丝不挂，腿上都绑了大红布裹腿。黑亮的皮肉，大红裹腿，对比强烈，真有点'原始'的味道。都是年青的小伙，——上岁数的干不了这个活，身体都很棒，一个赛似一个，赛着踩。几挂大车约好，看哪一班子最后下车杠。坚持不住，早下的，认输。敲着锣鼓，唱着号子。车水有车水的号子，一套一套的：'四季花''古人名'……看看这些小伙，好像很快活，其实是在拼命。有的当场就吐了血。吐了血，抬了就走，二话不说，绝不找主家的麻烦。这是规矩。还有的，踩着踩着，不好了：把个大卵子忑下来了！"

我的家乡把忽然漏下来叫 te，有音无字，恐怕连《康熙字典》里都查不到，我只好借用了这个"忑"字，在音义上还比较相近。我找不到别的字来代替它，用别的字都不能表达那种感觉。

我问他，我在车逻车站遇见的那个伸手要钱的人，是不是就是这样得下的病。

"就是的！这人原来是车水的一把好手。他丧失了劳动力，什么也干，最后混成了这个样子！——我下决心搞自流灌溉和这病有直接关系。

"那年征兵我跟着医生一同检查应征新兵的体格，——那时的区长什么事都要管。检查结果，百分之八十不合格！——都有轻重不等的小肠气。我这个区的青年有这样多的得小肠气的，我这个区长睡不着觉了！

"我想：车逻紧挨着运河，为什么不能用上运河水，眼瞧着让运河好水白白地流掉？车逻田是高田，但是田面比运河水面低，为什么不能把运河水引过来，浇到田里？为什么要从下面的河里费那样大的劲把水车上来？把运河堤挖通，安上水泥管子，不就行了吗？

"要什么没有什么。没有经费。——我这项工程计划没有报请上级批准，我不想报。报了也不会批。我这是自作主张，私下里干的。没有经费怎么办？我开了个牛市。"

"牛市？"

"买卖耕牛。区长做买卖，谁也没听说过。没听说过吧。我这牛市很赚钱，把牛贩子都顶了！

"有了钱，我就干起来了！我选了一个地方，筑了一圈护堤。——这一点我还知道。不筑护堤，在运河堤上挖开口子，那还得了！让河水从护堤外面走。我给运河东堤开了膛，安下管子，下了闸门，再把河堤填合，我以为这就万事大吉了。一开闸，水流过来了！水是引过来了，可是乱流一气！咳！我连要修渠都不知道！现在人家把我叫成'水利专家'。真是天晓得！我最初是什么也不懂的。

"怎么办？我就买了书来看。只要是跟水利有关的，我都看。我那阵看的书真不少！我又请教了好几位老河工。决定修渠！

"一修渠，问题就来了。为了省工、省料，用水方便，渠道要走直线，不能曲曲弯弯的。这就要占用一些私田。——那阵还没有合作化，田还是各家各户的。渠道定了，立了标杆，画了灰线，就从这里开，管他是谁家的田！农民对我那个骂呀！我前脚走，后脚就有人跳着脚骂我的祖宗八代。骂吧，我只当没听见。我随身都带着枪，——那阵区长都有枪，他们也不敢把我怎么样。

"有一家姓罗的，五口人。渠正好从他家的田中间穿过。罗老头子有一天带了一根麻绳来找我，——他要跟我捆在一起跳河。他这是找我拼命来了。这里有这么一种风俗，冤仇难解，就可以找仇人捆在一起跳河，——同归于尽。他跟我来这一套！我才不理他。我夺过他手里的麻绳，叫民兵把他捆起来，关在区政府厢屋里。直到渠修成了，才放了他。

"修渠要木料，要板子。——这一点，你这个作家大概不懂。不管它，这纯粹是技术问题。我上哪里找木料去？我想了想：有了！挖坟！我把挖出来的棺材板，能用的，都集中起来，就够用了。我可缺了大德了，挖人家的祖坟，这是最缺德的事。我这是没有办法中的办法。为了子孙，得罪祖宗，只好请多多包涵了！经我手挖的坟真不少！

"这就更不得了了！我可捅了个大马蜂窝，犯了众怒。当地人联名控告了我，说我'挖掘私坟'。县里、地区、省里，都递了状子。地委和县委组织了调查组，认为所告属实，我这是严重违法乱纪。地委发了通报，撤了我的职，党内留党察看，——我差一点把党籍搞丢了。

"'违法乱纪'，我确实是违法乱纪了，我承认。对于给我的处分我没有意见。

"不过，车逻的自流灌溉搞成了。

"就说这些吧。本来想请你上我家喝一盅酒，算了吧，——人言可畏。我今天下午走，回来见！"

对于这个人的功过我不能估量，对他的强迫命令的作风和挖掘私坟的做法也无法论其是非。不过我想，他的所为，要是在过去，会有人为之立碑以记其事的。现在不兴立碑，——"树碑立传"已经成为与本义相反用语了，不过我相信，在修县志时，在"水利"项中，他做的事会记下一笔的。县里正计划修纂新的县志。

这位老杨中等身材，面白皙，说话举止温文尔雅，像一个书生，完全不像一个办起事来那样大刀阔斧、雷厉风行的人。

我忽然好像闻到一股修车轴用的新砍的桑木的气味和涂水车龙骨用的生桐油气味。这是过去初春的时候在农村处处可以闻到的气味。

再见，水车！

甓射珠光 [①]

我小时学刻图章，第一块刻的是长方形的阳文"珠湖人"。

沈括《梦溪笔谈》：

> 嘉祐中，扬州有一珠甚大，天晦多见。初出于天长县
> 陂泽中，后转入甓射湖，又后乃在新开湖中，凡十余年，
> 居民行人，常常见之。予友人书斋在湖上，一夜忽见其珠
> 甚近。初微开其房，光自吻中出，如横一金线；俄顷忽张
> 壳，其大如半席，壳中白光如银，珠大如拳，烂然不可正
> 视，十余里间林木皆有影，如初日所照，远处但见天赤如
> 野火；倏然远去，其行如飞，浮于波中，杳杳如日。古有
> 明月之珠，此珠殊不类月，荧荧有芒焰，殆类日光。崔伯

---

① 本篇原载 1988 年 11 月 17 日《中国物资报》；初收《汪曾祺全集》第四卷，北京师范
大学出版社，1998 年 8 月。

易尝为《明珠赋》。伯易，高邮人，盖常见之。近岁不复出，不知所往。樊良镇正当珠往来处，行人至此，往往维船数宵以待现，名其亭为"玩珠"。

这就是所谓"甓射珠光"。甓射湖即高邮湖。"甓射珠光"是"秦邮八景"之一，甚至是八景之首。因为曾经有过那么一颗珠子，高邮湖又称"珠湖"。这个地名平常不大有人用，只有画家题画时偶尔一用。

关于这颗珠子最早的记载大概是沈括的《笔谈》（崔伯易的《明珠赋》今不传）。这则笔谈不但详细，而且写得非常生动，使人有如目睹。"十余里间林木皆有影，如初日所照，远处但见天赤如野火；倏然远去，其行如飞，浮于波中，杳杳如日"，这是何等神奇的景象啊！我们小时候都听大人谈过这颗神珠，与《笔谈》所记相差不多，其所根据，大概也就是《笔谈》。高邮人都应该感谢沈括，多亏他记载了这颗珠子，使我们的家乡多了一笔美丽的虹彩。否则，即使口耳相传，一代又一代，因为不曾见诸文字，听的人也是不会相信的，因为这颗珠子实在太"神"了。

沈括的记载大概是可靠的。沈括是个很严肃的人，《笔谈》虽亦记"神奇""异事"，但他不是专门搜神志怪的人，即使是神奇、异事，也多有根据，不是道听途说，捕风捉影。这则《笔谈》所以可信：一是有准确的时间，"嘉祐中"（距今约九百三十年）；二是他是亲自听"友人"说的。这位友人不会造谣。

这究竟是什么东西？曾经有人写过一篇文章，认为这是从外星发来的异物，地球上是不可能有发出那样的强光，其行如飞的东西的。这只是猜测。我宁可相信，这就是一颗很大的珠子。这颗大珠子早已不知所往，不会再出现了（多么神奇的珠贝也活不到九百多年），但是它会永远存在于人们的想象之中。在修县志时也不妨仍然把"氅射珠光"这个事实上不存在的一景列入"八景"之中。珠子没有了，湖却是在的。

我刻的那块"珠湖人"的图章早已不知去向。我还记得图章的样子，长一寸，阔三分，是一块肉红色的寿山石。

一九八八年十月八日

猎猎[1]

——寄珠湖

　　将暝的夕阳，把他的"问路"[2]在背河的土阶上折成一段段屈曲的影子，又一段段让它们伸直，引他慢步越过堤面，坐到临水的石级旁的土墩上，背向着长堤风尘中疏落的脚印；当牧羊人在空际振一声长鞭，驱饱食的羊群归去，一行雁字没入白头的芦丛的时候。

　　脚下，河水咝咝的流过：因为入秋，萍花藻叶早连影子也枯了，遂越显得清洌；多少年了，它永远平和又寂寞的轻轻唱着。隔河是一片茫茫的湖水，杳无边涯，遮断旅人底眼睛。

　　现在，暮色从烟水间合起，教人猛一转念，大为惊愕：怎么，天已经黑了！什么时候开始的呢？像从终日相守的人的面上偶然发现一道衰老的皱纹一样，几乎是不能置信的，然而的确已经黑了，

---

①　本篇原载 1941 年 1 月 6 日重庆《大公报·文艺》，又载 1941 年 4 月 25 日桂林《大公报》。

②　盲人手中的竹杖。

你看湖上已落了两点明灭的红光（是寒星？渔火？），而且幽冥钟声已经颤抖在渐浓的寒气里了。

——而他，仍以固定的姿势坐着，一任与夜同时生长的秋风在他疏疏的散发间吹出欲绝的尖音：两手抱膝，竹竿如一个入睡的孩子，倚在他的左肩；头微前仰，像是瞩望着辽远的，辽远的地方。

往常，当有一只小轮船泊在河下的，你看白杨的干上不是钉有一块铁皮的小牌子，那是码头的标记了。既泊船，岸边便不这般清冷，船上油灯的光从小窗铁条栏栅中漏出，会在岸上画出朦胧的、单调的黑白图案，风过处，撼得这些图案更昏晕了，一些被旅栈伙计从温热的梦中推醒的客人，打一盏灯笼，或燃一枝蘸着松脂的枯竹，缩着肩头，摇摇地走过搭在石级上的跳板（虽然永远是漂泊的，却有归家的那一点急切）。跨入舱中，随便又认真地拣一个位置，安排下行囊，然后亲热的向陌生的人点一点头（即使第一个进舱的人也必如是，尽管点头之后，一看，向自己点头的只是自己的影子，会寂寞的笑起来），我们不能诬蔑这一点头里的真诚，因为同舟人有同一的命运，而且这小舱是他们一夜的家。

旅行人跨出乡土一步，便背上一份沉重的寂寞，每个人知道浮在水上的梦，不会流到亲人的枕边，所以他们都不睡觉，且不惜自己的言语，为了自己，也为了别人，话着故乡风物，船上是不容有一分拘执的。也许在奉一支烟，借一个火中结下以后的因缘，然而这并不能把他们从寂寞中解脱出来——孤雁打更了，有人问："还有多少时候开船？"而答话大概是："快了吧？"并且，船开之后，寂寞也并不消减，船的慢度会令年青人如夏天痱子痒起来一般的难受，于是你听："下来多少里哩?""还有几里?"旅行的人怀一分意料中的无聊。

而他，便是清扫舱中堆积的寂寞者。

轮船上吹了催客的唢呐后，估量着客人大概都已要了一壶茶或四两酒，嚼着卤煮牛肉，嗑着葵花子了，他，影子似的走入舱里，寻找熟习的声音打着招呼，那语调稍带着一点卑谦：

"李老板，近来发财!"

"哦，张先生，您还是上半月打这儿过的，这一向好哇!"

听着冲茶时的水声的徐急，辨出了那茶房是谁，于是亲狎的呼着他的小名，道一声辛苦。

人们，也都不冷落他。

然后，从大襟内摸出一面磁盘，两支竹筷，叮叮当当的敲起来。我不能说这声音怎么好听，但总不会教你讨厌就是了，在静夜里，尤能给你意外的感动。盘声乍歇，于是开始他的似白似唱的歌，他唱的沿河的景物，一些茁蔓在乡庄里的朴野又美丽的传说，他歌唱着自己，轻拍着船舷的流水，做他歌声的伴奏。

他的声音，清晰，但并不太响，使流连于梦的边界的人听起来，疑是来自远方的；但如果你浮游于声音之外，那你捕捉灯下醉人的呢语去，它不会惊破一分。

并且他会解答你许多未问出的问题，这些问题在生客是有趣味的，而老客人也决不会烦厌：

"这儿啦，古时候不是这样的：湖在城那边，而城建立在现在湖的地方。前年旱荒时，湖水露了底，曾有人看见淤泥里有街路的痕迹，还有人拾到古瓶，说是当年城中一所大寺院的宝塔顶子。你瞧这堤面多高，哪有比城垛还高的堤？要不是刘伯温的九条铜牛镇住啊，湖水早想归到老家这边来了。"

"这会儿大概是子下三刻了吧，白衣庵的钟声渐渐懒了。"

"船慢了，河面狭了呢。开快了伤了堤，两岸的庄稼人老不声不响地乱抢砖头石块儿，一回竟开枪伤了船上的客人，所以一到这段，不敢不放慢了，这年头……"

"不远便是二郎庙，你听，水声有点不同是吧，船正在拐弯儿呢！"

"船到清水潭要停的，那儿有上好的美酒，糟青鱼的味道就不用提，到万河一带的，可以往王家店一住，明儿雇个小驴儿上路。……"

船俯身过了桥洞，唢呐儿第二次响起，不管有无上下的客人，照例得停一下的，他收起盘子里零散的钱，掇了盘子，向客人们道一声珍重，上了岸了，踏上迢迢的归路。长堤对于每个脚履的亲抚都是感谢的，何况他还有一根忠实的竿儿，告诉他前面有新掘的小沟，昨天没有的土冢。夜对于他原是和白昼一样，龙王庙神龛下的草荐又在记忆中招诱着他，所以，虽然处处有秋风作被，他仍旧要返到他的"家"里去。他走着，如走在一段平凡的日子里。

他的生涯的另一方面是围在小孩们短短的手臂里：教他们唱歌，跟他们说故事，使他们澄澈的眼里梦寐着一些缥缈的事物，以换取一点安慰，点缀在他如霜的两鬓间。记得我小的时候，曾经跟他学会唱：

巴根草，

绿莹莹，

唱个歌儿姐姐听。

而"秋虎妈妈"的故事，还似一片落在静水里的花瓣，微风过有时会泛上一点鲜红（祝福它永远不要腐烂）。

（如今怕要轮到我们的子侄辈来听他的了。）

你要问他为什么如此熟习于河上的风物，河又为什么对他如此亲切吧？他是河之子，把年青的一段日子消磨在这只小轮上，那时他是个令同辈人羡嫉，老年人摇头的水手啊，而那时候，船也是年轻的。

他本有一个女儿，死了，死在河那边的湖里（关于他女儿的事容我下回再告诉你吧）。

他的眼睛是什么时候瞎了的呢？我不知道，而且我们似乎忘了他是个瞎子，像他自己已经忘了不瞎的时候一样。但是他本来有一对善于问询与答话的美丽的眼睛，也许，也许他的瞎与眼睛的美丽有关系的吧？年青的人，凭自己想去吧！

荒鸡在叫头遍了，被寒气一扑又把声音咽下，仍把头缩在翅膀里睡了，他还坐在猎猎的秋风里，比夜更静穆，比夜的颜色更深。

轮船今夜还会来吗？它也如一个衰颓的老人，在阴天或节气时常常要闹闹筋骨酸痛什么的。

你还等什么呢？呵哟，你摸摸草叶子看，今夜的露水多重！

脚下，流水永远平和又寂寞地唱着，唱着。

皇帝的诗[①]

　　我的家乡高邮是个泽国，经常闹水灾。境内有高邮湖，往来旅客，多于湖边泊船，其中不乏骚人墨客，写了一些诗。高邮县政协孟城诗社寄给我一册《珠湖吟集》，是历代写高邮湖的。我翻看了一遍，不外是写湖上风景、水产鱼虾，写旅兴或旅愁，很少涉及人民生活的，大都无甚深意，没有什么分量。看多了有喝了一肚子白开水之感。奇怪的是，写得很有分量的，倒是两位清朝皇帝的诗。一首是康熙的，一首是乾隆的，录如下：

高邮湖见居民田庐多在水中因询其故恻然念之

康熙

淮扬罹水灾，流波常浩浩。

---

① 本篇原载《鸭绿江》1991 年第二期；初收《汪曾祺小品》，中国人民大学出版社，1992 年 10 月。本文是节选。

龙舰偶经过，一望类洲岛。

田亩尽沉沦，舍庐半倾倒。

茕茕赤子民，栖栖卧深潦。

对之心惕然，无策施襁褓。

夹岸罗黔黎，踽陈进耆老。

咨诹不厌烦，利弊细探讨。

饥寒或有由，良惭奉苍颢。

古人念一夫，何况睹枯槁。

凛凛夜不寐，忧勤愁如捣。

亟图浚治功，拯济须及早。

今当复故业，咸令乐怀保。

高邮湖

乾隆

淮南古泽国，高邮更巨浸。

诸湖率汇兹，万顷波容任。

洒火含阴精，孕珠符祥谶。

堤岸高于屋，居民疑地窨。

嗟我水乡民，生计惟罟罧。

菱芡佐餐飧，舴艋待用赁。

其乐实未见，其艰亦已甚。

乾隆这首诗写得真切沉痛，和刻在许多名胜古迹的御碑上的满篇锦绣珠玑的七言律诗或绝句很不相同。"其乐实未见,其艰亦已甚",慨乎言之,不啻是在载酒的诗翁的悠然的脑袋上敲了一棒。比较起来,康熙的一首写得更好一些,无雕饰,无典故,明白如话。难得的是民生的疾苦使一位皇帝内心感到惭愧。"凛凛夜不寐,忧勤愁如捣"虽然用的是成句,但感情是真挚的。这种感情不是装出来的,他没有必要装,装也装不出来。

康熙和乾隆都是有作为的皇帝。他们的几次南巡,背景和目的是什么,我没有考察过,但决不只是游山玩水,领略南方的繁华佳丽(不完全排除这因素)。我想体察民风,俾知朝政之得失,是其缘由之一。他们真是做到了"深入群众"了,尤其是康熙。他们的关心民瘼,最终的目的,当然还是维持和巩固其统治。这也没有什么不好。他们知道,脱离人民,其统治是不牢固的。他们不只是坐在宫里看报告(奏折),要亲自下来走一走。关心民瘼,不止在嘴上说说,要动真感情。因此,我们在两三百年之后读这样的诗,还是很感动。

城隍 · 土地 · 灶王爷[①]

城隍，《辞海》"城隍"条云："护城河。"引班固《两都赋序》："京师修宫室，浚城隍，起苑囿，以备制度。"既说是浚，当有水。但同书"隍"字条又注云："没有水的护城壕。"到底是有水没有水？姑且不去管它，反正，城隍后来已经成为神。说是守护城池的神也可以，更准确一点，应说是坐镇一方之神。据《辞海》，最早见于记载的为芜湖城隍，建于三国吴赤乌二年。北齐慕容俨在郢城建城隍神祠一所。唐代以来郡县皆祭城隍，后唐清泰元年封城隍为王。宋以后祀城隍习俗更为普及。明太祖洪武三年正式规定各府州县的城隍神，并加以祭祀。为什么历代这样重视城隍，以至朱元璋于立国之初就为此特别下了一个红头文件？

乾隆十七年，郑板桥在知潍县事任内曾修葺过潍县的城隍庙，

---

① 本篇原载《中国文化》（半年刊）1991 年第一期（总第四期），是作者"城南客话"系列文章之一；初收《汪曾祺小品》，中国人民大学出版社，1992 年 10 月。

撰过一篇《城隍庙碑记》。我曾见过拓本。字是郑板桥自己写的，写得很好，虽仍有"六分半书"笔意，但是是楷书，很工整，不似"乱石铺阶"那样狂气十足。这篇碑文实在是绝妙文章：

> ……故仰而视之，苍然者天也；俯而临之，块然者地也。其中之耳目口鼻手足而能言，衣冠揖让而能礼者，人也。岂有苍然之天而又耳目口鼻而人者哉？自周公以来，称为上帝，而俗世又呼为玉皇。于是耳目口鼻手足冕旒执玉而人之；而又写之以金，范之以土，刻之以木，琢之以玉；而又从之以妙龄之官，陪之以武毅之将。天下后世，遂衰衰然从而人之，俨在其上，俨在其左右矣。至如府州县邑皆各有城，如环无端，齿齿啮啮者是也；城之外有隍，抱城而流，而汤汤汩汩者是也。又何必乌纱袍笏而人之乎？而四海之大，九州之众，莫不以人祀之；而又予之以祸福之权，授之以死生之柄；而又两廊森肃，陪以十殿之王；而又有刀花、剑树、铜蛇、铁狗、黑风、蒸钖以惧之。而人亦衰衰然从而惧之矣。非惟人惧之，吾亦惧之。每至殿庭之后，寝宫之前，其窗阴阴，其风吸吸，吾亦毛发竖悚，状如有鬼者，乃知古帝王神道设教信不虚也。
> …………

这是一篇写得曲曲折折的无神论。城，城也；隍，河也。"又何必乌纱袍笏而人之乎？"这已经说得很清楚。然而大家都"以人祀之；而又予之以祸福之权，授之以死生之柄"，"予之""授之"，很可玩味。神本无权，唯人授之，这种"神权人授"的思想很有进步意义。谁授予神这样的权柄呢？下文自明。不但授之以权，而且把城隍庙搞得那样恐怖，人亦哀哀然从而惧之。"非惟人惧之，吾亦惧之"矣，这句话说得很幽默。郑板桥是真的害怕了吗？城隍庙总是阴森森的，"吾亦毛发竖慄，状如有鬼者"，郑板桥是真觉得有鬼吗？答案在下面："乃知古帝王神道设教不虚也。"郑板桥对古帝王的用心是一清二楚的。但是郑板桥并未正面揭穿（这怎么可能呢），而且潍县的城隍庙是在他的倡议下，谋于士绅而葺新的，这真是最大的幽默！我们对于明清之后的名士的思想和行事，总要于其曲曲折折处去寻绎。不这样，他们就无法生存。我一向觉得板桥的思想很通达，不图其通达有如此。

我们县里的城隍庙的历史是颇久的，有两棵粗可合抱的白果（银杏）树为证。庙相当大，两进大殿，前殿和后殿。前殿面南坐着城隍老爷，也称城隍菩萨，——这与佛教的"菩提萨埵"无关，中国的老百姓是把一切的神都可称为菩萨的，叫"老爷"时多。发亮的油白大脸，长眉细目，五绺胡须。大红缎的平金蟒袍。按说他只是县团级，但是派头却比县知事大得多，县官怎么能穿蟒呢。而且封了爵，而且爵位甚高，"敕封灵应侯"。如此僭越，实在很怪。他的职权是管生死和祸福。人死之后，即须先到城隍那里挂一个号。京剧《琼林宴》范仲禹的唱词云："在城隍庙内挂了号，在土地祠内领了回文。"城隍庙正殿上有几块匾，除了"威灵显赫"之类外，有一块白话文的特大的匾，写的是"你也来了"。我们二伯母（我是过继给她的）病重，她的母亲（我应该叫她外婆）有一天半夜里把我叫起来，把我带到城隍庙去。我迷迷糊糊地去了。干什么？去"借寿"，即求城隍老爷把我的寿借几年（好像是十年）给二伯母。半夜里到城隍庙里去，黑咕隆咚的，真有点怕人。我那时还小，借几年就借几年吧，无所谓，而且觉得这是应该的。到城隍老爷那里去借寿，我想这是古已有之的习俗，不是我的外婆首创，因为所有仪注好像都有成规。不过借寿并不成功，我的二伯母过了两天还是死了。

我们那里的城隍庙有一个特别处，即后殿还有一个神像，也是五绺长须，但穿章没有城隍那样阔气。这位神也许是城隍的副手，他的名称很奇怪，叫"老戴"。城隍和老戴之间好像有个什么故事的，我忘了。

正殿前的两廊塑着各种酷刑行刑时的景象，即板桥碑记中所说的"刀花、剑树……"我们那里的城隍庙所塑的是上刀山、下油锅、锯人、磨人等等，一共七十二种酷刑，谓之"七十二司"，这"司"是阴司的意思。七十二司分为十个相通连的单间，左廊右廊各五间。每一间有一个阎王，即板桥所说的"十王"。阎王是"王"，应该是"南面而王"，坐在正面。《聊斋·陆判》所说的十王殿的十王大概是坐在正面的，但多数的十王都是屈居在两廊，变成了陪客，甚至是下属了。我们县里的城隍庙、泰山庙，都是这样。中国诸神的品级官阶也乱得很。十王中我只记得一个秦广王，其余的，对不起，全忘了。《玉历宝钞》上好像有十王的全部称号，且各有像（虽然都长得差不多），不难查到的。

城隍庙正殿的对面，照例有一座戏台。郑板桥碑记云："岂有神而好戏者乎？是又不然。《曹娥碑》云：'盱能抚节安歌，婆娑乐神。'则歌舞迎神，古人已累有之矣。诗云：'琴瑟击鼓，以迓田祖。'夫田果有祖，田祖果爱琴瑟，谁则闻之？不过因人心之报称，以致其重叠爱媚于尔大神尔。今城隍既以人道祀之，何必不以歌舞之事娱之哉！"郑板桥这里说得有点不够准确。歌舞最初是乐神的，因为他是神，才以歌舞乐之，这是"神道"，并不是因为以人道祀之，才以歌舞之事娱之。到了后来，戏才是演给人看的，但还是假借了乐神的名义。很多地方的戏台都在庙里，都是"神台"。我们县城隍庙的戏台是演戏的重要场地，我小时看的许多戏都是站在戏台与正殿之间的砖地上看的。看的都是"大戏"，即京剧。但有一次在这个戏台上也演过梅花歌舞团那样的歌舞，这种节目演给城隍老爷看，颇为滑稽。

每年七月半，城隍要出巡，即把城隍的大驾用八抬大轿抬出来，在城里的主要街道上游一游。城隍出巡，前面是有许多文艺表演节目的，叫作"会"，许多地方叫"赛会""出会"，我们那里叫"迎会"。参与会的，谓之"走会"。我乡迎会的情形，我在小说《故里三陈·陈四》中有较详细的描述，不赘。各地赛会，节目有同有异，高跷、旱船，南北皆有。北京的"中幡""五虎棍"，我们那里没有。我们那里的"站高肩"，北方没有。

城隍的姓名大都无可稽考，但也有有案可查的。张岱《西湖梦寻·城隍庙》载："吴山城隍庙，宋以前在皇山，旧名永固，绍兴九年徙建于此。宋初，封其神，姓孙名本。永乐时封其神为周新。"周新本是监察御史，弹劾敢言，被永乐杀了。"一日上见绯而立者，叱之，问为谁，对曰：'臣新也，上帝谓臣刚直，使臣城隍浙江，为陛下治奸贪吏。'言已不见，遂封新为浙江都城隍。"这当然只是传说，永乐帝不会白日见鬼。但这记载说明一个问题，即城隍由上帝任命后，还得由人间的皇帝加封，否则大概是无效的。"都城隍"之名他书未见。周新是个省级城隍，比州、府、县的城隍要大，相当于一个巡抚了。都城隍不是各省都有。

《聊斋志异》以《考城隍》为全书第一篇，评书者都以为有深意焉，我看这只是寓言，寄托蒲松龄认为所有的官都应该考一考的愤慨耳。他说这是"予姊夫之祖宋公讳焘"的事情，宋焘亦未必有其人。

土地即社神。《风俗编·神鬼》："凡今社神，俱呼土地。"其所管的地面是不大的，大体相当于明清的坊——凡土地都称为"当坊土地"，解放前的一个保。我家所住的一条街上，街的中段和东段即有两座土地祠。《聊斋·王六郎》后为招远县邬镇土地，管一个镇，也差不多。到了乡下，则随便哪个田头，都可立一个土地庙。《王六郎》是一篇写得很美的小说，文长，不具引。土地本也应是有名有姓的，但人都不知道。王六郎只名王六郎，那倒是因为他本没有名字，只是姓王，叫人"相见可呼王六郎"。他当了土地，仍叫王六郎吗？这不免有失官体。有一位土地的名字倒是为人所知的，是北京国子监的土地，此人非别，乃韩愈也！韩愈当过国子祭酒，与国子监有点老关系，但让他当国子监的土地爷，实在有点不大像话。我曾看过国子监的土地祠，比一架自鸣钟大不了多少。

河北农村有俗话："别拿土地爷不当神仙！"事实上人们对土地

爷是不大尊重的。土地祠（或亦称庙）很简陋，香火冷落，乡下给土地爷上供的只是一块豆腐。《西游记》孙悟空到了一处，遇到妖怪，不知是什么来头，便把土地召来，二话不说，叫土地老儿先把孤拐伸出来教老孙打五百棍解闷。孙悟空对土地的态度实即是吴承恩对土地的态度，也是老百姓对土地的态度：不当一回事。因为，他是最小的神，或神里最小的官。

我们县别有都土地，那可不一样了。都土地祠亦称都天庙，连庙所在的那条巷子也叫都天庙巷。都天庙和城隍庙不能相比，小得多，但也有殿有庑。殿上坐着都土地，比城隍小一号，亦红蟒亦面长圆而白亮，无五绺须。我的家乡把长圆而肥白的脸叫作"都天脸"，此专指女人的面相，男人这样的脸很少，不知道为什么没有人说"城隍脸"。都土地管辖地界大致相当于一个区。他的封爵次于城隍一等，是"灵显伯"。父老相传，我所住在的北城的都土地是张巡。张巡怎么会跑到我的家乡来当一个区长级的都土地呢？这里既不是他的家乡（河南南阳），又不是他战死的地方（河南睢阳）？说北城都土地是张巡，根据的是什么？有这样一个在安史之乱时和安禄山打仗，城破而死的有名的忠臣当都土地，我们那一区的居民是觉得很光荣的——都土地也不是每个区都有。

土地城隍属于一个系统，他们的关系是上下级，如表：

土地→都土地→城隍→都城隍

都城隍的上面是什么呢？没有了，好像是一直通到玉皇大帝。

土地的下面呢？也没有了，因为土地祠里并未塑有衙役皂隶。他们是上下级，是不是要布置任务，汇报工作？也许要的，但是咱们不知道。

祭灶的起源盖甚早。

《史记·孝武本纪》："是时而李少君亦以祠灶、谷道、却老方见上，上尊之。"《索隐》："如淳云：'祠灶可以致福。'案：礼灶者，老妇之祭，盛于盆，尊于瓶。"这最初本是"老妇之祭"。宗懔《荆楚岁时记》："按礼器，灶者老妇之祭，'尊于瓶，盛于盆'，言以瓶为樽，用盆盛馔也。"意思是拿瓶子当酒樽，用盆盛食物。老妇大概没钱，用不起正儿八经的器皿，只好这样马马虎虎，因陋就简。

祭灶本是求福，是很朴素的愿望，到了方士的手里，就变得神乎其神起来。《史记·孝武本纪》："少君言于上曰：'祠灶则致物，致物而丹沙可化为黄金，黄金成以为饮食器则益寿，益寿而海中蓬莱仙者可见，见之以封禅则不死，黄帝是也。'"从祠灶到不死，绕了这样大一个圈子，汉代的方士真能胡说八道！而汉武帝偏偏就相信这种胡说八道！

祭灶的礼俗一直相沿不替。唐、五代的材料我没有来得及查，宋代则讲风俗的书几乎没有一本不提到祭灶的。

《东京梦华录》："十二月……二十四日交年，都人至夜请僧道看经，备酒果送神，烧合家替代钱纸，帖灶马于灶上，以酒糟涂抹灶门，谓之'醉司命'。"

《梦粱录》："十二月……二十四日，不以穷富，皆备蔬食饧豆祀灶。"

《武林旧事》："……二十四日，谓之'交年'，祀灶用花饧米饵，及烧替代及做糖豆粥，谓之'口数'。"

祭灶的祭品不拘，但有一样东西是必有的：饧。饧是古糖字，指用麦芽或谷芽熬成的糖，熬干了，就成了关东糖。我们那里就叫作"灶糖"。为什么要请灶王爷吃关东糖？《抱朴子·微旨》："月晦之夜，灶神亦上天白人罪状。"原来灶王爷既是每一家的守护神，又是玉皇大帝的情报员，——一个告密者。人在家里，不是在公开场合，总难免说点错话，办点错事，灶王爷一天到晚窃听监视，这受得了吗！人于是想出一个高招，塞他一嘴关东糖，叫他把牙粘住，使他张不开嘴，说不出人的坏话。不过灶王爷二十三或二十四上天，到除夕才回来，在天上要待一个星期，在玉皇大帝面前一句话也不说，玉皇大帝不觉得奇怪吗？

以酒糟涂抹灶门，其用意与祭之以饧同，让他醉末咕咚的，他还能打小报告吗？

灶王爷上天，是骑马去的。《东京梦华录》云："帖灶马于灶上。"我们那里是用红纸折一个小孩子折手工的纸马，祭毕烧掉。折纸马照例是我们一个堂姐的事。这实在有点儿戏。

我们那里的孩子捉蜻蜓，红蜻蜓是不捉的，说这是灶王爷的马。灶王爷骑了这样的马——蜻蜓——上天？

把灶王爷送上天，谓之"送灶"。送灶的日期各地不一样。我们那里一般人家是腊月二十四。俗话说："君（或军）三，民四，龟五。"按规定，娼妓家送灶应是二十五，不过妓女都不遵守。二十五送灶，这不等于告诉别人：我们家是妓女？北京送灶，则都在二十三。

到除夕，把灶王爷接回来，或谓之"迎灶"，我们那里叫作"接灶"。

谁参加祭灶？各地，甚至各家不一样。有的人家只许男的参加，女的不参加；有的人家则只有女的跪拜，男人不参与；我们家则男女都拜，先由男的拜，后由女的拜。我觉得应该由女的祭拜合适。女人一天围着锅台转，与灶王爷关系密切，而且，这本是"老妇之祭"，不关老爷们的事！

灶王爷是什么长相？《庄子·达生》："灶有髻。"司马彪注："髻，灶神，著赤衣，状如美女。"我见过木刻彩印的灶王像，面孔略圆，有二三十根稀稀疏疏的胡子，并不像美女，倒像个有福气的老封翁。我们家灶王龛里则只贴了一张长方的红纸，上写"东厨司命定福灶君"。

灶王爷姓什么，叫什么？《荆楚岁时记》说他"姓苏名吉利"。不单他，连他老婆都有名字："妇姓王名抟颊。"但我曾看过一个华北的民间故事，说他名叫张三，因为做了见不得人的事，钻进了灶膛里，弄得一脸乌七抹黑，于是成了灶王。北京俗曲亦云："灶王爷本姓张。"他到底叫什么？吁，鬼神之事，难言之矣。

城隍、土地、灶君是和中国人民大众生活关系最密切的神。

这些神是"古帝王"造出来的神话，是谣言，目的是统一老百姓的思想，是"神道设教"。

老百姓也需要这样的神。这些神的意象一旦为老百姓所掌握，就会变成一种自觉的、宗教性的、固执的力量。没有这些神，他们就会失去伦理道德的标准、是非善恶的尺度，失去心理平衡，遑遑然不可终日。我们县的城隍，在北伐的时候曾由以一个姓黄的党部委员为首的一帮热血青年用粗绳拉倒，劈成碎片。这触怒了城乡的许多道婆子。我们县有很多的道婆子，她们没有任何文化，只会念一句"南无阿弥陀佛"，是神就拜，念"南无阿弥陀佛"，不管这神是什么教的神。不管哪个庙的香期，她们都去，一坐一大片，叫作"坐经"。她们的凝聚力很大，心很齐。她们听说城隍老爷被毁了——"哈！这还行！"她们一人拿了一炷香，要把姓黄的党部委员的家烧掉。黄某事先听到消息，越墙逃走，躲藏了好多天。这帮道婆子捐钱募化，硬是重新造了一个城隍老爷，和原来的一样。她们的道理很简单："怎么可以没有城隍老爷！"

愚昧是一种伟大的力量。

大多数人对城隍、土地、灶王爷的态度是"诚惶诚恐，不胜屏营待命之至"，但是也有人不是这样，有的时候不是这样。很多地方戏的"三小戏"都有《打城隍》《打灶王》，和城隍老爷、灶王爷开了点小小玩笑，使他们不能老是那样俨乎其然，那样严肃。送灶时给灶王喂点关东糖，实在表现了整个民族的幽默感。

也许正是这点幽默感，使我们这个民族不至被信仰的铁板封死。

一九九〇年十二月八日

鹿井丹泉 ^①

"鹿井丹泉"是"秦邮八景"中的一景，遗址在今南石桥南。

有一少年比丘，名叫归来，住在塔院深处，平常极少见人。归来仪容俊美，面如朗月，眼似莲花，如同阿难——阿难在佛弟子中俊美第一。归来偶或出寺乞食，游春士女有见之者，无不赞叹，说："好一个漂亮和尚！"归来饮食简单，每日两粥一饭，佐以黄齑苦荬而已。

出塔院门，有一花坛，遍植栀子。花坛之外为一小小菜园。菜园外即为荆棘草丛，苍茫无际，并无人烟。花坛菜圃之间有一石栏

---

① 本篇原载《上海文学》1995 年第七期；初收《汪曾祺全集》第二卷，北京师范大学出版社，1998 年 8 月。

方井，井栏洁白如玉，水深而极清。归来每天汲水浇花灌园。

当归来浇灌之时，有一母鹿，恒来饮水，久之稔熟，略无猜忌。

一日归来将母鹿揽取，置之怀中，抱归塔院。鹿毛柔细温暖，归来不觉男根勃起，伸入母鹿腹中。归来未曾经此况味，觉得非常美妙。母鹿也声唤嘤嘤，若不胜情。事毕之后，彼此相看，不知道他们做了一件什么事。

不久，母鹿胸胀流奶，产下一个女婴。鹿女面目姣美，略似其父，而行步姗姗，犹有鹿态，则似母亲。一家三口，极其亲爱。

事情渐为人知，嘈嘈杂杂，纷纷议论。

当浴佛日，僧众会集，有一屠户，当众大叱骂：

"好你个和尚！你玩了母鹿，把母鹿肚子玩大了，还生下一个鹿女！鹿女已经十六岁了，你是不是也要玩它？你把鹿女借给兄弟们玩两天行不行？你把鹿女藏到哪里去啦？"

说着以手痛掴其面，直至流血。归来但垂首趺坐，不言不语。

正在众人纷闹，营营訇訇，鹿女从塔院走出，身著轻绡之衣，体被璎珞，至众人前，从容言说：

"我即鹿女。"

鹿女拭去归来脸上血迹，合十长跪。然后姗姗款款，走出塔院之门，走入栀子丛中，纵身跃入井内。

众人骇然，百计打捞，不见鹿女尸体，但闻空中仙乐飘飘，花香不散。

当夜归来汲水澡身讫，在栀子丛中累足而卧，比及众人发现，已经圆寂。

按此故事在高邮流传甚广，故事本极美丽，但理解者不多。传述故事者用语多鄙俗，屠夫下流秽语尤为高邮人之奇耻，因此改写。

一九九五年春节

喜神①

　　喜神即画像，这大概是宋朝人的说法。钱大昕《竹汀先生日记抄》："读宋伯仁《梅花喜神谱》……凡百图，图后五言绝一首，题曰'喜神'，盖宋时俗语，以写像为喜神也。"钱说未必准确。喜神我们那里现在还有这说法。宋伯仁画梅，只是取其神韵，"喜神"是诗意化了的说法，是从人像移用的。除了宋伯仁，也没有听说过称花卉画为喜神的。

　　作为人像的喜神图有两种。一种是生活像，即行乐图。袁枚《随园诗话》谓："古无小照，起于汉武梁祠画古贤烈女之像，而今则庸夫俗子皆有一行乐图矣。"行乐图与武梁祠画像，恐怕没有直接关系，袁枚盖亦揣测之词。自画或请人画小像，当起于唐宋，苏东坡即有小像。明清以后始盛行。"庸夫俗子皆有一行乐图矣"，是对

---

① 本篇原载《收获》1995年第四期；初收《汪曾祺全集》第二卷，北京师范大学出版社，1998年8月。

的。我的外祖父即有一行乐图，是一横披。既是"行乐"，大都画得很闲适，外祖父的行乐图就是这样。他坐在一丛竹子前面的石头上，手执一卷书，样子很潇洒。其实我的外祖父是个很古板严厉的人，我从来没有看见过他坐在丛竹前的石头上，并且他从来不看一本书。

比行乐图更多见的喜神是遗像，北京人叫作"影"。画遗像的是专门的画匠，他们有一套特殊的技法。病人垂危，家里人就会把画匠请来。画匠端详着病人，用一张纸勾出他的脸形粗略的轮廓线条。回家在一张挖出一个椭圆的宣纸的椭圆处用淡墨画出像主的头像的初稿，照例要拿了初稿到"本家"去征求死者亲属的意见。意见总是有的，额头窄了、颧骨高了、人中长了……最挑剔的大都是姑奶奶。画匠把初稿拿回去，换一张新纸，勾了墨色较深的单线，敷出淡淡的肤色，"喜神"的头部就算完成。中国的传真画像的匠师有一套秘传的"百脸图"，把人的面部经过分析，定出一百种类型，画像时选定一种，对着真人，斟酌加减，画出来总是相当像的。我们县城里画像画得最好的是管又萍，他的画价也最贵。

"开脸"之后，画穿戴。男的都是补褂朝珠，颜色是一样的，只有顶子不能乱画。大红顶子、金顶子，不能乱来。常见的喜神上的顶子多半是蓝顶子、水晶顶子，因为这是不大的功名。女的则一律是凤冠霞帔。这有点奇怪，男女时代不同。喜神上的老爷是清装——袍套，太太则是明代的服装——凤冠霞帔是明代服装。据说这跟洪承畴的母亲有关。洪母忠于明室，死后顺治特许以明代命妇服装盛殓，以后就将此制度延续了下来。顺治开国，为了笼络人心，所颁圣谕或者可信。

画穿戴是很费工的，要画得很细致。曾见过一篇谈齐白石的文章，说他画的像能透过纱套，看得见里面袍子上的团龙。其实这是所有的画匠都做得到的，只要不怕麻烦。

管又萍画像只管"开脸"，画穿戴都交给了徒弟。他有两个徒弟，都是哑巴。他们也能"开脸"，只是不那么传神。

管又萍病重，自知不起，他叫两个徒弟给他画一张像。徒弟画好了，他看了看，叫徒弟拿一面镜子、一支笔来，他对着镜子看了看，在徒弟画的像上加了两笔。传神阿堵，颊上三毫，这张像立刻栩栩如生，神气活现。

管又萍放下画笔，咽了气。

一九九五年三月二十五日

冬天 [①]
——小说《豆腐店》之一片段

冬天，下雪。

冬天下雪，大和、二和不大出来。冬天的孩子在家里。孩子在母亲膝头，小猫在我的膝头。孩子穿得厚厚的。冬天教人觉得冷，我是觉得不冷。孩子的眼睛圆溜溜，孩子想——想——看看雪——想。冬天，大和、二和睡觉，——我就看见他们睡觉，不睡觉他们做什么我不知道。我作不出一篇《大和跟二和的冬天》。冬天的荒野一片白，就只有一个字，雪。要那才叫雪，什么都没有，都不重要，只有雪。天白亮白亮的，雪花绵绵的往下飘，没有一点声息。雪的轻，积雪的软，都无可比拟。雪天教人也不是想飞，也不是想骑（马），不是俯卧在上面，教人想怎么样呢，还是走走，一步一

---

① 本篇原载 1947 年 7 月 6 日《经世日报》。

步的走。想又不顶想，又似乎想的也不是这个，都说不清。总而言之，一种兴奋，一种快乐，内在，飘举，轻。树皮好黑，乌鸦也好黑，水池子冻得像玻璃。庙也是雪，船也是雪。俦奶奶的门不开，门槛上都是雪。……下雪有时我们还是要出去的。或是冬天来得特别早，或是学校放寒假放得晚，还没有考大考就下了很像样子的雪了。新围巾，好质料的长统胶靴，这要到雪里去。我们要打那把大伞。为孩子们把伞造得轻便些是很要紧的事，不然他们就一心支持负担伞的笨重，再也无心做别的了。伞其实我们并不真要"打"它，雪很干，雪落在眉毛上化了也很好玩，要伞我们是要撑起来旋来旋去，伞把我们都罩了起来，这很好玩，很美。看见那把伞倚在掎角，就提了我一句：我要走。我要上学去。快点，快点，找铅笔，——想想看：昨天晚上……还没有想到如何搁下笔，即记起放在那里了，准备得停停当当，心里轻松；好了，现在，"小莲我跟你买豆腐浆去，我跟你一起去，噢！"豆腐店顾老板看了那个淡蓝瓷罐子，点一点头。——顾老板差不多每天都跟这个罐子点一点头。我们会意，那等于说："就有，等一下。"我们照例就各处看看。两大锅白浆，咕噜咕噜，从锅底翻上来，向四边滚去。热气腾腾，一直腾到屋顶。（屋顶的雪呢？）顺着上望，黑沉沉的椽子，黑沉沉的望砖。顾老板手扶锅台，看看锅里。时而把一个大铜勺拿在手里，掂一掂，又放墙上一个木架子上。一切动作全极准确，合乎理想，熟练而不流滑。看见他的动作，心里就会感动。我注意到铜勺把子后头一根钉，刚好卡搁在架子上，顾老板大概站得太久了，时而把全身重心落在脚跟，时而落在脚掌往回移动，看得出他脚面上那根筋一起一落，你可以想见他的大拇指时而伸直，时而屈起一点。他在等，等一会儿豆腐皮子结起来。皮子结起来，用一根一根的"皮棍"那么一撩，一张；一撩，一张，一张一张的挂在木架上。唔——嗳，豆腐皮往上缩，皱起来了，皱得厉害！顾老板是个瘦子，高而瘦。稍为侧一点，从后面看过去，只见他的高颧骨。我们很少正面看顾老板，不知道为什么。偶然他回过头来，他脸色青青的，眼球发浑，全是赤丝。他没有精神，好像他非常想睡觉而不得睡的样子。这时灶后一定有人烧火，脸熏得通红通红，皮肤发紧，是顾大娘。到灶后看看，顾大娘没有梳头。她每天不知道什么时候梳头。（小莲是扫好地梳。）——一听顾老板喊："起！"我们知道那是叫顾大娘不要烧了，这就要给我们留豆浆了，我们就赶紧去看一看驴去。驴打喷嚏，跺它的小蹄子。驴养在后面一间小屋里。一屋子干草，够它吃的。驴看到这些草想必喜欢。我们从门口把头伸进去（它的门只有半截）。喂！驴也看见我们了，它瞟了一眼。用一根柴棒把它的长耳朵按下去，再看它竖起来，一定很有意思。而顾老板叫了："豆腐浆！"赶紧去拿！一把瓷罐提在手里，就非走不可了。

但是，提罐子的这个专注于罐子，专注于走路；闲上的那个却还可以四顾一下。看一看那个榨床，看一看磨石，看一看滤豆汁的夹布兜，看一看壁上百灵机瓶改成的油灯，油灯在壁上熏出一道烟黑，若定若动。"走啊！"慢，看顾大娘出来了。顾大娘没有梳头。有人没有梳头头还是那么整齐，简直可以不梳，顾大娘为什么那么乱？从炽旺的火边走出来，出来一定全身一寒吧？顾大娘走出来，走到锅台旁边那张床前。小莲和我都驻足回头。床上一张帐子，顾大娘撩开帐子，帐子里睡的大和跟二和。看到一角被卧，顾大娘掖一掖被卧。大和、二和睡得暖呵呵的，睡得像两条小狗。如果有一个醒了，睁着眼睛醒在那儿，他一定叫一声"妈——"。顾大娘就颔首，眼睛看眼睛。我们最后一眼是那个灰黄的帐子，帐子放下来，所有这个店里的一切好像全罩在帐子里了：灰黄的帐子，一个补丁很惹眼的一方。转过身来，门外一片白雪。

…………

虽然是冬天，白天我们仍然有许多事在手上好做，身体好动。到天黑下来，火红起来（偶尔一掀窗布，灯光铺在雪上。雪住了，——雪又大了），我们就真个就是想了；或者说话，说出自己想的，把自己想的跟别人联起来。我们想到荒野；想到雪下的小麦；小麦种在荒野的尽头，这时它们还绿？想到野兔子，獾狗；红毛草城头上赶野兔子；每回上坟，一路都要看到许多獾狗洞；想花胡不拉的野鸡冻在雪里，想冰底下的鱼，……李三酒醒了没有？一到冬天，李三总是满身酒气。谁要李三不喝酒，你大雪里来敲敲三更看！（冬天日子真短，夜真长。）李三的木棚子在雪下。木棚底下露一片砖地，雪所不及，还很干。老王吃过李三的狗肉，他说很香。侉奶奶的屋子这时真是孤，全世界一定都把它忘了。侉奶奶点不点灯？灯光在大雪的荒野上。这一冬天她纳了多少鞋底。她那个针拔子正好借人镊猪头上的毛！（猪眼皮上毛最多。）顾大娘一定跟她借过。借针拔子，顺便就在她小屋里谈谈，看她吃什么，看看房子还结实不结实。——如果侉奶奶的小屋教雪压垮了，第一个一定是李三知道。李三去打更。一看，可了不得了！随后李三各处去说。——不至于，那间小屋看起来还好。——然而怎么说得定！——大和、二和一定很快就会知道。他们要去看。他们很久没有看见侉奶奶了，自从下雪。二和紧握着大和的手……

大和、二和现在，他们一定也想。想许多百读不厌的事，除非他们有什么新鲜事情好想。他们想野兔子，獾狗，野鸡，麦，李三，侉奶奶？他们那盏百灵机瓶子做的油灯点起来了，灯焰袅出一缕烟沫。石磨子冰冷冰冷，水缸里上冻了。顾大娘丢一块木柴在水缸里的，怕缸冻破了。顾大娘做鞋子。大和二和他爸爸，顾老板干什么呢？——他的黑布棉袄上有许多皱折，里头落了许多灰，还有头皮。二和打盹了，他爸爸说："不要睡！要睡上床睡！"他说不说？二和醒了，他才离开这一切，又被唤回来了，他睁开惺忪的眼睛，门外沙沙的正有个人走过。二和听，大和也听，他们妈妈也一响停针而听。那人一步一步的走，渐渐走远了。这是谁，这时候还在街上走？他们一起全有点寂寞，正在把寂寞注满，又有一种平安之感，一种谢意，他们排门缝里漏出一线一线的灯光。……

有时我做梦梦见大和、二和，还有小莲；有时会梦见大和跟我打架，那是不可能的事。第二天起来我就告诉小莲听。小莲："一起来说梦！"然而她还是听。

雪湖 [①]

下了两天雪，运河封了冻，轮船不能开，我们决定"起旱"，——从陆上步行。我们四个人，我，——一个放寒假回家的中学生，那三个是跑生意的买卖人。到了邵伯，他们建议"下湖"，从高邮湖上斜插到高邮。他们是老江湖，从湖上起旱已经不止一次，路很熟，远远的湖边的影影绰绰的村子，他们都能指认得出来。对我却是一种新鲜的经验。雪还在下，虽然不大，但是湖面洁白如玉，真是"白茫茫一片大地真干净"。

"高邮到邵伯，六十六"，斜插走湖面，也就是四五十里，今天下晚到高邮，没有问题。因此那三位跑生意的买卖人并不着急赶路。他们走一截，就停下来等等我。见我还不上来，他们就在结了冰、落了雪的湖面上坐下来吃牛肉干，喝酒。

---

① 本篇原载《大地》1994 年第九期；初收《汪曾祺全集》第六卷，北京师范大学出版社，1998 年 8 月。

我穿了棉衣棉裤，戴了一种护耳的毡帽——这种毡帽叫作"锅腔子"，还有个不好听的名字，叫"狗套头"。走了一程，"哈气"蒸到"狗头"的帽檐，结冰。

　　我筋力还好，没有成了三位买卖人的累赘（他们对于"学生子"是很照顾的）。

　　看见琵琶闸了，县城已经不远。

　　琵琶闸外的河堤上，无人家，无店铺，只有一个小饭店。

　　我走进小饭店。小饭店只有一张桌子。墙上贴了一副写在"梅红纸"上的小对联，八个大字：

　　　　　　家常便饭，

　　　　　　随意小酌。

除岁[1]

守岁烛的黑烟摇摇的，像一条小水蛇游进黑暗里。烛泪漓漓淋淋的流满了锡烛台的周身，发散着一种淡淡的气味，烛焰忽大忽小，四壁的光影也便静静地变化着。——说是守岁烛，其实也只是一支普通的赭红土烛而已，光秃秃的，没有什么装饰。

窗纸上涂满了清油，房门被一面厚厚的棉帘子挡着，室内渚积的炭酸过多了，教人觉得心头沉重。

想不到适当的事情做，随意伸手拿起火箸子，看看烛花并没有长起来——才挟过呀，便又放下了，移移坐在椅子里的屁股，轻轻地嘘出一口气。父亲抬起头来看了我一眼。

算盘珠子唰溜地响着，薄薄的关山纸一张一张翻过。

过年了……

---

[1] 本篇原载《文学杂志》1943年第一卷第二期。

收账的走遍千家门户，回来，摇摇头，说一声又长了不少见识便去睡了。在梦里，他还会看见自己一脸的无可奈何，和层层围着的灰白的眼睛，嗫嚅着的嘴唇吧。我看看桌上一堆散乱的角票和镍币，想起他的话："我知道，我知道，我知道！"不由得鼻子里喷出一个没有声音的笑，便随即止住了，似乎想收回去。

真的，过年了。

天，也真有个意思，几天来，灰里透亮的瓦块云紧紧的压着动都不动，板滞滞的，像是冰结了，怕就要下雪了吧，想一些蒙馆先生捋拊着黄胡子说："雪花六出，（是）丰年——之——兆——呵——"

风呼哨着，刮刷得几根军用电话线鬼一般叫，坐在家里会常常有泥粒掉到颈子里，这时节要出去走一趟是须用相当勇气与决心的，可是几天来街上行人不但不稀落，而且更多，更匆忙。

跟往年也没什么不同呵，这些。

低郁的炮声破散在风声里，一阵子紧，一阵子松，大概还在老地方，总还隔有几十里地，也轰了不少日子了，今夜都不会过来吧。用这个代替花炮点缀点缀也好，免得教年以为自己来错了日子。

一送了灶，果然竟有点过年气象了。其实，年自不许人忘记，不必什么礼俗来装饰。老祖母白发上插上小心收藏的绒花，年青的姊姊修改着弟妹们不大上身的新衣裳，这些，会轻轻带来过年的心情和过年的感觉给驮着家的重量的人。

我若有所思的点上一支烟，目光停在学徒的细心抹拭过挂进来的招牌上。今年，很少店家把招牌加过油漆，飞过金，有大多数还在等着不可知的命运，也许要倚到幽黑的角落休息若干日子，也许在原来的某记上贴上一方红纸，从新改过字样，甚至还供出最后的用处，暖了人的身手，凉了人的心。谁知道呢？但是能挂到旧檐下让风雨吹打一些时的，仍旧要在熟人眼里闪耀着陈年的光辉，怎能不抹拭得干干净净的？

……这字，是祖父一个朋友写的，是个大名家，叫，叫什么的？……

"还好，亏不了多少，够开销的了。"父亲推开算盘，移开面前账簿叠起的小山，摘下黑布护袖，用双手狠狠地抹一下脸，像抹去许多细粉的数目，站起身来。

"不早了吧？"

"嗯？"

他搓搓两手，把指头拉出声音，来回踱着，眉头皱起又放平，是在盘算着什么。看他的神情，像一个坐了很多时候船的旅客到了家，还似在水上轻轻的摇着。

父亲少年时节完全是个少爷，作得好诗，舞得好剑，能骑人不敢近身的劣马，春秋佳日常常大醉三天不醒，对于生业完全不经意。现在却变成一个老老实实的生意人，教人简直不能相信。我凝视壁上挂着他的照片，想寻出一点风流倜傥的痕迹。

"你别笑，我知道你要笑的。"我本来一点都没有笑，经他一说倒真忍不住笑了。

"一到天明，你等着瞧吧，多少字号要在公会的名单上勾去了。广源，新丰，玉记，……往年倒一两家铺子，大家心里虽然早都有了个底，可是不能不当桩大事议论着，今年啊，多了，大家反而不大在意了，也不再关心生财铺面之类的事情，只是听到某家还想撑着，倒好像很奇怪。船多不碍港，客多不碍路，兔死狐悲，要是有点办法，谁不愿援之以手，然而自顾都不暇了，只好眼睁睁看着一爿一爿地不声不响地倒。我看有弄得米、没地方买的日子。"

说着一手抓起茶杯，把杯内的残茶往嘴里倒，大概茶早已凉透了，他用力打了个寒噤，把茶都泼在痰盂里。

"你说，恁们许多铺子，就没有一个有眼光，有手腕的吗？有。可是这年头，有翻江倒海的本领也不行。就只有德太还好些，辅成的流年的确不坏，他今年心血来潮的忽然想代做陆陈①，谁知竟做上了，这样上下一扯，他大概还挣了点。上板上眼的都不成。一入秋，上河的早食子②全教个不见面的人给收了去，三十子、五十子，吓一跳，今年一担都没见，你说可怪不怪？那么只好在下河一带着眼了，冒了多大的危险，收到一点迟食子。路程远，水脚重，蚀斛③大，当然卖价也就水涨船高了。前天还有人说呢：米卖四千八，扒米店不放（犯）法，我看四万八的时候也不足怪，扒也扒不出什么油水。说真的，能有法子啊，谁忍有一些小户人家半饥半饱的？天天量米的时候总是吵嘴。吃不起米当然只好带着杂粮吃了。这一来，倒成全了辅成。真的好笑，万安堂的陶老板前天还跟我说：'别的行业不说，民贫则俭，可省的省了，不景气是意中事，你们这一

---

① 杂粮生意叫作陆陈。

② 早稻叫早食子。

③ 运费叫水脚。稻上下、屯晒、粜粜等事都有减损，谓之蚀斛。

业，食为民天，米都是要吃的，怎么也不行了？'我望他笑笑，说：'什么都可以省，病却省不了啊，有钱的或许参汤燕窝吃得少一点，穷人，摆子痢疾更较往年多些，今年吃了些不惯的东西，肠胃里免不了要闹闹，你们大黄芒硝都少不了，有人照顾，你却为什么总是成天嚷着亏啊折的？'"

恐怕今年材板铺子倒有点赚头，死都还是要死的，万字纹的棺材，三道紫金箍究竟不大有人用。我沉吟着，把烧到指边的烟卷丢到痰盂里，哧——马上黑了。

炮声又紧了，纸窗沙沙地抖了一阵。也辨不清是敌人的，是我们的。夜来，炮声就没停过，不过到紧的时候才教人一惊。

"这次是抗战，抗战，我们难道不明白吗？为了抗战，商人吃点苦是应该的，只是——"父亲的话说不下去了，沉沉的坐到椅子里，拨弄着算盘，好像那种轻快的声音能给他安慰，能平抑心里的骚乱。

"前天商会慰劳团带了不少煮熟了的腌肉去，原想让弟兄们也知道过年了，也算一点意思，看这样，前线上一定紧张着哩，恐怕他们连这点腌肉也没工夫吃。唉，恐怕他们连在家怎样过年的心思都没空去想……"父亲摇摇头，眼睛看那支燃得正旺的守岁烛。

"写春联吧，年——总是要过的。墨已经研好了，在架子上茶杯里，你拿来掺点水，燉在脚炉上，写春联的墨要熟，才有光。炉里该还有火，三十夜，要彻夜火烈。纸——怎么'万年红'买不到？这是本城出的啊！没有就将就省用吧。"父亲把心事推开了一点，想到过年了。

"大门后的联字换换，就用'频忧启瑞，多，——多福兴邦'。"

"福？"

"福。大年下，用个'难'字让老太爷看见要不高兴。"

"那，'忧'字为甚不换一个呢？"

"忧总是忧的，难道不忧吗？只要能启瑞就好。哈哈。"

夜深了，寒气愈重了，我拨拨火盆里的炭，炭烧得正炽，红得像是透明的，只是一拨之后，一些白灰飞了起来，落得我一身。

"不行，一会儿就要支不住了，你去再搬点炭来加上去，喉，回来，索性拿壶酒来。"

炭火更旺了，我又撒了些柏叶，一室都是香气。

"喝，我久不同你喝了，今天不是个平常日子，我们爷儿俩守守岁，来，干！"

我近几年都在外县，一年难得回来趟把，回来，也不正赶上过年，今年难得抽空回来，看看一切都变了，心中不知是什么味道，难得看见父亲这样高兴，我自然是高兴的。

"干。"但是我的杯子停在一个声音里：

"——噌，睡醒些，屋上瓦响，莫疑猫狗，起来望望。……水缸上满，铜炉子丢远些，小心火烛啊，……噌……噌。"

渐近渐远，渐渐走过深巷，铜锣的声音敲破了夜的深沉。

"这是敲岁尾更，每年腊月二十四以后都要敲的，怎么离家才几年，把故乡的风俗都忘了？不记得了吗？你小时候还常常学着叫呢。铜炉盖子不知被你敲破了多少，不晓得是什么字眼，一定缠着要妈教你。听——"

"——笃，笃，笃，我看见了，看见啦，躲也没有用，我看见来，墙犄角的影子里，看见啰，别跑，别跑，笃，笃，笃，笃……"

"这个我知道了，是冬防局敲梆子的，我还躲在门缝偷看过。他这么一叫，毛贼都吓跑了，会捉得到？"

"也就是吓吓罢了。"

"当……当，笃，笃，笃笃，笃，……当……"

"呃，抡二爷今儿——"

"哦，抡二爷今儿来找过您一趟，说——"

"我知道了，抡二爷时运也太不济，今年景况很不好，又添了个孩子，真是要他来的，偏不来，不要他的，偏来，他，人又老实无用，一家大小全靠二娘一个人戳针头子戳出点钱来吃饭，这样，哪成？他心也太好，又专为别人的事东奔西走的。我已经跟大家商议，把慰劳团募来的棉衣交给二娘做了，这样也免得被人克扣棉花，你明儿帮忙到商会里取来。他还有什么事吗？"

"他说詹世善还有什么事情要拜托您，说告诉您，您就知道，千万请您出点力。"

"哦。"父亲用手指把着桌面，一声，一声，很慢。

"又是一个。詹世善这人也固执得可以。张远谋说要留他，他偏不肯，却又四处托人找事，人家这都要裁人呢！教我哪儿想法去。"

"是怎么回事呢？"

"是这样的，你知道张远谋是公会主席，今年弄得也不好，但是还不至于倒，他是为了做军米，把铺面没了，只留几个师傅和一个老桂①，别的人都辞了。去年因为军米的关系，大家受的影响也不小，他便代表同业去跟军用代办所交涉，说以后所有军米一概归他一家包做，不要临时摊派各家，耽误营业，两方面都省麻烦，这事原是克己利人的。詹世善原是张远谋信任的人，看他家累又重，便说我们是多年宾东，我仍旧留你，一切照旧，可是他啊，说是不能做事，于心不安，坚辞要走。真是个淳厚人。"

"那怎么办呢？"

"只好跟辅成说说看了，只怕也没有大希望噢。——往年添个人，算得了什么，今年守岁酒都吃过了，还没个分晓。"

"敲门。"

"哎？这会儿有谁来？"

父亲掀开棉帘，一步跨了出去，我拿了蜡烛跟在后面。

我们站在门旁，屏着气听着，心里不免有点忐忑，等待着什么事发生。门环又响。

"哪个？"

"是我。"

"哦，是远翁，有什么事？进来坐吧？"

"不，不，不，我这就要走，你门上封着元宝②，怎能开，你不用开，不用开。"

"有什么要紧事吗？前线上怎样了？"

---

① 管理机器的人，故乡谓之"老桂"。老桂是什么意思不得而知。这里的老桂是管轧米机的。

② 故乡风俗，除夕以纸钱粘成元宝形以封门。

"很好，前线上，冲过去二十几里，扎到小杨村了，小杨村离麒麟墩还有四十多里。我就要去，跟王团附一块去，把慰劳品带到团部，一天亮就走。喂，你知道收上河一带稻子的是谁？"

"谁？"

"陈国斌，全是替敌人收的。"

"陈国斌？是去年春上被驱逐出境的？"

"是他，汉奸！"

"现在怎样了？"

"逮到了，他正想把稻子偷运过去，由湖里。在杨林溏就擒的。所有囤粮，全部搜到，明春是没大问题了。我已经在拜年片上写明叫同业能支持的还是支持，市面要紧。"

"对，市面要紧。"

"我大概得过两天回来，这事得拜托您。"

"当然，当然，反正还有几天，大家到初六才会开门哩，明天一早我就去各家走走，商量个办法，单单是裁下这些人也没办法。"

"是啊，教他们都拿什么吃去。当然现在县里对于那批粮食还没有一个处置，不过我想是没多大问题的。开，老板们自然不会有好处，不过只好也看得轻些了。"

"谁也不忍心看先人遗下来的或是自己一手创置的生财器物生虫上锈，我想没多大问题，开。——你呢？"

"我？自然还是做军米。哦，老詹的事情千万您得给帮忙，您把他的事看作我的事吧。我知道辅成差个内账，他想自己来，你跟他说，老詹做事，克实地道，再，我们坦坦白白的说，薪俸高低总好说。如何？只是这事您决不可告诉老詹，回头他又是不肯。拜托，拜托。”

"好，辅成大概也拗不过我的面子。"

"怎么样，你今年？"

"还好。"

"你是百节之虫，——"

"见笑，见笑。"

"哈哈哈哈。"门里门外一片笑声。一种压抑不住的真正的笑。

"就这么说，我走了，再见。"

"再见，好走。"沉着有力的脚步声渐渐远了。

"干。"

"干。"

父亲和我的眼睛全飘在墨沈未干的春联上，春联非常鲜艳——一片希望的颜色。

三月十三日草成

后记

一代宗师，千秋绝学。

二王余韵，百里书声。

他乡寄意 ①

　　抗日战争时期，昆明重庆流传一则谜语：航空信——打一地名。谜底是：高邮。这说明知道我的家乡的人还是不少的。但是多数人对我的家乡的所知，恐怕只限于我们那里出咸鸭蛋，而且有双黄的。我遇到很多外地人问过我：你们那里为什么出双黄鸭蛋？我也回答过，说这和鸭种有关；我们那里水多，小鱼小虾多，鸭吃多了小鱼小虾，爱下双黄蛋。其实这是想当然耳。直到现在，我也说不清这是什么道理。敝乡真是"小地方"，经济、文化都比较落后，只落得以产双黄鸭蛋而出名，悲哉！

　　我的家乡过去是相当穷的，穷的原因是多水患——我们那里是水乡。

　　人家多傍水而居，出门就得坐船。秦少游诗云："菰蒲深处疑

---

① 本篇原载 1986 年 9 月 17 日《新华日报》；初收《汪曾祺全集》第四卷，北京师范大学出版社，1998 年 8 月。

後記　299

无地，忽有人家笑语声。"大抵里下河一带都是如此。县城的西面是运河，运河西堤外便是高邮湖。运河河身高，几乎是一条"悬河"，而县境的地势低，据说运河的河底和县城的城墙一般高。这可能有一点夸张。但我们小时候到运河堤上去玩，站在河堤上，是可以俯瞰下面人家的屋顶的。城里的孩子放风筝，风筝飘在堤上人的脚底下。这样，全县就随时处在水灾的威胁之中。民国二十年的大水我是亲历的。湖水侵入运河，运河堤破，洪水直灌而下，我家所住的东大街成了一条激流汹涌的大河。这一年水灾，毁坏田地房屋无数，死了几万人。我在外面这些年，经常关心的一件事，是我的家乡又闹水灾了没有？前几年，我的一个在江苏省水利厅当总工程师的初中同班同学到北京开会，来看我。他告诉我：高邮永远不会闹水灾了。我于是很想回去看看。我 19 岁离乡，在外面已 40 多年了。

苏北水灾得到根治，主要是由于修建了江都水利枢纽和苏北灌溉总渠。这是两项具有全国意义的战略性的水利工程，我的初中同班同学是参与这两项工程的主要设计者之一。我参观了江都水利枢纽，对那些现代化的机械一无所知，只觉得很壮观。但是我知道，从此以后，运河水大，可以泄出；水少，可以从长江把水调进来，不但旱涝无虞，而且使多少万人的生命得到了保障。呜呼，厥功伟矣！

我在家乡住了约一个星期。每天早起，我都要到运河堤上走一趟。

运河拓宽了。小时候我们过运河去玩，由东堤到西堤，两篙子就到了。

现在西门宝塔附近的河面宽得像一条江。我站在平整坚实的河堤上，看着横渡的轮船，拉着汽笛，悠然驶过，心里说不出的感动。

县境内的河也都经过统一规划，综合治理了，交通、灌溉都很方便。很多地方都实现了电力灌溉。我看了几份材料，都说现在是"要水一声喊，看水穿花鞋"。这两句话有点"大跃进"的味道，而且现在的妇女也很少穿花鞋的。不过过去到处可见的长到32轧的水车和凉亭似的牛车棚确实看不到了。我倒建议保留一架水车，放在博物馆里，否则下一辈人将不识水车为何物。

由于水利改善，粮食大幅度地增产了。过去我们那里的田，打500斤粮食，就算了不起了；现在亩产千斤，不成问题。不少地方已达"吨粮"——亩产两千斤。因此，农民的生活大大提高了。很多人家盖起了新房子，砖墙、瓦顶、玻璃窗，门外种着西番莲、洋菊花。农村姑娘的衣着打扮也很入时，烫发、皮鞋，吓！

不过粮食增产有到头的时候。两千斤粮食又能卖多少钱呢？单靠农业，我们那个县还是富不起来的。希望还在发展工业上，我希望地方的有识之士动动脑筋，也可以把在外面工作的内行请回去出出主意。到2000年，我的故乡应当会真正变个样子，成为一个开放型的城市。这样，故乡人民的心胸眼界才有可能开阔起来，摆脱小家子气。

我们那个县从来很难说是人文荟萃之邦。不但和扬州、仪征不能比，比兴化、泰州也不如。宋代曾以此地为高邮军，大概繁盛过一阵，不少文人都曾在高邮湖边泊舟，宋诗里提及高邮的地方颇多。那时出过鼎鼎大名，至今为故人引为骄傲的秦少游，还有一位孙莘老。明代出过一个散曲家兼画家的王西楼（磐）。清代出过王氏父子——王念孙、王引之。还有一位古文家夏之蓉。此外，再也数不出多少名人了。而且就是这几位名人，也没有在我的家乡产生多大的影响。秦少游没有留下多少遗迹。原来的文游台下有一个秦少游读书处，后来也倒塌了。连秦少游老家在哪里，也都搞不清楚，实在有点对不起这位绝代词人。听说近年发现了秦氏宗谱，那么这个问题可能有点线索了吧。更令人遗憾的是历代研究秦少游的故乡人颇少。我上次回乡看到一部《淮海集》，是清版。我们县应该有一部版本较好的《淮海集》才好。近年有几位青年有志于研究秦少游，地方上应该予以支持。王西楼过去知道的人更少。我小时候在家乡就没有读过一首王西楼的散曲，只是现在还流传一句有地方特点的歇后语："王西楼嫁女儿——话（画）多银子少。"《王西楼乐府》最初是在高邮刻印的，最好能找到较早的版本。我希望家乡能出一两个王西楼专家。散曲的谱不是很难找到，能不能把王西楼的某些散曲，比如那首有名的《唢呐》，翻成简谱在县里唱一唱？如果能组织一场王西楼散曲演唱晚会，那是会很叫人兴奋的。王念孙父子在清代训诂学界影响很大，号称"高邮王氏之学"。但是我的很多家乡人只知道"独旗杆王家"，至于王家是怎么回事，就不大了然了。我也希望故乡有人能继承光大王氏之学。前年高邮在王氏旧宅修建了高邮王氏纪念馆，让我写字，我寄去一副对联："一代宗师，千秋绝学；二王余韵，百里书声"。下联实是我对于乡人的期望。

以上说的是传统文化。对于现代科学，我们高邮人做出贡献的也有。比如孙云铸，是世界有名的古生物学家、地层学家，他的《中国北方寒武纪动物化石》是我国第一部古生物学专著。我初到昆明时，曾到他家去过。他家桌上、窗台上，到处都是三叶虫化石。这是一位很纯正的学者。可是故乡人知道他的不多。高邮拟修县志，我希望县志里有孙云铸的传。我也希望故乡的后辈能继承老一辈严谨的治学精神。

我们县是没有多少名胜古迹的。过去年代较久，建筑上有特点的，是几座庙：承天寺、天王寺、善因寺。现在已经拆得一点不剩了。西门宝塔还在，但只是孤伶伶的一座塔，周围是一片野树。高邮的"刮刮老叫"的古迹是文游台，这是苏东坡、秦少游等名士文酒雅集之地，我们小时候春游远足，总是上文游台。登高四望，烟树帆影、豆花芦叶，确实是可以使人胸襟一畅的。文游台在敌伪时期，由一个姓王的本地人县长重修了一次，搞得不像样子。重修后的奎楼、公园也都不理想。请恕我说一句直话：有点俗。听说文游台将重修，不修便罢，修就修好。文游台既是宋代的遗迹，建筑上要有点宋代的特点。比如：大斗拱、素朴的颜色。千万不要因陋就简，或者搞得花花绿绿的。

我离乡日久，鬓毛已衰，对于故乡一无贡献，很惭愧。《新华日报》约我为"故乡情"写稿，略抒芹意，希望我的乡人不要见怪。

一九八六年八月二十八日北京

寻根 ^①

前不久，有评论家提出中国当代作家寻根的问题。提出这个问题是很有意思的，我现在就寻找一下我自己的根。

我是苏北高邮人。香港大概不少人知道高邮出咸鸭蛋，而且有双黄的。其实高邮不只咸鸭蛋，还出过大词人秦少游，研究训诂学的王念孙、王引之父子，还出过一个写散曲的王西楼。我的家庭是一个"书香门第"。祖父是一个拔贡，我上小学的时候，祖父曾教过我《论语》，还开过笔——就是作文。祖父让我作的体裁叫作"义"，就是把孔夫子的一句话的意思解释清楚。"义"还不是八股文，但可说是八股文的初步。小时读《论语》似懂非懂，只是感受到一种气氛。我对孔夫子产生好感是在大学的时候。我读的大学是西南联大，大一国文课本里选了几篇《论语》，我开始有点读懂了。

---

① 本篇是作者 1985 年 10 月随中国作家代表团访问香港时的发言。

我对孔子思想没有系统地研究过，我感兴趣的是孔子这个人。我认为孔子是个很有个性，很通人情的人，他很有点诗人气质，《论语》这部书带有很大的抒情性。——先秦诸子的著作大都带有抒情性，这是中国传统哲学著作的一个特点。孔孟之道的核心，我以为是"大人者不失其赤子之心"。有的评论家曾说我的作品受了一些老庄思想的影响，我自己觉得受儒家思想影响可能更深一点。我曾在一篇文章中称自己是一个"中国式的人道主义者"，直到现在，还不想否认。

从小学五年级到初中三年级，我的国文老师都是一位姓高的先生。

我曾写过一篇小说《徒》，写的就是这位高先生。高先生教国文，除了课本之外，还自己选了一些文章做"讲义"。他选的文章有《檀弓》的《苛政猛于虎》、柳宗元的《捕蛇者说》，等等。看来他选择文章，有一个贯串性的思想，就是人道主义。他似乎特别喜欢归有光。归有光的几篇名文，如《先妣事略》《项脊轩志》《寒花葬志》，他都给我们讲了。归有光是明代的大古文家。他善于以清淡的文笔写平常的人事。顾炎武、姚鼐和他的对头，被他斥为"庸妄巨子"的王世贞都很佩服他。

姚鼐说他能于不紧要之题，说不紧要之语，却自风致宛然。并说这种境界非于司马迁的文章深有体会的是不能理解的。顾炎武说他最善于写妇女和小孩的情态，这在中国封建社会时代是非常难得的。善写妇女、孩子，表明他对妇女和孩子是尊重的，这说明他对于生活富于一种人道主义的温情。这种温情使我从小受到深深的感染。我的小说受归有光的影响是很深的。

上初中的时候，有两个暑假我曾跟一个姓韦的老师学过桐城派古文。他每天教我一篇，要能背诵。我大概背诵过百多篇桐城派古文。桐城派在五四时期被斥为"谬种"。但这实在是集中国散文之大成的一个流派。从唐宋古文到桐城派都讲究"文气"。我以为这是比"结构"更内在更精微的美学概念。我的小说的章法受了桐城派古文的一定影响。

1939 年我到昆明读了西南联合大学，这是北大、清华、南开合成的大学，名教授很多，学术空气很自由。教我们创作的是著名作家沈从文。沈先生经常讲的一句话是："要贴到人物来写。"这一句话使我终生受用。他的这句话，据我的理解有这样几层意思：在小说里，人物是主要的和主导的，其余部分都是次要的，派生的；其余部分，如景物描写、抒情、议论，都必须依附于人物，不能和人物游离、脱节；作家要和人物共哀乐；作家的叙述语言要和人物相协调。

大学时期，我读了不少翻译的外国作品。对我影响较深的有契诃夫、阿左林、弗·伍尔芙和纪德。有一个时期，我的小说明显地受了西方现代派影响，大量地运用了意识流，后来我转向了现实主义。西方现代派的痕迹在我现在的小说里还能找到，但是我主张把外来影响和民族传统融合起来，纳外来于传统，我追求的是和谐。

解放以后，我当了多年编辑，编过《说说唱唱》《民间文学》。从一九六二年以后，一直在一个京剧院编京剧剧本。中国的说唱文学、民歌和民间故事、戏曲，对我的小说产生了不小的影响——主要在语言上。

现在的青年作家和评论家提出的寻根问题我还不怎么理解，他们提出这个术语的含义也不那么一致。据我的理解，无非是说把现代创作和传统文化接上头，一方面既从现实生活取得源头活水，另一方面又从传统文化取得滋养。如果是这样，我以为这是好的。一个中国作家应当对中国文化有广博的知识和深刻的理解，他的作品应该闪耀出中国文化的光泽。否则中国的作品和外国人写的作品有什么区别呢？鲁迅、老舍、沈从文对于中国文化的修养是很深的，我们应该向他们学习。

谢谢大家。